百年大师经典

启功

启 功 著

天津出版传媒集团
天津人民美术出版社

图书在版编目（CIP）数据

百年大师经典．启功卷／启功著．-- 天津：天津人民美术出版社，2021.12
ISBN 978-7-5305-9830-6

Ⅰ．①百… Ⅱ．①启… Ⅲ．①启功（1912-2005）—文集 Ⅳ．①J12-53

中国版本图书馆CIP数据核字（2021）第233889号

百年大师经典　启功卷
BAINIAN DASHI JINGDIAN　QI GONG JUAN

出　版　人：	杨惠东
责 任 编 辑：	袁金荣
助 理 编 辑：	刘贵霞
技 术 编 辑：	何国起　姚德旺
责 任 审 校：	甄丽洁　李　佳
出 版 发 行：	天津人民美术出版社
社　　　　址：	天津市和平区马场道150号
邮　　　编：	300050
电　　　话：	(022)58352900
网　　　址：	http：//www.tjrm.cn
经　　　销：	全国新华书店
制　　　作：	天津市彩虹制版有限公司
印　　　刷：	天津印艺通制版印刷股份有限公司
开　　　本：	710毫米×1000毫米　1/16
版　　　次：	2021年12月第1版
印　　　次：	2021年12月第1次印刷
印　　　张：	14.5
定　　　价：	68.00元

版权所有　侵权必究

目 录

大福德相

童年生活 / 3
三进辅仁 / 9
记齐白石先生逸事 / 16
溥心畬先生南渡前的艺术生涯 / 22
忆先师吴镜汀先生 / 39
故宫古代书画给我的眼福 / 41
学艺回顾 / 48

论书札记

论书随笔 / 89
书法常识序言 / 105
书法作品选自序 / 109
《论书札记》前言 / 112
书法入门二讲 / 116
对书法专业师生的谈话（一）/ 136
对书法专业师生的谈话（二）/ 139
论书绝句一百首（节选）/ 143

论艺札记

关于法书墨迹和碑帖 / 149
《平复帖》说并释文 / 156
《兰亭帖》考 / 160
旧题张旭草书古诗帖辨 / 174
黄子久《秋山图》之真伪 / 180
山水画南北宗说辨 / 183
金石书画漫谈 / 194
书画鉴定三议 / 206
谈诗书画的关系 / 213
《红楼梦注释》序——为北京师范大学
中文系古典文学组合编本作 / 222

大福德相

童年生活[1]

我生于民国元年农历六月十三日,即公元1912年7月26日。这是一个风云巨变的年代。

前一年(辛亥年)爆发了辛亥革命,清王朝随之灭亡,中国从帝制走向共和。也就是说,我虽"贵"为帝胄,但从来没做过一天大清王朝的子民,生下来就是民国的国民。所以我对辛亥革命没有任何亲身的感受,只能承认它是历史的必然。1981年纪念辛亥革命七十周年时,有人向我征题,我只能这样写道:

半封半殖半蹉跎,终赖工农奏凯歌。

末学迟生壬子岁,也随诸老颂先河。

辛亥革命之后,中国经历了大动荡的年代:二次革命、袁世凯称帝、护法战争、军阀混战,中国的共和在艰难中不断前行。

和"国"的命运紧紧相连,我的"家"也在经历着多事之秋。

我的父亲恒同在我刚刚一周岁的时候,即1913年7月就因肺病去世了,当时还不到二十岁,所以我对他一点印象也没有。那是我第一回当丧主,尽管我一点事也不懂。据说,因为父亲尚未立业,没有任何功名,所以不能在家停灵,只能停在一个小庙里,在那里给他烧香发丧。如果说我家由我曾祖、祖父时已经开始衰落的话,那从我父亲的死就揭开迅速衰败的序幕。那时,我祖父虽还健在,但他已从官场上退了下来。我的曾祖和祖父都没有爵位可依靠,都是靠官俸维持生活。清朝的正式官俸是很有限的,所以官员要想过奢侈的生活只能靠贪污,这也正是当时官场腐败的原因之一。但我的曾祖和祖父本来都很廉洁,再加之所做的多是清水衙门的学官,所以家中并没有什么积蓄,要想维持生活

---

[1] 本文及下文的《三进辅仁》均选自北京师范大学出版社2009年版《启功全集》第九卷。

就必须有人继续做官或另谋职业。现在家中唯一可以承担此任的人，在还没有闯出任何出路时，突然去世了，这无疑有如家中的顶梁柱突然崩塌，无论在经济上、精神上都给全家人巨大的打击。

首当其冲的当然是我的母亲。她在娘家就是孤单一人，后来还不得不寄居在别人家。好不容易盼到有了自己的家和自己的亲人，不管我父亲日后能取得多大的功名和事业，能挣多少钱，总算有一个踏踏实实的依靠，现在这个属于自己的依靠突然又没了，又要过一种新的寄人篱下的生活：公婆当然不会让她饿着、冻着，特别是又为他们生下了一线单传的孙子，但每月能得到的至多是几吊钱，而面临的将是无边的孤独与苦难，那日子的悲惨与艰辛是可想而知的。于是她首先想到的是死，哭着喊着要自杀，我的祖父怎么劝，她也不听，最后只能用我来哀求她："别的都不想，得想想自己的儿子和我的孙子吧，他还得靠你抚养成人啊！"这样她才最终放弃了一死了之的念头，决心为我而苦熬下来。

一个家族到了这份儿上，往往会发生一些怪现象。当然，如果仔细追究，这些现象可能都有一定的缘由，但问题是，到了那份儿上，恐惧笼罩在每一个人心头，谁也顾不上、来不及去追究了。正如《红楼梦》在描写宁国府衰败时有一段奇异现象的描写，写得鬼气拂拂（按：原文如下）：

（中秋夜）贾珍……在会芳园丛绿堂中，带着妻子姬妾……开怀作乐赏月。将一更时分，真是风清月白，银河微隐。……那天将有三更时分，贾珍酒已八分，大家正添衣喝茶，换盏更酌之际，忽听那边墙下有人长叹之声。大家明明听见，都毛发悚然。贾珍忙厉声叱问："谁在那边？"连问几声，无人答应。……一语未了，只听得一阵风声，竟过墙去了。恍惚闻得祠堂内隔扇开阖之声，只觉得风气森森，比先更觉凄惨起来。看那月色时，也淡淡的，不似先前明朗，众人都觉毛发倒竖。……次日……细察祠内，都仍是照旧好好的，并无怪异之迹。……

我想读者看了这段描写，谁也不会认为曹雪芹在这里宣扬迷信。我听说，我父亲死后家里也出现了一些怪异的事，也请读者能正确理解：这些事说明我们家那时紧张到什么程度。

我们当时住在什锦花园一个宅子的东院，我父亲死在南屋。南屋共三间，西边有一个过道。我父亲死后谁也不敢走那里，老用人要到后边的厕所,都要结伴而行。据她们说,她们能听到南屋里有"梆、梆、梆"敲烟袋的声音,和我父亲生前敲的声音一样。还有一个老保姆说,我父亲死后的第二天早上,她开开我父亲住的屋子,说我父亲生前装药的两个罐子本来是盖着的,不知怎么,居然打开了,还有好几粒药撒在桌上,吓得她直哆嗦。也难怪她们,因为这个院里,除了襁褓中的我,再没有一个男人了。于是我母亲带着我们搬到我二叔祖住的西院,因为那边有男人住,遇事好壮壮胆。我二叔祖很喜欢我父亲,他住在这院的北屋。搬去的那天晚上,他一边喝酒,一边哭,不断地喊着我父亲的名字:"大同啊,大同啊!"声音很凄惨,气氛更紧张。到了夜里,有人就听到南屋里传来和弄水的声音,原来那里放着一只大水桶,是为救火准备的,平时谁也不会动它。后来一件事更奇怪。我二叔祖有一个孩子,我管他叫五叔。他的奶妈好好地忽然发起了疯癫,裹着被褥,从床上滚到地上,嘴里还不断念叨着:"东院的大少爷(指我父亲)说请少奶奶不要寻死。还说屋里柜子的抽屉里放着一个包,里边有一个扁簪和四块银圆。"我母亲听了以后,就要回东院找,可别人都吓坏了,拦着我母亲,不让去。我母亲本来是想自杀的,连死都不怕,这时早就豁出去了,冲破大家的阻拦,按照奶妈说的地方,打开一看,果然有一个扁簪和四块银圆,跟着看的人都面面相觑,不知所措。其实出现这些怪现象必然有实际的原因,只不过那时大家的心里都被恐惧笼罩着,一有事就先往怪处想,自己吓唬自己。风声鹤唳,草木皆兵了,而这正是一个家族衰败的前兆。我从小就是在这种环境和气氛中成长的。

大概和这种心理与氛围有关,我三岁时家里让我到雍和宫按严格的仪式磕头接受灌顶礼,正式皈依了藏传佛教,从此我成了一个记名的小藏传佛教僧人(后来还接受过班禅大师的灌顶)。我皈依的师傅叫白普仁,是热河人。他给我起的法号叫"察格多尔札布"。"察格多尔"是一个佛的徽号,"札布"是保佑的意思。藏传佛教是由莲华生引入的藏传密教,所谓"密",当然属于不可宣布的神秘的宗派,后来宗喀巴又对它进行了改革,于是有红教、黄教之别:原有的称红教,改革后的称黄教。红教一开始就可学密,黄教60岁以后才可学密。红教不禁止男女合和,这和西藏当地的原始宗教相合,黄教在这方面就比较严格了。我皈依的是黄教,随师父学过很多经咒,至今我还能背下很多。

我记忆中师父的功德主要有两件。一是他多年坚持广结善缘，募集善款，在雍和宫前殿铸造了藏传黄教的祖师宗喀巴的铜像。这尊佛像至今还供奉在那里，供人朝拜。二是在雍和宫修了一个大悲道场，它是为超度亡魂、普度众生而设立的，要念七七四十九天的《大悲咒》，僧人、居士都可以参加，我当时还很小，也坐在后面跟着念，有些很长的咒我不会念，但很多短一点的咒我都能跟着念下来。一边念咒，一边还要炼药，这是为普济世人的。我师父先用筲箩把糌粑面摇成指头尖大小的糌粑球，再放在朱砂粉中继续摇，使它们挂上一层红皮，有如现在的糖衣，然后把它们用瓶子装起，分三层供奉起来，外面用伞盖盖上。这是黄教的方法，红教则是挂一层黑衣。那49天，我师父每天晚上就睡在设道场的大殿旁的一个过道里，一大早就准时去念咒，一部《大悲咒》不知要念多少遍。因为这些药都是在密咒中炼成的，所以自有它的"灵异"。那时我还小，有些现象还不知怎么解释，但确实是我亲自所见所闻：有一天，赶上下雪，我在洁白的雪上走，忽然看到雪地上有许多小红丸，这是谁撒的呢？有一位为道场管账的先生，一天在他的梅花盆里忽然发现一粒红药丸，就顺手捡起，放在碗里，继续写账，过一会儿，又在梅花盆里发现一粒，就这样，一上午发现了好几粒。等49天功德圆满后，刚揭开伞盖，一看，满地都是小红丸，大家都说别捡了，三天以后再说吧。那些地上的小红丸大家都分了一些，我也得了一些。这些药自有它们的"法力"（药效），特别是对精神疾病和心理疾病。我小时候还听说过这样一件事：溥雪斋那一房有一位叫载廉（音）的，他的二儿媳有一段时间神经有点不正常，颠颠倒倒的，他们就把我师傅请来。师父拿一根白线，一头放在一碗水里，上面盖上一张纸；一头拈在自己手里，然后开始念咒。念完，揭开纸一看，水变黑了，让那位二儿媳喝下去，居然就好了。

我道行不高，对于宗教的一些神秘现象不知该如何阐释，也不想卷入是否是伪科学的争论。反正这是我的一些亲眼、亲耳的见闻，至于怎样解释，我目前很难说得清，但我想总有它内在的道理。其实，我觉得这些现象再神秘，终究是宗教中表面性的小问题。往大了说，对一个人，它可以陶冶人的情操修养。我从佛教和我师父那里，学到了人应该以慈悲为怀，悲天悯人，关切众生；以博爱为怀，与人为善，宽宏大度；以超脱为怀，面对现世，脱离苦难。记得我二十多岁时，曾祖母有病，让我到雍和宫求药。当时正是夜里，一个人去，本来会很害怕，但我看到一座座庄严的庙宇静静地矗立在月光之下，清风徐来，树影婆娑，不知怎地，忽然想起《西厢记》张生的两句唱词："梵王宫殿月轮高，碧琉璃瑞烟笼罩。"眼前的景色，周围的世界，确实如此，既庄严神秘，又温馨清爽，人间是值得赞美的，生活应加以珍惜。我心里不但一点不害怕，而且充满了禅悟后难以名状的愉悦感，这种感觉只会产生于对宗教的体验。

对一个多民族、多宗教的国家，正确处理好宗教问题大大有利于国家的安定、人民的团结、民族的和睦。我认识一位宗教工作者，叫刘隆，曾任中华人民共和国国家民族事务委员会办公厅主任，他是一位虔诚的穆斯林，又做班禅的秘书，协助他工作，关系处理得非常好，班禅非常信任他。他对其他宗教也非常尊重，绝不作任何诽谤，一切从维护国家和民族的团结安定与共同利益出发。从他身上我们可以看出，真正的宗教徒并不受本宗教的局限，他的胸怀应该容纳全人类。如果所有的宗教工作者都能做到这一点，我想世界就会太平得多。当然，还有一位我特别尊重的宗教工作者，那就是赵朴初老。

再说我的师父。他在六十多岁时生病了，就住在方家胡同蒙汉佛教会中"闭关"，不久就圆寂了。圆寂后在黄寺的塔窑火化。按藏密黄教的规定，火化时，要把棺材放在铁制的架子上，棺材上放一座纸糊的塔，铁架下堆满劈柴，下面装着油。火化时只要点燃油即可。全过程要三天。他的徒弟中有一位叫多尔吉（藏语金刚杵之意）的，最后把师父的遗骨磨成粉，掺上糌粑面和酥油，刻成小佛像饼，分给大家，我也领了一份，至今还保留在我的箱底里。别的宗派也有这种习惯，五台山的许多高僧大德死后也如此，别人也给过我用他们的骨灰刻的佛像饼。

总之，自从皈依雍和宫后，我和雍和宫就结下不解之缘。我每年大年初一都要到雍和宫去拜佛。在白师父圆寂很久后的某一年，我去拜佛，见到一位八十多岁的老僧人，他还认得我，说："你不是白师父的徒弟吗？"直到今年，两条腿实在行动不便才没去，但仍然委托我身边最亲信的人替我去。现在雍和宫内有我题写的一幅匾额和一副长联。匾额的题词是"大福德相"，长联的题词是"超二十七重天以上，度百千万亿劫之中",这都寄托了我对雍和宫的一份虔诚。

我从两三岁时起,有时住在河北省的易县。原来,我曾祖从察哈尔都统任上去职后,为表示彻底脱离官场,便想过一种隐居的生活。他有一个门生叫陈云诰,是易县的大地主、首富。他曾在我曾祖做学政时,考入翰林,后来又成为著名的书法家,写得一手好颜体,丰满遒劲,堂皇大气,直到新中国成立后,一直在书法界享有盛誉。他愿意接待我的曾祖,于是我也常随祖父到易县小住。至今我还会说易县话。现在由北京到易县用不了两小时,但那时要用一天,坐火车先到高碑店,然后再坐一种小火车到易县。我从小身体不好,经常闹病。而易县多名医,因为很多从官场上退下来的老官僚都喜欢退居那里,于是有些名医便在那里设医馆,专门为他们看病。其中有一家很著名的孔小瑜(音,著名中医孔伯华的父亲)医馆,祖父便乘机常带我到那儿去看病,吃了不知多少服药,有时吃得呕吐不止,但始终不见有什么明显效果,他们反而说我服药不当,违背了药性。所以从小时起,我就对中医不感兴趣。晚年回忆儿时的这段经历,我曾写过一首对中医近似戏谑的诗:

幼见屋上猫,啖草愈其病。

医者悟妙理,梯取根与柄。

持以疗我羸,肠胃呕欲罄。

复诊脉象明:"起居违药性。"

现在有人捧我为国学大师,他们认为既然是国学大师,一定深信国医,所以每当我闹病时,总有很多人向我推荐名中医、名中药,殊不知我对此一点兴趣也没有。经过长期的总结,我得出两条经验:在中医眼里没有治不好的病,哪怕是世界上刚发现的病;在西医眼里没有没病的人,哪怕是体魄再健壮的人。当然,这仅是我的一己之见,我并不想,也无权让别人不信中医。

三进辅仁

我能进辅仁大学，并一直工作到现在，还要从邵老伯和唐老伯说起。我 11 岁时，他们帮助我家募集了 2000 元的 7 年公债，每月可得 30 元的利息，到 18 岁，这笔公债已用完了。那时我刚中学肄业，还没找到工作，只能靠临时教些家馆，维持生计，偶尔卖出一两张画，再贴补一些。邵、唐二位老伯对我真叫负责到底、仁至义尽、善始善终，他们认为最稳妥的长久之计是为我谋一份固定的工作，于是在我 21 岁时，找到四川同乡傅增湘先生帮忙，他慨然应允。

傅老先生是我曾祖的门生，他在参加殿试时，我曾祖是阅卷官之一，在他的卷子上画过圈。傅老先生在当时是著名的社会名流和学者。早年肄业于保定莲池书院，当时书院的山长是桐城派著名学者吴汝纶，他十分欣赏傅老先生的诗文。光绪二十四年（1898）考中进士，入翰林，任编修，又升为直隶提学使。当时改革风气初开，傅老先生率风气之先，创办女子学校，培养了大批女子人才，直到晚年，当时的女学生还常登堂求教。北洋政府时，因教育成就显著，受任教育部总长，后因不满时政，尤其不满当局干涉蔡元培在北大的改革而辞职。后又将精力转向筹办辅仁大学的前身"辅仁社"，又任辅仁大学董事会董事长，对辅仁大学有开创之功。傅老先生博学多闻，退出政界后搜罗古籍，校勘群书，达一万六千余卷，后都无偿捐献给北京图书馆。在此基础上出版了大量有关古籍的专著。傅老先生与时任辅仁大学校长的陈垣先生交谊笃厚。他任教育部总长时，陈校长任教育部次长，他下野后，陈校长接任他做护理部务，掌管大印，相当于代理总长，后来辞去政务，应英敛之之请，专职任辅仁大学校长。二人之间可谓长期共事，于是傅老先生决定为我的事去找陈老校长。而老校长从此成为我终生的大恩师，为了能更清晰地表述陈校长对我的培养，不妨先对他作一简介，特别是我见到他之前的一些情况：

陈校长名垣，字援庵，生于清光绪六年（1880），广东新会人。幼年受私塾教育，熟读经书，但他自称"余少不喜八股，而好泛览"（《陈垣来往书信集》），研读了大量的子书和史书，接受了很多实用之学。但受时代风气所限，仍不得不走科举之路，于是他"一面教书，一面仍用心学八股，等到八股学好，科举也废了，白白糟蹋了两年时间，不过，也得到一些读书的方法，逐渐养成刻苦读书的习惯"（《谈谈我的一些读书经验》）。这期间他参加过县试、府试。21岁时先取为新会县试第一名（案首），同年参加广州府试。按惯例，各县案首府试无不取之理，但主试的广州知府施典章对陈垣先生文章中表现出的新思想不满，竟在卷子上批道"直类孙汶（文）之徒"，后又把"孙汶"圈去，改为"狂妄"。所以最初陈垣先生不在复试之列，但在舆论的压迫下，府学不得不在最后时间把他的名字补上。而复试的题目为"出辞气，斯远鄙倍矣"。这显然是针对陈垣先生初试文章的"狂妄"而发的。但这次陈垣先生按部就班、四平八稳地作起了八股文章，那位施知府也无话可说，于是陈垣先生顺利通过府试和院试，考取了秀才。后来他在回忆这次经历的时候曾作过这样两句诗："犹忆当年施太守，嗤余狂妄亦知音。"同年又参加顺天府乡试，广东甄某请陈先生代考，于是陈先生在考试时一口气作了两篇文章。张榜结果，自己的那一篇没中，而给甄某的却中了。"究其原因是自己的文章思想奇特，不合当时口味，越用心越南辕北辙。代别人作文，不下功夫，作普通文章，反而中了。"（见《陈垣年谱》）但也有收获——得到甄某3000元酬金，把历年从家中支出的钱全部还清。第二年又补为廪膳生，即可以拿到"廪"——（实物）和"膳"——（伙食）的双重补助的生员，再次参加开封乡试，仍未录取，从此彻底放弃科考，投入宣传新文化运动及反清斗争和辛亥革命，曾参与及创办《时事画报》《震旦日报》，宣传革命。后又大力兴办教育，在新会、广州教过小学、中学，又考入美国人在广州开办的博济医学院学习西医，后又与广州医学界的中国名流创办光华医学校和《医学卫生报》《光华医事卫生杂志》。1912年与广东医学共进会同人欢迎孙中山并摄影留念。1913年当选众议院议员，北上北京，又创办北京孤儿园、北京平民中学。这时期他的学术研究也取得很大成就，特别是在历史考据方面的成就更令人瞩目。1919年积极参加五四运动，亲自上街游行。由于社会影响日益显著，1921年任教育部次长，代理部务，兼任京师图书馆馆长。1922年起担任北大研究所国学门导师。同年辞去教育部任职，专心于办学与学术研究。1925年任故宫博物院理事兼图书馆馆长，1926年任辅仁社社长。1929年起任辅仁大学校长，1952年辅仁大学与北京师范大学合并，继任北京师范大学校长，直到1971年故去，享年九十一岁。陈老校长毕生投入教育事业和学术研究中，是中国现代伟大的教育家和史学家。

他的学术著作《通鉴胡注表微》《二十史朔闰表》《中西回史日历》《史讳举例》《元典章校补》《元西域人华化考》《中国佛教史籍概论》《明季滇黔佛教考》等都是史学界不朽的著作。陈老校长作为史学家有三个鲜明的特点。一是他最擅长宗教史，他出身于信仰基督教的家庭，从小皈依基督教，所以对基督教史，特别是中国传入史有非常深入、精辟的研究，后来他又广集佛教典籍，因此对佛教历史典籍也有非常广泛的研究，如《中国基督教史》《开封一赐乐业教（即以色列教）考》《元也里可温（即天主教）考》《摩尼教入中国考》《火祆教入中国考》（以上四种合称"古教四考"）《中国佛教史籍概论》等，都是这方面的杰出成果。二是非常强调把中国的各民族当成一个整体的中华民族来研究，强调中华民族的相互融合和整体文化，如他的《元西域人华化考》便是这样的代表作。三是充满爱国激情，把历史学和爱国主义紧密地联系在一起。在抗日战争时期，他曾语重心长地说："从来敌人消灭一个民族，必从消灭他的民族历史文化着手。中华民族文化不被消灭，也是抗敌根本措施之一。"而他的《通鉴胡注表微》就处处渗透着抗敌御侮的思想和用心。试想，能到这样一个大学者手下工作不是非常难得、非常荣幸的事吗？

所以我至今还清楚记得傅老先生介绍我与陈校长会面时的情景：

我先到傅家，把我作的几篇文章和画的一幅扇面交给傅老先生，算作我投师的作业。他嘱咐我在他家等候，听他回信。然后拿着这些东西直接到陈老校长家。当时我的心情既兴奋，又紧张，我知道这是我人生的一次重要机遇，我渴望得到它，又怕失去它，为了它，两位学术大师——一位前总长、一位前副总长亲自过问，这怎么能让我不感动？

好不容易盼到傅老先生回来，他用平和的语气传达了令我激动的消息："援庵先生说你写作俱佳。他的印象不错，可以去见他。"又叮嘱道："无论能否得到工作的安排，你总要勤向陈先生请教，学到做学问的门径，这比得到一个职业还重要，一生受用不尽的。"就这样我得以去见陈校长。初次见面还未免有些紧张，特别是见到他眉宇间透出的一股肃穆威严之气，甚至有些害怕。但他却十分和蔼地对我说道："我的叔叔陈简墀和你祖父是同年的翰林，咱们还是世交呢。"一句话说得我放松下来，还产生了一种亲切感。但事后我想，老先生早已参加资产阶级革命，不会对封建科举制度看得那么重要，他这样说是为了消除我的紧张情绪，老先生对青年后生的关爱之心可见一斑。

之后，老校长即安排我到辅仁附中教一年级国文，在交派工作时，详细问我教过学生没有，教的是什么，怎么教的。我把教过家馆的情况报告了一番，陈校长听了点点头，又嘱咐我说："教一班中学生与在私塾屋里教几个小孩子不同，你站在台上，他们坐在台下，人脸是对立的，但感情万不可对立。中学生，特别是初中一年级的孩子，正是淘气的时候，也正是脑筋最活跃的时候，对他们一定要以鼓励夸奖为主，不可对他们有偏爱，更不可偏恶，尤其不可随意讥诮讽刺学生，要爱护他们的自尊心。遇到学生淘气、不听话，你自己不要发脾气，你发一次，即使有效，以后再有更坏的事发生，又怎么发更大的脾气？万一无效，你怎么收场？你还年轻，但在讲台上就是师表，你要用你的本事让学生佩服你。"上班后，我自然不敢怠慢，按陈校长的嘱咐，努力上好每一节课。几十年后，还有当时的学生记得我和我的课，称赞我的课生动有趣，引人入胜，使他们对古今中外的文学发生了浓厚的兴趣。应该说我的教学效果还不错，但一年多后，即被分管附中的辅仁大学教育学院的张院长刷掉。他的理由很冠冕堂皇，说我中学都没毕业，怎能教中学？这与制度不合。于是我一进辅仁的经历就这样结束了，这对我不能不是一个严重的打击。

但陈校长却认定我行，他也没有洋学历，自报家门时总是称"广东新会廪膳生"，他深知文凭固然重要，但实际本领更重要。他又根据我善于绘画，有较丰富的绘画知识的特点，安排我到美术系去任教，但限于资历，只能先任助教，教学生一些与绘画相关的知识，如怎样题款、落款、钤印等。说实在的，凭我的绘画功底和从贾老师、吴老师、溥心畬先生、溥雪斋先生、齐白石先生那儿学到的东西，做个美术系区区的助教绰绰有余；实践也证明我能胜任，很多当时美术系的学生至今还与我保持着密切的联系就能充分说明这一点。但不幸的是，分管美术系的仍是那位张院长，孙悟空再有本事，也跳不出如来佛的手心，一年多后，他再次以资历不够为理由把我刷下。当时陈校长有意安排我到校长室做秘书，便让柴德赓先生来征求我的意见。我当然想去，以便有更多的机会接触陈校长，但我的处世态度有点守旧，先要照例客气一番："我没做过这样的工作，我怕能力不够，难以胜任啊！"柴德赓回去向陈校长汇报时却说："启功对我郑重其事地说他不愿来。"，这真叫我有口难言。于是他把一个和自己非常熟悉的学生安排了进去，也许我那番"谦逊"的话正中柴德赓先生的下怀，他很想借这个机会安排一个人，以便更多地了解、接触陈校长。后来陈校长见到我就问："你为什么不愿来呢？你还应好好学习啊！"我一听就知道陈校长误会了，但也无法解释了。就这样，我不得不暂时离开辅仁，结束了我二进辅仁的经历。

那年正是1937年，7月7日爆发了卢沟桥事变，日本帝国主义迅速占领了北平。北平人民遭受了空前的灾难，物价飞涨，通货膨胀。不用说流离失所的难民了，一般的小康家庭都难以为继，更何况我刚刚工作又失业，生活又面临着重大的危机。我不得不临时去教一两家家馆，再靠写字画画卖些钱，勉强地维持生活。

到次年三月，我的八叔祖看我生活实在困难，出于好心，想帮我找个工作。他本人在日本人控制的市政府下做小职员，给我介绍工作也只能从这方面找，严格地说就是找伪职，当伪差。他从商店买了张履历卡，填上我的姓名、年龄、籍贯等。我一看他把我的姓名写成"金启功"，就很不高兴，因为我爷爷早就发过誓："你要是姓了金就不是我的孙子。"于是我争辩道："我不叫金启功啊。"他连哄带压地说："这有什么关系，你不看现在是什么时候，我现在不是也叫金禹宗了吗？"当时家族的势力还很强，宗族观念还比较重，虽然一提"金启功"我心里就恶心，但又不好当面坚决抵制，这样就迫不得已地叫了一回金启功。他把履历表交给当时在日本傀儡政权委员长王克敏手下任职的祝书元。正当我还在犹豫的时候，恰巧又赶上日本顾问与王克敏被刺事件。当时刺客向他们开枪，王克敏先趴下，日本顾问被击中，倒在王克敏身上，王克敏算是躲过这一劫。日伪政权当然大为恼火，全城戒严，到处抓嫌疑犯，形势非常紧张。很多人受到牵连，如王光英先生就被抓进煤渣胡同的特务机关。当时我如坚持不去，也很容易被怀疑与此案有牵连。我母亲和姑姑也吓得束手无策，乱了方寸，都劝我说："别惹事了，还是去吧，看看再说。"这样我就身不由己地干上了伪职。那个单位属于秘书厅下的一个科室，按职位排有科长、科员、助理员、书记，我做的是助理员，一个月能挣30元，勉强养家糊口。但幸好的是，机关里的工友听差还都叫我启先生。就这样，我心神不宁地一直干到夏天。

没想到这时我的救星又降临了——陈校长找到我，问："你现在有事做没有？"我咬着后槽牙说："没有。""那好，真没事，九月份发聘书，你就回辅仁跟我教大一国文吧。"听到这个意外飞来的好消息，我高兴得简直要疯了。我本来就不愿干伪职，只是迫于生计和叔祖的好意，更不愿就此真的姓了金，正好像是在苦海里挣扎，这回总算是得到解救。我赶紧回家告诉母亲，激动地想起一句戏词，攥起双拳，仰天大叫："没想到我王宝钏还有今日啊！"我的母亲和姑姑也都高兴得直哭。第二天，我一早就到秘书厅找到负责人祝书元说："我现在身体不好，老咳嗽，昨天我去看病，医生说我是肺病，我只能辞职了。"也不知他信不信我这套假话，反正他没强留我，只是问："谁能接替你啊？"我说："我们这儿比我位置低的只有那位书记，他可以。"祝书元就按我说的向上边打了报告，真的就这样定了。事后这位书记还常给我写信，很感激我对他的推荐，直到去年还给我来过信。可见人都是很善良的，为人家做了点好事，人家就会感激你，虽然我当初推荐的并不是什么光彩的事。但无意中又得罪了那位科员，他知道后好一阵埋怨我不该推荐那位书记，原来他想把自己的人塞进来。就这样我于1938年9月第三次回到辅仁，直到今天，66年间再也没离开过它。

回想我这一生，除了秘书厅这件事，我从没做过不清不白的事，1938年春夏之际的三个多月，在我的人生道路上留下了一个污点。新中国成立后不久，曾发起"忠诚老实学习交代会"，我积极响应号召，真的十分忠诚老实,把干过几个月伪差的事原原本本向组织作了交代。当时开会的地方在女院(恭王府),散会后我就直奔南院校长办公室,找到陈校长,非常惶恐地向他说:"我报告老师,那年您找我,问我有没有事,我说没有,是我欺骗了您,当时我正做敌伪部门的一个助理员。我之所以说假话,是因为太想回到您身边了。"陈校长听了,愣了一会儿神,然后只对我说了一个字:"脏!"就这一个字,有如当头一棒,万雷轰顶,我要把它当作一字箴言,警戒终身——再不能染上任何污点了。

记齐白石先生逸事[1]

齐白石先生的名望，可以说是举世周知的，不但中国人都熟悉，在世界各国中，也不是陌生人。他的篆刻、绘画、书法、诗句，都各有特点，用不着在这里多加重复叙述。现在要写的，只是我个人接触到的几件逸事，也就是老先生生活中的几个侧面，从这里可以看到他的生活、风趣，对于从旁印证他的性格和艺术的特点，大概也不是没有点滴的帮助吧！

我有一位远房的叔祖，是个封建官僚，曾买了一批松柏木材，就开起棺材铺来。齐先生有一口"寿材"，是他从家乡带到北京来的，摆在跨车胡同住宅正房西间窗户外的廊子上，棺上盖着些防雨的油布，来的客人常认为是个长案子或大箱子之类的东西。一天老先生与客人谈起棺材问题，说道"我这一个……"如何如何，便领着客人到廊子上揭开油布来看，我才吃惊地知道了那是一口棺材。这时他已经委托我的这位叔祖另做好木料的新寿材，尚未做成，这旧的也还没有换掉。后来新的做成，也没放在廊上，廊上摆着的还是那个旧的。客人对于此事，有种种不同的评论，有人认为老先生好奇，有人认为是一种引人注意的"噱头"，有人认为是"达观"的表现。后来我到过了湖南的农村，才知道这本是先生家乡的习惯，人家有老人，预制寿材，有的做出板来，有的做成棺材，往往放在户外窗下，并没什么稀奇。那时我以一个生长在北京城的青年，自然不会不"少见多怪"了。

我认识齐先生，便是由我这位叔祖介绍，当时我年龄只有十七八岁。我自幼喜爱画画，这时已向贾羲民先生学画，并由贾先生介绍向吴镜汀先生请教。对于齐先生的画，只听说是好，至于怎么好，应该怎么

---

[1] 本文及下文的《溥心畬先生南渡前的艺术生涯》《忆先师吴镜汀先生》均选自上海书画出版社《启功论艺》。

学，则是茫然无所知的。我那个叔祖因为看见齐先生的画大量卖钱，就以为只要画齐先生那样的画便能卖钱，他却没想，他自己做的棺材能卖钱，是因为它是木头做的，如果是纸糊的，即使样式丝毫不差，也不会有人买去做秘器。即使是用澄心堂、金粟山纸糊的，也没什么好看，如果用金银铸造，也没人抬得动啊！

齐先生大我整整50岁，对我很优待，大约老年人没有不喜爱孩子的。我有一段较长时间没去看他，他向胡佩衡先生说："那个小孩怎么好久不来了？"我现在的年龄已经超过了齐先生初次接见我时的年龄，回顾我在艺术上无论应得多少分，从齐先生学了没有，即由于先生这一句殷勤的垂问，也使我永远不能不称他老先生是我的一位老师！

齐先生早年刻苦学习的事，大家已经传述很多，在这里我想谈两件重要的文物，也就是齐先生刻苦用功的两件"物证"：一件是用油竹纸描的《芥子园画谱》，一件是用油竹纸描的《二金蝶堂印谱》。那本画谱，没画上颜色，可见当时根据的底本并不是套版设色的善本。即那一种多次重翻的印本，先生描写得也一丝不苟，连那些枯笔破锋，都不"走样"。这本，可惜当时已残缺不全。尤其令人惊叹的是那本赵之谦的印谱，我那时虽没见过许多印谱，但常看蘸印泥打印出来的印章，它们与用笔描成的有显著的差异，而宋元人用的墨印，却完全没有见过。当我打开先生手描的那本印谱时，惊奇地、脱口而出地问了一句话："怎么？还有黑色印泥呀？"及至我得知是用笔描成的，再仔细去看，仍然看不出笔描的痕迹。惭愧呵！我少年时学习的条件不算不苦，但我竟自有两部《芥子园画谱》，一部是巢勋重摹的石印本，一部是翻刻的木版本，我从来没有从头至尾临仿过一次。今天齐先生的艺术创作，保存在国内外各个博物馆中，而我在中年青年时也曾有些绘画作品，即使现在偶然有所存留，将来也必然与我的骨头同归腐朽。诸位青年朋友啊，这个客观的真理，无情的事例，是多么值得深思熟虑的啊！这里我也要附带说明，艺术的成就，绝不是单靠照猫画虎地描摹，我也不是在这里提倡描摹，我只是要说明齐老先生在青年时得到参考书的困难，偶然借到了，又是如何仔细地复制下来，以备随时翻阅借鉴，在艰难的条件下是如何刻苦用功的。他那种看去横涂竖抹的笔画，又是怎样走过精雕细琢的道路的。我也不是说这种精神只有齐先生在清代末年才有，即如在"文化大革命"中，我们学校里有不少同学偷偷地借到几本参考书，没日没夜地抄成小册后，还订成硬皮包脊的精装小册，这岂能不说是那些破坏分子们灭绝民族文化罪恶企图意外的相反后果呢！

齐先生送给过我一册影印手写的《借山吟馆诗草》，有樊樊山先生题签，还有樊氏手写的序。册中齐先生抄诗的字体扁扁的，点画肥肥的，和有正书局影印的金冬心自书诗稿的字迹风格完全一样。那时王壬秋先生已逝，齐先生正和樊山先生往来，诗草也是樊山选定的。齐先生说："我的画，樊山说像金冬心，还劝我也学冬心的字，这册即是我学冬心字体所写的。"其实先生学金冬心还不只抄诗稿的字体，金有许多别号，齐先生也曾一一仿效。金号"三百砚田富翁"，齐号"三百石印富翁"，金号"心出家庵粥饭僧"，齐号"心出家庵僧"，亦步亦趋，极见"相如慕蔺"之意。但微欠考虑的是：田多为富，印多为贵，兼官多的人，当然俸禄多，但自古官僚们却讳言因官致富，大概是怕有贪污的嫌疑。如果称"三百石印贵人"，岂不更为恰当。又粥饭僧是寺院中的服务人员，熬粥做饭，在和尚中地位是最为卑下的。去了"粥饭"二字，地位立刻提高了。老先生自称木匠，而不甘做粥饭僧，似尚未达一间。金冬心又有"稽留山民"的别号，齐先生则有"杏子坞老民"之号，就无从知是模拟还是另起的了。金冬心别号中最怪的是"苏伐罗吉苏伐罗"，因冬心又名"金吉金"，"苏伐罗"是外来语"金"的音译，把两个译音字夹着一个汉字"吉"字来用，竟使得齐老先生束手无策。胆大如斗的齐先生，还没敢用"齐怀特斯动"（"怀特斯动"是英语"白石"二字音译）。我还记得，当年我双手捧过先生面赐的那本《借山吟馆诗草》后，又听先生讲了如何学金冬心的画和字，我就问了一句："先生的诗也必学金冬心了？"先生说："金冬心的诗并不好，他的词好。"我当时只有一小套石印的《金冬心集》，里边没有词，我忙向先生请教到哪里去找冬心的词。先生回答说："他是博学鸿词啊！"

齐先生对于写字，是不主张临帖的。他说字就那么写去，爱怎么写就怎么写；他又说碑帖里只有李邕的《云麾李思训碑》最好。他家里挂着一副宋代陈抟写的对联拓本："开张天岸马，奇逸人中龙。抟（下有"图南"印章）。"这联的字体是北魏《石门铭》的样子，这十个字也见于《石门铭》里。但是扩大临写的，远看去，很似康南海写的。老先生每每对人夸奖这副对联写得怎么好，还说自己学过多次总是学不好，以说明这联上字的水平之高。我还看见过齐先生中年时用篆书写的一副联："老树著花偏有态，春蚕食叶例抽丝。"笔画圆润饱满，转折处交代分明，一个个字，都像老先生中年时刻的印章，又很像吴让之刻的印章，也像吴昌硕中年学吴让之的印章。又曾见到他四十多岁时画的山水，题字完全是何子贞样。我才知道老先生曾用过什么功夫。他教人爱怎么写就怎么写的理论，是他老先生自己晚年想要融化从前所学的，也可以说是想摆脱从前所学的，是他内心对自己的希望。当他对学生说出时，漏掉了前半。好比一个人消化不佳时，服用药物，帮助消化。但吃得并不甚多，甚至还没吃饱的人，随便服用强烈的助消化剂，是会发生营养不良症的。

有一次我向老先生请教刻印的问题，先生到后边屋中拿出一块寿山石章，印面已经磨平，放在画案上。又从案面下面的一层支架上掏出一本翻得很旧的《六书通》，查了一个"迟"字，然后拿起墨笔在印面上写起反的印文来，是"齐良迟"三个字。写成了，对着案上立着的一面小镜子照了一下，镜中的字都是正的，用笔修改了几处，即持刀刻起来。一边刻一边向我说："人家刻印，用刀这么一来，还那么一来，我只用刀这么一来。"讲说时，用刀在空中比画。即每一笔画，只用刀在笔画的一侧刻下去，刀刃随着笔画的轨道走去就完了。刻成后的笔画，一侧是光光溜溜的，另一侧是剥剥落落的，即所谓的"单刀法"。所说的"还那么一来"，是指每笔画下刀的对面一边也刻上一刀。这方印刻完了，又在镜中照了一下，修改几处，然后才蘸印泥打出来看，这时已不再作修改了。然后刻"边款"，是"长儿求宝"，下落自己的别号。我自幼听说过：刻印熟练的人，常把印面用墨涂满，就用刀在黑面上刻字，如同用笔写字一般。这个说法，流行很广，我却没有亲眼见过。在见齐先生刻印前，我想象中必应是幼年听到的那类刻法，又见齐先生所刻的那种大刀阔斧的作风，更使我预料将会看到那种"铁笔"在黑色石面上写字的奇迹。谁知看到了，结果却完全两样，他那种小心的态度，反而使我失望，遗憾没有看到那样铁笔写字的把戏。这是我青年时的幼稚想法，如今渐渐老了，才懂得：精心用意地做事，尚且未必都能成功；而鲁莽灭裂地做事，则绝对没有能够成功的。这又岂但刻印一艺是如此呢？

　　齐先生画的特点，人所共见，亲见过先生作画的，就不如只见到先生作品的那么多了。一次我看到先生正在作画，画一个渔翁，手提竹篮，肩荷钓竿，身披蓑衣，头戴箬笠，赤着脚，站在那里，原是先生常画的一幅稿本。那天先生铺开纸，拿起炭条，向纸上仔细端详。然后一一画去。我当时的感想正和初见先生刻印时一样，惊讶的是先生画笔那样毫无拘束，造型又那么不求形似，满以为临纸都是信手一挥，没想到起草时，却是如此精心！当用炭条画到膝下小腿到脚趾部分时，只见画了一条长勾短股的90°的线条，又和这条线平行着另画一个勾股。这时先生忽然抬头问我："你知道什么是大家，什么是名家吗？"我当时只曾在《桐阴论画》上见到秦祖永评论明清画家时分过这两类，但不知怎么讲，以什么为标准。既然说不出具体答案来，只好回答："不知道。"先生说："大家画，画脚，不画踝骨，就这么一来，名家就要画出骨形了。"说罢，在这两道平行的勾股线勾的一端画上四个小短笔，果然是五个脚趾的一只脚。我从这时以后，大约二十多年，才从八股文的选本上见到大家名家的分类，见到八股选本上的眉批和夹批，才了然《桐阴论画》中不但分大家名家是从八股选本中来的，即眉批夹批也是从那里学来的。齐先生虽然生在晚清，但没听说学作过八股，那么无疑也是看了《桐阴论画》的。

　　一次谈到画山水，我请教学哪一家好，还问老先生自己学哪一家。老先生说："山水只有大涤子（即石涛）画得好。"我请教好在哪里。老先生说："大涤子画的树最直，我画不到他那样。"我听着有些不明白，就问："一点都没有弯曲处吗？"先生肯定地回答说："一点都没有的。"我又问当今还有谁画得好。先生说："有一个瑞光和尚，一个吴熙曾（吴镜汀先生名熙曾），这两个人我最怕。瑞光画的树比我画的直，吴熙曾学大涤子的画我买过一张。"后来我问起吴先生，先生说确有一张画，是仿石涛的，在展览会上被齐先生买去。从这里可见齐先生如何认为"后生可畏"而加以鼓励的。但我自那时以后，很长时间，看到石涛的画，无论在人家壁上的，还是在印本画册上的，我都怀疑是假的。旁人问我的理由，我即提出"树不直"。

　　齐先生最佩服吴昌硕先生，一次屋内墙上用图钉钉着一张吴昌硕的小幅，画的是紫藤花。齐先生跨车胡同住宅的正房南边有一道屏风门，门外是一个小院，院中有一架紫藤，那时正在开花。先生指着墙上的画说："你看，哪里是他画的像葡萄藤（先生称紫藤为葡萄藤，大约是先生家乡的话），分明是葡萄藤像它呀！"姑且不管葡萄藤与画谁像谁，但可见到齐先生对吴昌硕是如何地推重的。我们问起齐先生是否见过吴昌硕。齐先生说两次到上海，都没有见着。齐先生曾把石涛的"老夫也在皮毛类"一句诗刻成印章，还加跋说明，是吴昌硕有一次说当时学他自己的一些皮毛就能成名。当然吴所说的并不会是专指齐先生，而齐先生也未必因此便多疑是指自己，我们可以理解，大约也和郑板桥刻"青藤门下牛马走"印是同一自谦和服善吧！

齐先生在出处上是正义凛然的，抗日战争后，伪政权的"国立艺专"送给他聘书，请他继续当艺专的教授，他老先生即在信封上写了五个字"齐白石死了"，原封退回。又一次伪警察挨户要出人，要出钱，说是为了什么事。他和齐先生表白他没教齐家出人出钱，因此便提出要齐先生一幅画，先生大怒，对家里人说："找我的拐杖来，我去打他。"那人听到，也就跑了。

齐先生有时也有些旧文人自造"佳话"的兴趣。从前北京每到冬天有菜商推着手推独轮车，卖大白菜，用户选购，做过冬的储存菜，每一车菜最多值不到十元钱。一次菜车走过先生家门，先生向卖菜人说明自己的画能值多少钱，自己愿意给他画一幅白菜，换他一车白菜。不料这个"卖菜佣"并没有"六朝烟水气"，也不懂一幅画确可以抵一车菜而有余，他竟自说："这个老头儿真没道理，要拿他的假白菜换我的真白菜。"如果这次交易成功，于是"画换白菜""画代钞票"等等佳话，即可不胫而走。没想到这方面的佳话并未留成，而卖菜商这两句煞风景的话，却被人传为谈资。从语言上看，这话真堪入《世说新语》；从哲理上看，画是假白菜，也足发人深思。明代收藏《清明上河图》的人如果参透这个道理，也就不致有那场祸患。可惜的是这次佳话，没能属于齐先生，却无意中为卖菜人所享有了。

溥心畬先生南渡前的艺术生涯

一、心畬先生的家世，和我家的关系

心畬先生讳溥儒，初字仲衡，后改字心畬，是清代恭忠亲王奕䜣之孙。王有二子，长子载澂，次子载滢，都封贝勒。载澂先卒，无子。恭亲王卒时，以载滢的嫡出长子溥伟继嗣载澂为承重孙，袭王爵（恭王生前曾被赐"世袭罔替"亲王爵）。心畬先生行二，和三弟溥僡（字叔明），俱侧室项夫人所生。民国后，嗣王溥伟奉母居青岛，又居大连。心畬先生与三弟奉母居北京西郊。原府第为嗣王典给西洋教会，心畬先生与教会涉讼，归还后半花园部分，即迁入定居，直至抗战后迁出移居。

滢贝勒号清素主人，夫人是敬懿太妃的胞妹（益龄字菊农，姓赫舍里氏），是我先祖母的胞姊。我幼年时先祖母已逝世，但两家还有往来。我幼时还见有从大连带来的礼物，有些日本制作的小巧玩具，到现在还有保存着的。曾见清素主人与徐花农（琪）和先祖有唱和的诗，惜早已失落。清素在民国以前逝世，也未见有诗文集传下来。

嗣王溥伟既东渡居大连，恭忠亲王（世俗常称老恭王）遗留的古书画都在北京，与心畬先生本来具有的天赋相契合，至成了这一代的"三绝"宗师，不能不说是具有殊胜的因缘。

先祖逝世时，我刚满十周岁，先父在九年前先卒。孤儿寡母，与一位未嫁的胞姑共度艰难的岁月。这时平常较熟悉的老亲戚已多冷淡不相往来，何况远在海滨的远亲！心畬先生一支原来就没有往来，我当然更求教无从了。

二、我受教于心畲先生的缘起

我在20岁左右,渐渐露些头角。一次在敬懿太妃的丧事上遇到心畲先生,蒙得欣然奖誉,令我有时间到园中去。这时也见到了溥雪斋先生(伒),也令我可以常到家中去。但我自幼即得知一些"亲贵"的脾气,不易"伺候",宁可淡些远些。后来屡在其他场合见到,催问我何以不去,此后才逐渐登堂请教。有人知道我家也属于清代贵族,何以却说这两位先生是"亲贵"呢?因为我的八世祖是清高宗乾隆的胞弟,封和亲王,讳弘昼,传到我的高祖即被分出府来。我的曾祖由教家馆,应科举,做翰林官,做学政,还做过顺天乡试、礼部会试的考官,殿试的读卷官等等。我先祖也是一样的什么举人、进士、翰林、主考、学政等等过了一生。用今天的话说即寒士出身的知识分子,所以族虽贵而非亲。在一般"亲贵"的眼中,不过是"旗下人"而已。但这两位,虽被常人视为"亲贵",究竟是学者,是艺术家,日久证明他们既与别人不同,对我就更加青睐了。

由于居住较近,到雪斋先生家去的时候较多些。虽然也常到萃锦园中,登寒玉堂,专程向心畲先生请教,而雪斋先生家有松风草堂,常常招集些画家聚集谈艺作画,俨然成为一个小型"画会"。心畲先生当然也是成员之一,也是我获得向雪、心二位宗老和别位名家请教的一项机会。

松风草堂的集会,据我所知,最初只有溥心畲、关季笙、关稚云、叶仰曦、溥毅斋(僴,雪老的五弟)几位。后来我渐成长,和溥尧仙(佺,雪老的六弟,少我一岁)继续参加,最后祁井西常来,聚会也快停止了。

松风草堂的集会,心畲先生来时并不经常,但先生每来,气氛必更加热闹。除了合作画外,什么弹古琴、弹三弦、看古字画、围坐聊天,无拘无束,这时我获益也最多。因为登堂请益,必是有问题、有答案,有请教、有指导,总是郑重其事。还不如这类场合中,所见所闻,常有出乎意料之外的东西。我所存在的问题,也许无意中获得理解;我自以为没问题的事物,也许竟自发现另外的解释。现在回忆起来,今天除我之外,自溥雪老至祁井西先生俱已成了古人,临纸记录,何胜凄黯!

我从心畲先生受教的另一种场合是每年萃锦园中许多棵西府海棠开花的时候，先生必以兄弟二人的名义邀请当时的若干文人来园中赏花赋诗。被约请的有清代的遗老，有老辈文人，也有当时有名气的（旧）文人。海棠种在园中西院一座大厅的前面，厅上廊子很宽，院中花下和廊上设些桌椅，来宾随意入座。廊中桌上有签名的素纸长卷，有一大器皿中装着许多小纸卷，签名人随手拈取一个，打开看，里边只写一个字，是分韵作诗的韵字。从来未见主人汇印分韵作诗的集子，大约不一定作的居多。我在那时是后生小子，得参与盛会已足荣幸了，也每次随着拈一个阄，回家苦思冥想，虽不能每次都能作得什么成品，但这一次一次的锻炼，还是受益很多的。

再一种受教的场合，是先生常约几位要好的朋友小酌，餐馆多是什刹海北岸的会贤堂。最常约请的是陈仁先、章一山、沈羹梅诸老先生，我是敬陪末座的小学生，也不敢随便发言。但席间饭后，听诸老娓娓而谈，特别是沈羹梅先生，那种安详周密的雅谈，辛亥前和辛亥后的掌故，不但有益于见闻知识，即细听那一段段的掌故，有头有尾，有分析有评论，就是一篇篇的好文章。可恨当时不会记录，现在回想，如果有录音机录下来，都是珍贵的史料档案。这中间插入别位的评论，更是起画龙点睛的作用。心畲先生的一位新朋友，是李释堪先生，在寒玉堂中常常遇见。我和李先生的长子幼年同学，对这位老伯也就更熟悉些。他和心畲先生常拿一些当时名家的诗文来共同评论，有时也拿起我带去的习作加以指导。他们看后，常常指出哪句是先有的，哪句是后凑的，哪处好，哪处坏。这在今天我也会同样去看学生的作品，但当时我却觉得是很可惊奇的事了。

"举一隅"可以"三隅反"，我从先生那里直接或间接受益的，真可说数不清的。《礼记》云："独学而无友，则孤陋而寡闻。"俚语也说："投师不如访友。"原因是师是正面的教，友是多方面的启发。师的友，既有从高向下垂教的尊严一面，又有从旁辅导的轻松一面。师的友自然学问修养总比自己同等学力的小朋友丰富高尚得多，我从这种场合中所受的教益，自是不言而喻的！

总起来说，我和心畲先生的关系，论宗族，他是溥字辈的，是我曾祖辈的远房长辈；论亲戚，他相当于是我的表叔；论文学艺术，是我一位深承教诲的恩师。若讲最实际的关系，还是这末一条应该是最恰当的。

三、心畬先生的文学修养

先生幼年的启蒙老师和读书的经历，我全无所知。但知道先生早年曾在西郊戒台寺读书，至今戒台寺中还有许多处留有先生的题字。

何以在晚清时候，先生以贵介公子的身份，不在府中家塾读书，却远到西郊一个庙里去读书，岂不与古代寒士寄居寺庙读书一样吗？说来不能不远溯到恭忠亲王。这位老王爷好佛，常游西山或西郊诸寺庙，当然是"大檀越"（施主）了。有一有趣的事，一次戒台寺传戒，老王爷当然是"功德主"。和尚便施展"苦肉计"来吓老施主。有稍犯戒律的一个和尚，戒师勒令他头顶方砖，跪在地上受罚，老王爷代为说情，不许！这还轻些。一次在斋堂午斋，一个和尚手持钵盂放到案上时，立时破裂。戒师便声称戒律规定，要"与钵俱亡"，须将此僧立即打死。老王爷为之劝说，坚决不予宽免。老王爷怒责，僧人越发要严格执行，最后老王爷不得不下台，拂袖而去，只好饬令宛平县知县处理，告诫知县说："如此人被打死，惟你是问！"其实这场闹剧就是演给老王爷看的。有一句谚语，"在京的和尚出外的官"，足以深刻地说明他们的势力问题。当然和尚再凶，也凶不过"现管"的县官，王爷走了，戏也演完了。只从这类事看，恭忠亲王与戒台寺的关系之深，可以想见。那么心畬先生兄弟在寺中读书，不过是一个远些的书房，也就不难理解了。

心畬先生幼年启蒙师是谁，我不知道，但知道对他们兄弟（儒、德二先生）文学书法方面影响最深的是一位湖南和尚永光法师（字海印）。这位法师大概是出于王闿运之门的，专作六朝体的诗，写一笔相当洒脱的和尚风格的字。心畬先生保存着一部这位法师的诗集手稿，在"七七事变"前夕，他们兄弟二位曾拿着商量如何选订和打磨润色，不久就把选订本交琉璃厂文楷斋木版刻成一册，请杨雪桥先生题签，标题是《碧湖集》。我曾得到红印本一册，可惜今已失落了。心畬先生曾有早年手写石印的《西山集》一册，诗格即如永光，书法略似明朝的王宠，而有疏散的姿态，其实即永光风格的略为规矩而已。后来看见先生在南方手写的《寒玉堂诗集》，里边还有一个保存着《西山集》的小题，但内容已与旧本不同了。先生曾告诉我说有一本《瀛海埙篪》诗集，是先生与三弟同游日本时的诗稿，但我始终没有见着。可惜的是大约先生的诗词集稿本，可能大部分已经遗失。有许多我还能背诵的，在新印的诗集中已不存在了。下面即举几首为例：

《落叶》四首：

昔日千门万户开，愁闻落叶下金台；寒生易水荆卿去，秋满江南庾信哀。西苑花飞春已尽，上林树冷雁空来；平明奉帚人头白，五柞宫前梦碧苔。

微霜昨夜蓟门过，玉树飘零恨若何；楚客离骚吟木叶，越人清怨寄江波。不须摇落愁风雨，谁实摧伤假斧柯；袁谢兰成应作赋，暮年丧乱入悲歌。

萧萧影下长门殿，湛湛秋生太液池；宋玉招魂犹故国，袁安流涕此何时；洞房环佩伤心曲，落叶哀蝉入梦思；莫遣情人怨遥夜，玉阶明月照空枝。

叶下亭皋蕙草残，登楼极目起长叹；蓟门霜落青山远，榆塞秋高白露寒。当日西陲征万马，早时南内散千官；少陵野老忧君国，奔门宁知行路难。

这是先生一次用小行草写在一片手掌大的高丽笺上的，拿给我看，我捧持讽诵，先生即赐予我了。归家珍重地夹在一本保存的师友手札粘册中。这些年几经翻腾，不知在哪个箱中了，但诗句还有深刻的记忆。现在居然默写全了，可见青年时脑子的好用。"时过而后学，则勤苦而难成"，真觉得有"老大徒伤悲"之感！先生还曾在扇面上给我用小行草写过许多首《天津杂诗》，现在也不见于南方所印的诗集中，我总疑是旧稿因颠沛遗失，未必是自己删去的。

先生对于后学青年，一向非常关心，谆谆嘱咐好好念书。我向先生问书画方法和道理，先生总是指导怎样作诗，常常说画不用多学，诗作好了，画自然会好。我曾产生过罪过的想法，以为先生作画每每拿笔那么一涂，并没讲求过什么皴、什么点。教我作好诗，可能是一种搪塞手段。后来我那位学画的启蒙老师贾羲民先生也这样教导我，他们两位并没有商量过啊，这才扭转了我对心畬先生教导的误解。到今天60年来，又重拾画笔画些小景，不知怎么回事，画完了，诗也有了。还常蒙观者谬奖，说我那些小诗比画好些，使我自忖当年对先生教导的半信半疑。

有一次在听到先生鼓励作诗后，曾问该读哪些家的作品，先生很具体地指示：有一种合印的王维、孟浩然、韦应物、柳宗元四家合集，应该好好地读。我即找来细看：王维的诗曾读过，也爱读的；孟浩然实在无味；柳宗元也不对胃口；只有韦应物使我有清新的感觉，有些作品似比王维还高。这当然只是那时的幼稚感觉，但60年后的今天，印象还没怎么大变，也足见我学无寸进了！

又一次自己画了一个小扇面，是一个淡远的景色。即模仿先生的诗格题了一首五言律诗，拿着去给先生看。没想到先生看了好久，忽然问我："这是你作的吗？"我忍着笑回答说："是我作的。"先生又看，又问，还是怀疑的语气。我不由得笑着反问："像您作的吧！"先生也大笑着加以勉励。这首诗是：

八月江南岸，平林欲著黄。清波凝暮霭，鸣籁入虚堂。卷幔吟秋色，题书寄雁行。一丘犹可卧，摇落漫神伤。

这次虽承夸奖，但究竟是出于孩子淘气的仿作，后来也继续仿不出来了。

先生最不喜宋人黄庭坚、陈师道一派的诗，有一次向我谈起陈师傅（宝琛）的诗，说："他们竟自学陈后山（师道）。"言下表现出非常奇怪似的开口大笑。我那时由于不懂陈后山，当然也不喜欢陈后山，也就随着大笑。后来听溥雪斋先生谈起陈师傅对心畬先生诗的评论，说"儒二爷尽作那空唐诗"，是指只模仿唐人腔调和常用的词藻，没有什么自己独具的情感和真实的经历有得的生活体会，所以说"空唐诗"。这个词后来误传为"充唐诗"，是不确的。

为什么先生特别喜爱唐诗，这和早年的家教熏习是有关系的。恭忠亲王喜作诗，有《乐道堂集》。另有一部《萃锦吟》，全是集唐人诗句的作品。见者都惊讶怎能集出那么些首？清代人有些集句诗集，像《钉铛吟》《香屑集》之类的，究竟不是多见的。至于《萃锦吟》，体裁博大，又出前者之外，所以相当值得惊诧。近几十年前，哈佛燕京学会编印了一部《杜诗引得》，逐字编码，非常精密。有人用来集杜句成诗，即借重这部工具。后来我在故宫图书馆见到一部《唐诗韵汇》是以句为单位，按韵排开，集起来，比用《引得》整齐方便，我才恍然这位老王爷在上书房读书时必然用过这种工具书。而心畬先生偏爱唐诗，未必与此毫无关系。先生对于诗，唐音之外，也还爱"文选体"，这大约是受永光法师的影响吧！

四、心畬先生的书艺

　　心畬先生的书法功力，平心而论，比他画法功力要深得多。曾见清代赵之谦与朋友书信中评论当时印人的造诣，有"天几人几"之说，即说某一家的成就是天才几分、人力几分。如果借用这种评论方法来谈心畬先生的书画，我觉得似乎可以说，画的成就天分多，书的成就人力多。

　　他的楷书我初见时觉得像学明人王宠，后见到先生家里挂的一副永光法师写的长联，是行书，具有和尚书风的特色。先师陈援庵先生常说：和尚袍袖宽博，写字时右手提起笔来，左手还要去拢起右手袍袖，所以写出的字，绝无扶墙摸壁的死点画，而多具有疏散的风格。和尚又无须应科举考试，不用练习那种规规矩矩的小楷。如果写出自成格局的字，必然常常具有出人意表的艺术效果。我受到这样的教导后，就留意看和尚写的字。一次在嘉兴寺门外见到黄纸上写"启建道场"四个大斗方，分贴在大门两旁。又一次在崇效寺门外见一副长联，也是为办道场而题的，都有疏散而近于唐人的风格。问起寺中人，写者并非什么"方外有名书家"，只是普通较有文化的和尚。从此愈发服膺陈老师的议论，再看心畬先生的行书，也愈近"僧派"了。

　　我看到永光法师的字，极想拍照一个影片，但那一联特别长，当时摄影的条件也并不容易，因而竟自没能留下影片。后来又见许多永光老年的字迹，与当年的风采很不相同了。总的来说，心畬先生早年的行楷书法，受永光的影响是相当可观的。

有人问：从前人读书习字，都从临摹碑帖入手，特别楷书几乎没有不临唐碑的，难道心畲先生就没临过唐碑吗？我的回答是：从前学写字的人，无不先临楷书的唐碑，是为了应考试的基本功夫。但不能写什么都用那种死板的楷体，必须有流动的笔路，才能成行书的风格。例如用欧体的结构布下基础，再用赵体的笔画姿态和灵活的风味去把已有结构加活，即叫作"欧底赵面"（其他某底某面，可以类推）。据我个人极大胆地推论心畲先生早年的书法途径，无论临过什么唐人楷书的碑版，及至提笔挥毫，主要的运笔办法，还是从永光来的，或者可说"碑底僧面"。

据我所知，心畲先生不是从来没临过唐碑，早年临过柳公权的《玄秘塔碑》，后来临过裴休的《圭峰碑》，从得力处看，大概在《圭峰碑》上所用功夫最多。有时刀斩斧齐的笔画、内紧外松的结字，都是《圭峰碑》的特点。五十多岁时，写的字特别像成亲王（永瑆）的精楷样子，也见到先生不惜重资购买成王的晚年楷书。当时我曾以为是从柳、裴发展出来，才接近成王，喜好成王。不对，颠倒了。我们旗下人写字，可以说没有不从成王入手，甚至以成王为最高标准的，心畲先生岂能例外！现在我明白，先生中年以后特别喜好成王，正是反本还原的现象，或者是想用严格的楷法收敛早年那种疏散的永光体，也未可知。

先生家藏的古法书，真堪敌过《石渠宝笈》。最大的名头，当然要推陆机的《平复帖》，其次是唐摹王羲之《游目帖》，再次是《颜真卿告身》，再次是怀素的《苦笋帖》。宋人字有米芾五札、吴说游丝书等。先生曾亲手双钩《苦笋帖》许多本，还把钩本令刻工上石。至于先生自己得力处，除《苦笋帖》外，则是《墨妙轩帖》所刻的《孙过庭草书千字文》，这也是先生常谈到的。其实这卷《千文》是北宋末南宋初的一位书家王昇的字迹。王昇还有一本《千文》，刻入《岳雪楼帖》和《南雪斋帖》，与这卷的笔法风格完全一致。这卷中被人割去尾款，在《千文》末尾半行空处添上"过庭"二字，不料却还留有"王昇印章"白文一印。王昇还有行书手札，与草书《千文》的笔法也足以印证。论其笔法，圆润流畅，确极妍妙，很像米临王羲之帖，但毕竟不是孙过庭的手迹。后来先生得到延光室（出版社）的摄影本《书谱》，临了许多次。有一天告诉我说："孙过庭《书谱》有章草笔法。"我想《书谱》中并无任何字有章草的笔势，先生这种看法从何而来呢？后来了然，《书谱》的字，个个独立，没有连绵之处。比起王昇的《千文》，确实古朴得多。先生因其毫无连绵之处的古朴风格，便觉近于章草，是完全可以理解的。米芾说唐人《月仪帖》"不能高古"，是"时代压之"，那么王昇之比孙过庭，当然也是受时代所压了。最可惜的是先生平时临帖极勤，写本极多，到现在竟自烟消云散，平时连一本也不易见了，思之令人心痛。

先生藏米芾书札五件，合装为一卷，清代周于礼刻入《听雨楼帖》的。五帖中被人买走了三帖，还剩下《春和》《腊白》二帖，先生时常临写。还常临其他米帖，也常临赵孟𫖯帖。先生临米帖几乎可以乱真，临赵帖也极得神韵，只是常比赵的笔力挺拔许多，容易被人看出区别。古董商人常把先生临米的墨迹，染上旧色，裱成古法书的手卷形式，当作米字真迹去卖。去年我在广州一位朋友家见到一卷，这位朋友是个老画家，看出染色做旧色的问题，费钱虽不多，但是疑团始终不解：既非真迹，却又不是双钩廓填；既是直接放手写成，今天又有谁有这等本领，下笔便能这样自然痛快地"乱真"呢？偶然拿给我看，我说穿了这种情况，这位朋友大为高兴，重新装裱，令我题了跋尾。

先生有一段时间爱写小楷，把好写的宣纸托上背纸，接裱成长卷，请纸店的工人画上小方格，好像一大卷连接的稿纸，只是每个小方格都比稿纸的小格大些。常见先生用这样小格纸卷抄写古文。庾信的《哀江南赋》不知写了几遍。常对我说："我最爱这篇赋。"诚然，先生的文笔也正学这类风格。曾见先生撰写的《灵光集序》手稿，文章冠冕堂皇，多用典故，也即庾信一派的手法。可惜的是这些古文章小楷写本，今天一篇也见不着，先生的文稿也没见到印本。

项太夫人逝世时，正当抗战之际，不能到祖茔安葬，只得停灵在地安门外鸦儿胡同广化寺，髹漆棺木。在朱红底色上，先生用泥金在整个棺椁上写小楷佛经，极尽辉煌伟丽的奇观，可惜没有留下照片。又先生在守孝时曾用注射针撤出自己身上的血液，和上紫红颜料，或画佛像，或写佛经，当时施给哪些庙中已不可知，现在广化寺内是否还有藏本，也不得而知了。后来项太夫人的灵柩髹漆完毕，即厝埋在寺内院中，先生也还寓在寺中方丈室内。我当时见到室内不但悬挂有先生的书画，即隔扇上的空心处（每扇上普通有两块），也都有先生的字迹，临王、临米、临赵的居多，现在听说也不存在了。

先生好用小笔写字，自己请笔工定制一种细管纯狼毫笔，比通用的小楷笔可能还要尖些、细些，管上刻"吟诗秋叶黄"五个字，一批即制了许多支。曾见从一个大匣中取出一支来用，也不知曾制过几批。先生不但写小字用这种笔，即写约两寸大的字，也喜用这种笔。

先生臂力很强，兄弟二位幼年都曾从武师李子濂先生习太极拳，子濂先生是大师李瑞东先生的子或侄（记不清了），瑞东先生是硬功一派太极拳的大师，不知由于什么得有"鼻子李"的绰号。心畬、叔明两先生到中年时还能穿过板凳底下往来打拳，足见腰腿可以下到极低的程度。溥雪斋先生好弹琴，有时也弹弹三弦。一次在雪老家中（松风草堂的聚会中），我正在里间屋中作画，宾主几位在外间屋中各做些事，有的人弹三弦。忽然听到三弦的声音特别响亮了，我起坐伸头一看，原来是心畬先生弹的。这虽是极小的一件事，却足以说明先生的腕力之强。大家都知道写字作画都是以笔为主要工具，用笔当然不是要用大力、死力，但腕力强的人，行笔时，不致疲软，写出、画出的笔画，自然会坚挺得多。心畬先生的画凡见笔画线条处，无不坚刚有力，实与他的腕力有极大关系。

先生执笔，无名指常蜷向掌心，这在一般写字的方法上是不适宜的。关于用笔的格言，有"指实掌虚"之说，如果无名指蜷向掌心，掌便不够虚了。但这只是一般的道理，在腕力真强的人，写字用笔的动力，是以腕为枢纽，所以掌即不够虚也无关紧要了。先生写字到兴高采烈时，末笔写完，笔已离开纸面，手中执笔，还在空中抖动，旁观者喝彩，先生常抬头张口，向人"哈"的一声，也自惊奇地一笑，好似向旁观者说："你们觉得惊奇吧！"

五、心畬先生的画艺

　　心畬先生的名气，大家谈起时，至少画艺方面要居最大、最先的位置，仿佛他平生致力的学术必以绘画方面为最多。其实据我所了解，却恰恰相反。他的画名之高，固然由于他的画法确实高明，画品风格确实与众不同，社会上的公认也是很公平的；但是若从功力上说，他的绘画造诣，实在是天资所成，或者说天资远在功力之上，甚至竟可以说：先生对画艺并没用过多少苦功。有目共见的，先生得力于一卷无款宋人山水，从用笔至设色，几乎追魂夺魄，比原卷甚或高出一筹，但我从来没见过他通卷临过一次。

　　话又说回来，任何学术、艺术，无论古今中外，哪位有成就的人，都不可能是凭空就会了的，不学就能了的，或写出画出他没见过的东西的。只是有人"闻（或见）一以知十"，有的人"闻（或见）一以知二"（《论语》）罢了。前边说心畬先生在绘画上天资过于功力，这是二者比较而言的，并非眼中一无所见，手下一无所试，便能画出"古不乖时，今不同弊"（《书谱》）的佳作来。心畬先生家藏古画和古法书一样有许多极其名贵之品，据我所知所见，古画首推唐韩幹画马的《照夜白图》（古摹本）。其次是北宋易元吉的《聚猿图》，在山石枯树的背景中，有许多猴子跳跃游戏。卷并不高，也不太长，而景物深邃，猴子千姿百态，后有钱舜举题。世传易元吉画猿猴真迹也有几件，但绝对没有像这卷这么精美的。心畬先生也常画猴，都是受这卷的启发，但也没见他仔细临过这一卷。再次就要数那卷无款宋人《山水》卷，用笔灵奇，稍微有一些所谓"北宗"的习气，所以有人曾怀疑它出于金源或元明的高手。先不管它是哪朝人的手笔，以画法论，绝对是南宋一派，但又不是马远、夏圭等人的路子，更不同于明代吴伟、张路的风格。淡青绿设色，色调也不同于北宋的成法。先生家中堂屋里迎面大方桌的两旁挂着两个扁长四面绢心的宫灯，每面绢上都是先生自己画的山水。东边四块是节临的夏圭《溪山清远图》，那时这卷刚有缩小的影印本，原画是墨笔的，先生以意加以淡色，竟似宋人原本就有设色的感觉；西边四块是节临那个无款山水卷，我每次登堂，都必在两个宫灯之下仰头玩味，不忍离去。后来见到先生的画品多了，无论什么景物，设色的基本调子，总有接近这卷之处。可见先生的画法，并非毫无古法的影响，只是绝不同于"寻行数墨""按模脱墼"的死学而已。禅家比喻天才领悟时说："从门入者，不是家珍。"所以社会上无论南方北方，学先生画法的画家不知多少，当然有从先生的阶梯走上更高更广的境界的，也有专心模拟乃至仿造以充先生真迹的。但那些仿造品很难"丝丝入扣"，因为有定法的，容易模拟，无定法的，不易琢磨。像先生那种腕力千钧、游行自在的作品，真好似和仿造的人开玩笑、捉迷藏，使他们无法找着。

我每次拿自己的绘画习作向先生请教时，先生总是不大注意看，随便过目之后，即问："你作诗了没有？"这问不倒我，我摸着了这个规律，凡拿画去时，必兼拿诗稿，一问立即呈上。有时索性题在画上，使得先生无法分开来看。我又有时问些关于绘画的问题，抽象些的问画境标准，具体些的问怎么去画。而先生常常是所答非所问，总是说"要空灵"，有一次竟自发出一句奇怪的话，说"高皇子孙的笔墨没有不空灵的"，我听了几乎要笑出来。"高皇子孙"与"笔墨空灵"有什么相干呢？但可理解，先生的笔墨确实不折不扣的空灵，这是他老先生自我评价，也是愿把自己的造诣传给后学，但自己是怎样得到或达到空灵的境界，却无法说出，也无从说起。为了鼓励我，竟自憋出那句莫名其妙而又天真有趣的话来，是毫不可怪的！

由于知道了先生的画法主要得力于那卷无款山水，总想何时能够临摹把玩，以为能得探索这卷的奥秘，便能了解先生的画诣。虽然久存渴望，但不敢启齿借临。因知这卷是先生夙所宝爱，又知它极贵重，恐无能得借出之理。真凑巧，一次我在旧书铺中见到一部《云林一家集》，署名是清素主人选订，是选本唐诗，都属清微淡远一派的。精钞本数册，合装一函，书铺不知清素是谁，订价较廉，我就买来，呈给先生，先生大为惊喜，说这稿久已遗失，正苦于寻找不着。问我价钱，我当然表示是诚心奉上。先生一再自言自语地说："怎样酬谢你呢？"我即表示可否赐借那卷山水画一临，先生欣然拿出。我真不减于获得奇宝，抱持而归，连夜用透明纸勾摹位置，不到一月间临了两卷。后来用绢临的一本比较精彩，已呈给了陈援庵师，自己还留有用纸临的一本。我的临本可以说连山头小树、苔痕细点，都极忠实地不差位置，回头再看先生节临的几段，远远不及我勾摹的那么准确，但先生的临本古雅超脱，可以大胆地肯定说竟比原件提高若干度（没有恰当的计算单位，只好说"度"）。再看我的临本，"寻枝数叶"，确实无误，甚至如果把它与原卷叠起来映光看去，敢于保证一丝不差，但总的艺术效果呢？不过是"死猫瞪眼"而已！因此放在箱底至今已经60年，从来未再一观，更不用说拿给朋友来看了。今天可以自慰的，只是还有惭愧之心吧！

先生家藏明清人画还有很多，如陈道复的《设色花卉》卷，周之冕的《墨笔百花图》卷，沈士充设色分段《山水》卷、设色《桃源图》卷双璧。最可惜的是一卷赵文度绢本《山水》，竟被做成"贴落"，糊在东窗上边横楣上。还有一小卷设色米派山水，有许多名头不显的明代人题。号称米友仁，实是明人画。《桃源图》不知何故发现于地安门外一个小古玩铺，为我的一位老世翁所得，我又获得机会像临无款宋人山水卷那样仔细勾摹了两次，现在有一卷尚存箱底，也已近60年没有再看过。我学画的根底功夫，可以说是从临摹这两卷开始，心畬先生对于绘画方法，虽较少具体指导，但我所受益的，仍与先生藏品有关，不能不说是胜缘了。

先生作画，有一毛病，无可讳言，即懒于自己构图起稿。常常令学生把影印的古画用另纸放大，是用比例尺还是用幻灯投影，我不知道。先生早年好用日本绢，绢质透明，罩在稿上，用自己的笔法去勾写轮廓。我记得有一幅罗聘的《上元夜饮图》，先生的临本，笔力挺拔，气韵古雅，两者相比，绝像罗临溥本。诸如此类，不啻点铁成金，而世上常流传先生同一稿本的几件作品，就给作伪者留下鱼目混珠的机会。后来有时应酬笔墨太多太忙时，自己勾勒出主要的笔道，如山石轮廓、树木枝干、房屋框架，以及重要的苔点等等，令学生们去加染颜色或增些石皴树叶。我曾见过这类半成品，上边已有先生亲自署款盖章。有人持来请我鉴定，我即为之题跋，并劝藏者不必请人补全，因为这正足以见到先生用笔的主次、先后，比补全的作品还有价值。我们知道元代黄子久的《富春山居图》有作者自跋，说明这卷是尚未画完的作品。因为求者怕别人夺去，请他先题上是谁所有，然后陆续再补。又屡见明代董其昌有许多册页中常有未完成的几开。恐怕也是出于这类情况。心畬先生有一件流传的故事，谈者常当作笑柄，其实就是这种普通情理，被人夸张。故事是有一次求画人问先生，所求的那件画成了没有？先生手指另一房屋说："问他们画得了没有？"这句话如果孤立地听起来，好像先生家中即有许多代笔伪作，要知道先生的书画，只说那种挺拔力量和特殊的风格，已是没有任何人能够完全相似的。所谓"问他们画得"的，只是加工补缀的部分，更不可能先生的每件作品都出于"他们"之手。"俗语不实，流为丹青"，这件讹传，便是一例。

先生画山石树木，从来没有像《芥子园画谱》里所讲的那么些样子的皴法、点法和一些相传的各派成法。有时勾出轮廓，随笔横着竖着任笔抹去，又都恰到好处，独具风格。但这种天真挥洒的性格，却不宜于画在近代所制的一些既生又厚的宣纸上，由于这项条件的不适宜，又出过一次由误会造成的佳话。一次有人托画店代请先生画一大幅中堂，送去的是一幅新生宣纸。先生照例是"满不在乎"地放手去画，甚至是去抹，结果笔到三分处，墨水浸淫，却扩展到了五六分，不问可知，与先生的平常作品的面目自然大不相同。当然那位拿出生宣纸的假行家是不会愿意接受的。这件生纸作品，反倒成了画店的奇货。由于它的艺术效果特殊，竟被赏鉴家出重价买去了。

我从幼年看到先祖拿起我手中小扇，随便画些花卉树石，我便发生奇妙之感，懵懂的童心曾想，我大了如能做一个画家该多好啊！十几岁时拜贾羲民先生为师学画，贾先生又把我介绍给吴镜汀先生去学，但我的资质鲁钝，进步很慢，现在回忆，实在也由于受到《芥子园》一类成法束缚，每每下笔之前总是先想什么皴什么点，稍听老师说过什么家什么派，又加上家派问题的困扰。大约在距今60年的那个癸酉年，一次在寒玉堂中大开了眼界，虽没能如佛家道家所说一举超生，但总算解开了层层束缚，得了较大的自在。

那次盛会是张大千先生来到心畲先生家中做客，两位大师见面并无多少谈话，心畲先生打开一个箱子，里边都是自己的作品，请张先生选取。记得大千先生拿了一张没有布景的骆驼，心畲先生当时题写上款，还写了什么题语我不记得了。一张大书案，二位各坐一边，旁边放着许多张单幅的册页纸。只见二位各取一张，随手画去。真有趣，二位同样好似不假思索地运笔如飞。一张纸上或画一树一石，或画一花一鸟，互相把这种半成品掷向对方,对方有时立即补全,有时又再画一部分又掷回给对方。大约不到三个小时,就画了几十张。这中间还给我们这几个侍立在旁的青年画几个扇面。我得到大千先生画的一个黄山景物的扇面,当时心畬先生即在背后写了一首五言律诗,保存多少年,可惜已失于一旦了。那些已完成或半完成的册页,二位分手时各分一半,随后补完或题款。这是我平生受到最大最奇的一次教导,使我茅塞顿开。可惜数十年来,画笔抛荒,更无论艺有寸进了。追念前尘,恍如隔世。唉!不必恍然,已实隔世了!

先生的画作与社会见面,是很偶然的,并非迫于资用不足之时,生活需用所迫,因为那时生活还很丰裕。约在距今六十多年前,北京有一位溥老先生,名勋,字尧臣,喜好结交一些书画家,先由自己爱好收集,后来每到夏季便邀集一些书画家各出些扇面作品,举行展览。各书画家也乐于参加,互相观摩,也含竞赛作用,售出也得善价。这个展览会标题为"扬仁雅集",取《世说新语》中谈扇子"奉扬仁风"的典故。心畬先生是这位老先生的远支族弟,一次被邀拿出十几件自己画成收着自玩的扇面参展,本是"凑热闹"的。没想到展出之后立即受观众的惊讶。特别是易于相轻的"同道"画家,也不禁诧为一种新风格、新面目。但新中有古,流中有源。可以说得到内外行同声喝彩。虽然标价奇昂,似是每件二十元银元,但没有几天,竟自被买走绝大部分。这个结果是先生自己也没料到的。再后几年,先生有所需用,才把所存作品大小各种卷轴拿出开了一次个人画展,也是几乎售空,从此先生累积的自珍精品,就非常稀见了。

六、余 论

评论文学艺术,必须看到当时的背景,更要看作者自己的环境和经历。人的性格虽然基于先天,而环境经历影响他的性格,也不能轻易忽视。我对于心畬先生的文学艺术以及个人性格,至今虽然过数十年了,但每一闭目回忆,一位完整的、特立独出的天才文学艺术家即鲜明生动地出现在眼前。先生为亲王之孙、贝勒之子，成长在文学教育气氛很正统、很浓郁的家庭环境中。青年时家族失去特殊的优越势力，但所余的社会影响和遗产还相当丰富，这包括文学艺术的传统教育和文物收藏，都培育了这位先天本富、多才多艺的贵介公子。不沾日伪的边，当然首先是学问气节所关，也不是没有附带的因素。许多清末老一代或中一代的亲贵有权力矛盾的，对"慈禧太后"常是怀有深恶的，先生对那位"宣统皇帝"又是貌恭而腹诽的，大连还有嫡兄嗣王，自己在北京又可安然地、富裕地做自己的"清代遗民"的文学艺术家，又何乐而不为呢！

文学艺术的陶冶，常须有社会生活的磨炼，才能对人情世态有深入的体会。而先生却无须辛苦探求，也无从得到这种磨炼，所以作诗随手即来的是那些"六朝体"和"空唐诗"。写自然境界的，能学王、韦，不能学陶。在文章方面喜学六朝人，尤其爱庾信的《哀江南赋》，自己用小楷写了不知几遍。但《哀江南赋》除起首四句有具体的"戊辰之年，建亥之月，大盗移国，金陵瓦解"之外，全用典故堆砌，与《史记》《汉书》以来唐宋八家的那些丰富曲折的深厚笔法，截然不同。我怀疑先生的文风与永光和尚似乎也不无关系。但我确知先生所读古书，极其综博。藏园老人傅沅叔先生有时寄居颐和园中校勘古书，一次遇到一个有关《三国志》的典故出处，就近和同时寄居颐和园中的心畲先生谈起，心畲先生立即说出见某人传中，使藏园老人深为惊叹，以为心畲先生不但学有根柢，而且记忆过人。又一次看见先生阅读古文，一看作者，竟是权德舆，又足见先生不但阅读唐文，而且涉及一般少人读的作家。那么何以偏作那些被人讥诮为"说门面话"的文章呢，不难理解，没有那种磨炼，可说是个人早年的幸福，但又怎能要求他作出深挚情感的文章，具有委婉曲折的笔法！不止诗文，即常用以表达身世的别号，刻成印章的像"旧王孙""西山逸士""咸阳布衣"等，都是比较明显而不隐僻的，大约是属于同样原因。

还有一事值得表出的：以有钱、有地位、有名望年轻时代的心畲先生，一般看来，在风月场中，必有不少活动，其实并不如此。先生有妾媵，不能说"生平不二色"，但从来不搞花天酒地的事。晚年宁可受制于箧室，也不肯"出之"，不能不算是一位"不三色"的"义夫"！

先生以书画享大名，其实在书上确实用过很大功夫，在画上则是从天资、胆量和腕力得来的居最大的比重。总之，如论先生的一生，说是诗人，是文人，是书人，是画人，都不能完全无所偏重或罥漏，只有"才人"二字，庶几可算比较概括吧！

忆先师吴镜汀先生

启功年十五，从贾羲民先生学画。年十九，经贾老师介绍入中国画学研究会，从吴镜汀先生问业。吴先生当时专宗王石谷，贾先生壁上挂有吴师所画小幅山水，蒙贾师手摘命临，并说：你没见过石谷画吧，要知此画与石谷无甚异处，如说有异处，即是去掉了石谷晚年战掣笔道的习气。功当时虽曾从影印本中见过些王画，但还不能深入体会贾师的训导。

后来亲炙于吴师多年，比较多方面了解了吴先生画诣的来龙去脉，大致是十几岁从金北楼先生学画。金先生创办中国画学研究会，广收学员，并延请各科名宿协助辅导。如俞涤凡、萧谦中、贺履之、陈半丁诸先生，都常莅会，指授六法。后来金先生病逝，由周养庵先生继办，诸名宿多年高，或且病逝（如俞先生），吴师遂主讲山水一科，造就人才，今年逾八十的，已五六家，若功这学不加进，有愧师门的，就不足数了。

先生对于持画求教的，没有不至诚指导，除非太荒唐幼稚的，莫不循循然顺其习性相近处加以指引。以功及身亲受的二三小事为例。点苔总是乱七八糟，先生说，你别把苔点点在皴法笔道上，先把应加苔点处，擦染糊涂了，然后再在糊涂部分去点苔，必然格外醒目。又画松针总觉不够，而且层次不明，先生说，凡画松针，都用焦墨，画完如有必要，再加一些淡墨的，便既见苍劲，又有云烟了。又一次画石青总嫌太重，先生说，你在里边加些石绿呀，果然青翠欲滴。同时又说，石绿不可往空白的山石面上涂，那样永远感觉不足，先在山石石面染上赭石以至草绿，再加石绿，即能有所衬托。诸如此类，不胜枚举。虽然可说属技法上的小节，但就是这类"小节"，你去问问手工艺人以及江湖画手，虽至亲好友，他肯轻易相告吗？

又在观看古代名画时，某件真假，先生指导，必定提出根据。画的重要关键处是笔法，各家都有各自的习惯特点。元明以来，流传得较多，比较常能看到。每见某件画是仿本时，先生指出后，听者如果不信，先生常常用笔在手边的乱纸上表演出来，某家的特点在哪里，而这件仿本不合处又在哪里，旁观者即使是未曾学画的人，也会啧啧称奇，感喟叹服。

故宫古代书画给我的眼福[1]

谁都晓得，论起我国古代文物，尤其是古代书画，恐怕要数北京故宫博物院收藏的最为丰富了。它的丰富，并非一朝一夕凭空聚起的，它是清代乾隆内府的《石渠宝笈》所收为大宗的主要藏品。清高宗乾隆皇帝酷好书画，以帝王的势力来收集，表面看来，似乎可以毫不费力，其实还是在明末清初几个"大收藏家"搜罗鉴定的成果上积累起来的。那时这几个"大收藏家"是河北的梁清标、北京的孙承泽、住在天津为权贵明珠办事的安岐和康熙皇帝的侍从文官高士奇。这四个人生在明末清初，趁着明朝覆亡，文物流散的时候，大肆搜罗，各成一个"大收藏家"。梁氏没有著录书传下来，孙氏有《庚子销夏记》，高氏有《江村销夏录》，安氏有《墨缘汇观》。这些家的藏品，都成了《石渠宝笈》的收藏基础。本文所说的故宫书画，即指《石渠宝笈》的藏品，后来增收的不在其内。

1924年时，前宣统皇帝溥仪被逐出宫，故宫成立了博物院，后来经过点查，才把宫内旧藏的各种文物公开展览。宣统出宫以前，曾将一些卷册名画由溥杰带出宫去，转到长春，后来流散，又有一部分收回，所以故宫博物院初建时的古书画，绝大部分是大幅挂轴。

我在十七八岁时从贾羲民先生学画，同时也由贾老师介绍并向吴镜汀先生学画。也看过些影印、缩印的古画。那时正是故宫博物院陆续展出古代书画之始，每月的一、二、三日为优待参观的日子，每人票价由一元钱减到三角钱。在陈列品中，每月初都有少部分更换。其他文物我不关心，古书画的更换、添补，最引学书画的人和鉴赏家们的极大兴

---

[1] 本文选自陕西师范大学出版社《浮光掠影看平生》。以下文章凡未标明出处的，均选自本书。

趣。我的老师常常率领我和同学们到这时候去参观。有些前代名家在著作书中和画上题跋中提到过某某名家,这时居然见到真迹,真不敢相信这就是我曾听到名字的那些古人的作品。只曾闻名,连仿本都没见过的,不过惊诧"原来如此"。至于曾看到些近代名人款识中所提到的"仿某人笔",这时真见到了那位"某人"自己的作品,反倒发生奇怪的疑问,眼前这件"某人"的作品,怎么竟和"仿某人笔"的那种画法大不相同?尤其和我曾奉为经典的《芥子园画谱》中所标明的某家、某派毫不相干。是我眼前的这件古画不真,还是《芥子园画谱》和题"仿某人笔"的藏家造谣呢?后来很久很久才懂得,《芥子园画谱》作者的时代,许多名画已入了几个藏家之手,近代人所题"仿某人笔",更是辗转得来,捕风捉影,与古画真迹渺无关系了。这一层问题稍有理解之后,又发生了新疑问:明末的董其昌,确曾见过不少宋元名画,他的后辈王时敏、王原祁祖孙也是以专学黄子久(公望)著名的。在他们的著作中,在他们画上的题识中,看到大量讲到黄子久画风问题的话,但和我眼前的黄子久作品,怎么也对不上口径。请教于贾老师,老师也是董、王的信仰者,好讲形似和神似的区别,给我破除的疑团,只占百分之五十左右。"四王吴恽"(清代六大画家)中,我只觉得王翚还与宋元面目有相似处,但老师平日不喜王翚,我也不敢拿出王翚来与王原祁作比较论证了。这里要作郑重声明的,清末文人对古画的评鉴,至多到明代沈周、文征明和董其昌为止,再往上的就见不着了。所以眼光、论点,都受到一定的时代局限,这里并非菲薄贾老师眼光狭窄。吴老师由王翚入手,常说文人画是"外行"画,好多年后才晓得明代所称"戾家画"就是此意。

这时所见宋元古画,今天已经绝大部分有影印本发表,甚至还有许多件原样大的影印本。现在略举一些名家的名作,以见那时眼福之富,对我震动之大。例如,五代董源的《龙宿郊民图》、赵幹的《江行初雪图》、巨然的《秋山问道图》、荆浩的《匡庐图》、关仝的《秋山晚翠图》,北宋范宽的《溪山行旅图》、郭熙的《早春图》、南宋李唐的《万壑松风图》、马远和夏圭的有款纨扇多件,元代赵孟頫的《鹊华秋色图》、高克恭的《云横秀岭图》、黄公望的《富春山居图》等,都是著名的"巨迹"。每次走入陈列室中,都仿佛踏进神仙世界。由于盼望每月初更换新展品，甚至萌发过罪过的想法。其中展览最久不常更换的要数范宽《溪山行旅图》和郭熙《早春图》，总摆在显眼的位置，当我没看到换上新展品时，曾对这两件"经典的"名画发出"还是这件"的怨言。今天得到这两件原样大的复制品，轮换着挂在屋里，已经十多年了，还没看够，也可算对那时这句怨言的忏悔！至于元明画派有类似父子传承的关系，看来比较易于理解。而清代文人画和宫廷应制的作品，已经没有什么吸引力了。

比故宫博物院成立还早些年的有"内务部古物陈列所"，是北洋政府的内务总长熊希龄创设的，他把热河清代行宫的文物运到北京，成立这个收藏陈列机构，分占文华、武英两个殿，文华陈列书画，武英陈列其他铜器、瓷器等文物。古书画当然比不上故宫博物院的那么多、那么好，但有两件极其重要的名画：一是失款夏圭画《溪山清远图》，一是传为董其昌缩摹宋元名画《小中现大》巨册。其他除元明两三件真迹外，可以说乏善可陈了。以上是当时所能见到宋元名画的两个地方。

至于法书如王羲之《快雪》《奉橘》、孙过庭《书谱》、唐玄宗《鹡鸰颂》、苏轼《赤壁赋》、欧阳修《集古录跋尾》、米芾《蜀素帖》和宋人手札多件。现在这些名画、法书，绝大部分都已有了影印本，不待详述。

故宫博物院初建时的书画陈列，曾有一度极其分散，主要展室是钟粹宫，除有些特制的玻璃柜可展出些立幅、横卷外，那些特别宽大或次要些的挂幅，只好分散陈列在上书房、南书房和乾清宫东北头转角向南的室内，大部分直接挂在墙上，还在室内中间摆开桌案，粗些的卷册即摊在桌上，有些用玻璃片压着，《南巡图》若干长卷横展在坤宁宫窗户里边，也没有玻璃罩。这在今天看来是不可思议的事，也足见那时藏品充斥、陈列工具不足的不得已情况。

在每月月初参观时，常常遇到许多位书画家、鉴赏家老前辈，我们这些年轻人就更幸福了。

随在他们后面，听他们的品评、议论，增加我们的知识。特别是老辈们对古画真伪有不同意见时，更引起我们的求知欲。随后向老师请教谁的意见可信，得到印证。《石渠》所著录的古书画固然并不全真，老辈鉴定的意见也不是没有参差，在这些棱缝中，锻炼了我自己思考、比较以至判断的能力，这是我们学习鉴定的初级的，也是极好的课堂。

不久博物院出版了《故宫周刊》，就更获得一些古书画的影印本。《故宫周刊》是画报的形式，影印必然是缩小的，但就如此的缩小影印本，在见过原本之后的读者看来，就能唤起记忆，有个用来比较的依据。继而又出了些影印专册，比起《故宫周刊》上的缩本，又清晰许多，使我们的眼睛对原作的认识更进了一步。

岁月推移，抗战开始，文华殿、钟粹宫的书画，随着大批的文物南迁，幸而没有遇见风险损失，现在藏于祖国的另一省市。抗战胜利后，长春流散出的那批卷册，又由一些商人贩运聚到北京。故宫博物院又召集了许多位老辈专家来鉴定、选择、收购其中的一些重要作品。这时我已到中年，并蒙陈垣先生提挈到辅仁大学教书，做了副教授。又蒙沈兼士先生在故宫博物院中派我一个专门委员的职务，具体做两项工作：在文献馆看研究论文稿件，在古物馆鉴定书画。那时文献馆还增聘了几位专门委员：王之相先生翻译俄文老档，齐如山先生、马彦祥先生整理戏剧档案，韩寿萱先生指导文物陈列，每月各送六十元车马费。我看了许多稿子之外，还获得参与鉴定收购古书画的会议的资格。在会上不仅饱了眼福，还可以亲手展观翻阅，连古书画的装潢制度，都得到进一步的了解，同时又获闻许多老辈的议论，比若干年前初在故宫参观书画陈列时的知识，不知又增加了多少。

第一次收购古书画的鉴定会是在马衡先生家中。出席的有马衡先生（故宫博物院院长）、陈垣先生（故宫理事、专门委员）、沈兼士先生（故宫文献馆馆长）、张廷济先生（故宫秘书长）、邓以蛰先生、张大千先生、唐兰先生。这次所看书画，没有什么出色的名作，只记得收购了一件文征明小册，写的是《卢鸿草堂图》中各景的诗，与今传的《草堂图》中原有的字句有些异文，买下以备校对。又一卷祝允明草书《离骚》卷，第一字"离"字草书写成"鸡"，马先生大声念"鸡骚"，大家都笑起来，也不再往下看就卷起来了。张大千先生在抗战前曾到溥心畬先生家共同作画，我在场侍立获观，与张先生见过一面。这天他见到我还记得很清楚，便说："董其昌题'魏府收藏董元画天下第一'的那幅山水，我看是赵幹的画，其中树石和《江行初雪》完全一样，你觉得如何？"我既深深佩服张先生的高明见解，更惊讶他对许多年前在溥先生家中只见过一面的一个青年后辈，今天还记忆分明，且忘年谈艺，实有过于常人的天赋。我曾与谢稚柳先生谈起这些事，谢先生说："张先生就是有这等的特点，不但古书画辨解敏锐，过目不忘，即对后学人才也是过目不忘的。"又见到一卷缂丝织成的米芾大字卷，张先生指给我看，说："这卷米字底本一定是粉笺上写的。"彼此会心地一笑。按：明代有一批伪造的米字，常是粉笺纸上所写，只说"粉笺"二字，一切都不言而喻了。这次可收购的书画虽然不多，但我所受的教益，却比可收的古书画多多了！

第二次收购鉴定会是在故宫绛雪轩，这次出席的人较多了。上次的各位中，除张大千先生没在本市外，又增加了故宫图书馆馆长袁同礼先生和胡适先生、徐悲鸿先生。这次所看的书画件数不少，但绝品不多。只有唐人写《王仁昫刊谬补缺切韵》一卷，不但首尾完整，而且装订是"旋风叶"的形式。在流传可见的古书中既未曾有，敦煌发现的古籍中也没有见到。不但这书的内容可贵，即它的装订形式也是一个孤例。其次是米芾的三帖合装卷，三帖中首一帖提到韩幹画马，所以又称《韩马帖》。卷后有王铎一通精心写给藏者的长札，表示他非常惊异地得见米书真迹。这手札的书法已是王氏书法中功夫很深的作品，而他表示似是初次见到米芾真迹，足见他平日临习的只是法帖刻本了。赵孟頫说："昔人得古刻数行，专心学之，便可名世。"（兰亭十三跋中一条）我曾经不以为然，这时看王铎未见米氏真迹之前，其书法艺术的成就已然如此，足证赵氏的话不为无据，只是在"专心"与否罢了。反过来看我们自己，不但亲见许多古代名家真迹，还可得到精美的影印本，一丝一毫不隔膜，等于面对真迹来学书，而后写的比起王铎，仍然望尘莫及，该当如何惭愧！这时细看王氏手札的收获，真比得见米氏真迹的收获还要大得多。

其次还有些书画，记得白玉蟾《足轩铭》外没有什么令人难忘的了。唯有一件夏昶的墨竹卷，胡适先生指给徐悲鸿先生看，问这卷的真假，徐先生回答："像这样的作品，我们艺专的教师许多人都能画出。"胡先生似乎恍然地点了点头。至今也不知这卷墨竹究竟是哪位教师所画。如果只是泛论艺术水平，那又与鉴定真伪不是同一命题了。如今五十多年过去了，胡、徐两位大师也早已作古，这卷墨竹究竟是谁画的，真要成为千古悬案了。无独有偶，马衡院长是金石学的大家，在金石方面的兴趣也远比书画方面为多。那时也时常接收一些应归国有的私人遗物，有时箱中杂装许多文物，马先生一眼看见其中的一件铜器，立刻拿出来详细鉴赏。而有一次有人拿去东北散出的元人朱德润画《秀野轩图》卷，后有朱氏的长题，问院长收不收，马先生说："像这等作品，故宫所藏'多得很'。"那人便拿走了。（后来这卷仍由文物局收到，交故宫收藏。）后来我们一些后学谈起此事时偷偷地议论道：熔烧的瓷器、炉铸的铜器、板刻的书籍等都可能有同样的产品，而古代书画，如有重复的作品，岂不就有问题了吗？大家都知道，书画鉴定工作中容不得半点个人对流派的爱憎和个人的兴趣，但是又是非常难于戒除的。

再后虽仍时时有商人送到故宫的东北流散书画卷册，也有时开会鉴定，但收购不多，而多归私人收藏了。

新中国成立后，文物局成立，郑振铎先生任局长，王冶秋先生、王书庄先生任副局长，郑先生由上海请来张珩先生任文物处的副处长。这时商人手中的古书画已不能随意向国外出口，于是逐渐聚到文物局来。一次在文物局办公的北海团城玉佛殿内，摊开送来的书画，这时已从上海请来谢稚柳先生，由杭州请来朱家济先生，不久又由上海请来徐邦达先生，共同鉴定。所鉴定的书画相当多，也澄清了许多"名画"的真伪问题。例如梁楷的《右军书扇图》卷和倪瓒的《狮子林图》卷，都有过影印本，这时目验原迹，得知是旧摹本。

后来许多名迹、巨迹陆续出现，私人收藏的名迹，也多陆续捐献给国家。除故宫入藏之外，如上海、辽宁两大博物馆，也各自入藏了许多《石渠》旧藏的著名书画。此外未经《石渠》入藏的著名书画也发现了不少，分藏在全国各博物馆。

《石渠宝笈》所藏古代书画，除流散到国外的还有些尚未发现，如果不是秘藏在私人家中，大约必已沦于劫火；而国内私人所藏，经过十年"文革"，幸存的可能也无几了。已发现的重要的多藏于故宫、辽宁、上海三大博物机关，散在其他较小的文物、美术机关的，便成了重要藏品。经过多次的、巡回的专家鉴定，大致都有了比较可靠的结论，但又出现了些微的新情况：某些名迹成为重要藏品后，就不易获得明确结论，譬如某件曾经旧藏者题为唐代的书画，而经鉴定后实为宋代，这本来无损于文物的历史价值，却能引出许多麻烦。古书画的作者虽早已"盖棺"，而他的作品却在今天还无法"论定"。后世在今天总论《石渠》名迹（包括《石渠》以外的名迹）的确切真伪，还有待于几项未来的条件：（一）科学的鉴别技术，如电脑识别笔迹和特殊摄影技术；（二）全国收藏机关对于藏品不再有标为"重望"的必要时；（三）鉴定工作的发展和其他自然科学研究一样，后来的发明、补充、纠正如超过以前的成果，前后的科学家都不看作个人的高低、得失，而真理愈明；（四）历史文献研究的广博深入，给古书画鉴定带来可靠的帮助。那时，古书画的真名誉、真面貌，必将另呈一番缤纷异彩！

学艺回顾[1]

一、书画创作

很多人认识我是从书法开始的，在回顾学术及艺术历程时，我就从这里说起吧。

如前所述，我小时是立志做一个画家的，因此从小我用功最勤的是绘画事业。在受到祖父的启蒙后，我从十几岁开始，正式走上学画的路程，先后正式拜贾羲民先生、吴镜汀先生学画，并得到溥心畬先生、张大千先生、溥雪斋先生、齐白石先生的指点与熏陶，可以说得到当时最出名画家的真传。到20岁前后，我的画在当时已小有名气了，在家庭困难时，可以卖几幅小作品赚点钱，贴补一下。到辅仁期间，我又做过一段美术系助教，绘画更成为我的专业。虽然后来我转到大学国文的教学工作上，但一直没放弃绘画创作和绘画研究。那时也没有所谓的专业思想一说，谁也不会说我画画是不务正业。抗日战争后几年，我还受韩寿宣先生之约到北京大学兼任过美术史教员，当时他在北大开设了博物馆学系。当陈老校长鼓励我多写论文时，问我对什么题目最感兴趣。我说，我虽然在文学上下过很多功夫，而真正的兴趣还在艺术。陈校长对此大加鼓励，所以我的前几篇论文都是对书画问题的考证。到了新中国成立前后，我的绘画水平达到最高峰，在几次画展中都有作品参展，而且博得好评。如新中国成立前参展的临沈士充的《桃源图》，曾被认为比吴镜汀老师亲自指导的师兄所临的还要好，为此还引起小小的风波。又如新中国成立后，在由文化部主办的北海公园漪澜堂画展上，我一次有四张作品参展，都受到好评，后来这些作品流传海外，有的又被

---

[1] 本文选自上海书画出版社《启功论艺》。

人陆续购回。后来我又协助叶恭绰先生筹办中国画院，这需要做大量的工作，为此陈校长特批我可以一半在师大，一半在画院工作。如果画院真的筹建起来，也许我会成为那里的专职人员，那就会有我的另一生。可惜的是，画院还没成立起来，我和叶先生都成了右派。这无异于当头一棒，对我想成为一个更知名的画家是一个严重的打击，从此以后我的绘画事业停滞了很长时间。一来因在画院为搞我最喜爱的绘画事业而被打成右派，这不能不使我一提到绘画就心灰意冷，甚至害怕，正所谓"一朝被蛇咬，十年怕井绳"；二来在以后的工作中，特别强调专业思想，我既已彻底离开画院，那一半也就回到师大，彻底地成为一名古典文学的教师，再画画就属于专业思想不巩固，不务正业了。这种情况一直持续到"文革"后期，在中华书局点校《二十四史》时，我有时又耐不得寂寞，手痒得忍不住捡起来画几笔，但那严格地说还不是正式的创作，只是兴之所到，随意挥洒而已。"文化大革命"结束后拨乱反正，思想的禁锢彻底解除了，但新的问题又出现了：这时我的书名远远超过了我的画名，很多年轻人甚至都不知道我原来是学画的出身。那时大量的"书债"已压得我抬不起头，喘不过气来，我找不出时间静下心来画画；即使有时间，我心里也有负担，不敢画：这"书债"都还不过来，再去欠"画债"，我还活不活了？我的很多老朋友都能理解我的苦衷，挚友黄苗子先生曾在一篇"杂说"鄙人的文章中写道："启先生工画，山水兰竹，清逸绝伦，但极少露这一手。因为单是书法一途，已经使他尝尽了世间酸甜苦辣；如果他又是个画家，那还了得？"此知我者也。所以"文革"后我真正用心画的作品并不多，有十余幅是为筹办"励耘奖学金"而画的，还有一张是为第一个教师节而画的，算是用心之作。

看过我近期作品的人常问我这样一个问题："您为什么喜欢画朱竹？"我就这样回答他："省得别人说我是画'黑画'啊！""黑画"一词，从广义上说可以泛指一切能供上纲批判的画，如反右时的"一枝红杏出墙来"之类的画；狭义的是说"文革"后不久，有些人画了一批画，如猫头鹰睁一只眼、闭一只眼的，被正式冠名为"黑画"。听我这样解释的人无不大笑。其实这里面也牵扯到画理问题。难道画墨竹就真实了吗？谁见过黑得像墨一样的竹子？墨竹也好，朱竹也好，都是画家心中之竹，都是画家借以宣泄胸中之气的艺术形象，都不是严格的写实。这又牵扯到画风。我的画属于传统意义上典型的文人画，并不意在写实，而是表现一种情趣、境界。中国的文人画传统渊源悠久，它主要是要和注重写实的"画匠画"相区别。后来在文人画内又形成客观的"内行画"和"外行画"之分："内行画"更注重画理和艺术效果，"外行画"不注重画理，更偏重表现感受。如我学画时，贾羲民先生就是"外行画"画派的，而吴镜汀先生是"内行画"画派的，但他们都属于传统的文人画，而文人画都强调要从临摹古人入手，和新中国成立后大力提倡的从写生入手有很大的区别。我是喜欢"文人画"中的"内行画"的，所以才特意从贾先生门下又转投吴先生门下。我也是从临摹入手，然后再加入自己的艺术想象和艺术构思，追求的是一种理想境界，而不是一丘一壑的真实。我在《谈诗书画的关系》一文中，曾提出这样的观点：

（元人）无论所画是山林丘壑还是枯木竹石，他们最先的前提，不是物象是否得真，而是点画是否舒适，换句话说，即志在笔墨，而不是志在物象。物象几乎要成为舒适笔墨的载体，而这种舒适笔墨下的物象，又与他们的诗情相结合，成为一种新的东西。倪瓒那段有名的题语说他画竹只是写胸中逸气，任凭观者看成是麻是芦，他全不管，这并非信口胡说，而确实代表了当时不仅只倪氏自己的一种创作思想。

就我个人的绘画风格来说，是属于文人画中比较规矩的那一类，这一点和我的字有相通之处，很多人讥为"馆阁体"。但我既然把绘画当成一种抒情的载体，所以我对那种充满感情色彩的绘画和画家都非常喜欢，比如我在《谈诗书画的关系》一文中又说：

到了八大山人又进了一步，画的物象，不但是"在似与不似之间"，几乎可以说他简直是要以不似为主了。鹿啊，猫啊，翻着白眼，以至鱼鸟也翻白眼。哪里是所画的动物翻白眼，可以说那些动物都是画家自己的化身，在那里向世界翻白眼。

我又在《仿郑板桥兰竹自题》中写道：

当年乳臭志弥骄，眼角何曾挂板桥。

头白心降初解画，兰飘竹撇写离骚。

这首诗不但写出了我对绘画情感的理解，也在一定程度上概括了我的绘画生涯：我从小受过良好全面的绘画技法的训练，掌握了很不错的绘画技巧，但对绘画的艺术内涵和情感世界直到晚年才有了深刻的理解，可惜我又没更多的时间和精力去从事我所喜欢的这项事业，只能偶尔画些朱竹以写胸中的"离骚"了。

我从小想当个画家，并没想当书法家，但后来的结果却是书名远远超过画名，这可谓历史的误会和阴差阳错的机运造成的。

了解我的人常津津乐道我学习书法的机缘：大约在十七八岁的时候，我的一个表舅让我给他画一张画，并说要把它裱好挂在屋中，这让我挺自豪，但他临了嘱咐道："你光画就行了，不要题款，请你老师题。"这话背后的意思再明显不过了，他看中了我的画，但嫌我的字不好。这大大刺激了我学习书法的念头，从此决心刻苦练字。这事确实有，但它只是我日后成为书法家的机缘之一，我的书法缘还有很多。

我从小就受过良好的书法训练。我的祖父写得一手好欧体字，他把所临的欧阳询的《九成宫》做我描模子的字样，并认真地为我圈改，所以打下了很好的书法基础，只不过那时还处于启蒙状态，稚嫩得很，更没有明确地想当一个书法家的念头。但我对书法有着与生俱来的喜爱，也像一般的书香门第的孩子一样，把它当成一门功课，不断地学习，不断地阅帖和临帖。所幸家中有不少碑帖，可用来观摩。记得在我十岁那年的夏天，我一个人蹲在屋里翻看祖父从琉璃厂买来的各种石印碑帖，当看到颜真卿的《多宝塔》时，好像突然从它的点画波磔中领悟到他用笔时的起止使转，不由得叫道："原来如此！"当时我祖父正坐在院子里乘凉，听到我一个人在屋子里大声地自言自语，不由得大笑，回应了一句："这孩子居然知道了究竟是怎么回事！"好像屋里屋外的人忽然心灵相感应了一样。其实，我当时突然领悟的原来如此的"如此"究竟是什么，我也说不清，这"如此"是否就是颜真卿用笔时真的"如此"，我更难以断言；而我祖父在院子里高兴地大笑，赞赏我居然知道了究竟，他的大笑、他的赞赏究竟又是为什么，究竟是否就是我当时的所想，我也不知道，这纯粹属于"我观鱼，人观我"的问题。但那时真所谓"心有灵犀一点通"了，就好像修禅的人突然"顿悟"，又得到师傅的认可一般，自己悟到了什么，师父的认可又是什么，都是"难以言传，唯有心证"一样。到那年的七月初七，我的祖父就病故了，所以这件事我记得特别清楚。通过这次"开悟"，我在临帖时仿佛找到了感觉，临帖的水平也有了很大的提高。

到了十七八岁的时候就出现了上一段所说的事，这件事对我的影响不再是简单的好好练字了，而是促使我决心成为书法的名家。到了20岁时，我的草书也有了一些功底，有人在观摩切磋时说："启功的草书到底好在哪里？"这时冯公度先生的一句话使我终身受益："这是认识草书的人写的草书。"这话看起来好似一般，但我觉得受到很大的鼓励和重要的指正。我不见得能把所有的草书认全，但从此我明白要规规矩矩地写草书才行，绝不能假借草书就随便胡来，这也成为指导我一生书法创作的原则。二十多岁后，我又得到了一部赵孟𫖯的《胆巴碑》，非常地喜爱，花了很长的时间临摹它，学习它，书法水平又有了一些进步。别人看来，都说我写得有点像专门学赵孟𫖯的英和（煦斋）的味道。有时也敢于在画上题字了，但不用说我的那位表舅了，就是自己看起来仍觉得有些板滞。后来我看董其昌书画俱佳，尤其是画上的题款写得生动流走，潇洒飘逸，又专心学过一段董其昌的字。但我发现我的题跋虽得了些"行气"，但缺乏骨力，于是我又从友人那里借来一部宋拓本的《九成宫》，并把它用蜡纸勾拓下来，古人称之为"响拓"，然后根据它来临摹影写，虽然难免有些拘滞。但使我的字在结构的谨严方正上有不少的进步。又临柳公权《玄秘塔》若干通，适当地吸取其体势上劲媚相结合的特点。以上各家的互补，便构成了我初期作品的基础。后来我又杂临过历代各种名家的墨迹碑帖，其中以学习智永的《千字文》最为用力，不知临摹过多少遍，每遍都有新的体会和进步。随着出土文物、古代字画的不断发现和传世，我们有幸能更多地见到古人的真品墨迹，这对我学习书法有很大的帮助。我不否认碑拓的作用，它终究能保留原作的基本面貌，特别是好的碑刻也能达到传神的水平，但看古人的真品墨迹更能使我们看清它结字的来龙去脉和运笔的点画使转。而现代化的技术使只有个别人才能见到的秘品都公之于众，这对学习者是莫大的方便，应该说我们现在学习书法比古人有更多的便利条件，有更宽的眼界。就拿智永的《千字文》来说，原来号称智永石刻本共有四种，但有的摹刻不精，累拓更加失真，有的虽与墨迹本体态笔意都相吻合，但残失缺损严重，且终究是摹刻而不是真迹；而自从在日本发现智永的真迹后，这些遗憾都可以弥补了。这本墨迹见于日本《东大寺献物账》，原账记载附会为王羲之所书，后内藤虎次郎定为智永所书，但又不敢说是真迹，而说是唐摹，但又承认其点画并非廓填，只能说："摹法已兼临写。"但据我与上述所说的四种版本相考证，再看它的笔锋墨彩，纤毫可见，可以毫无疑问地肯定是智永手迹，当是他为浙东诸寺所书写的八百本《千字文》之一，后被日本使者带到日本的。现在这本真迹已用高科技影印成书，人人可以得到，我就是按照这个来临摹的。在临习各家的基础上，经过不断地融会贯通和独自创造，我最终形成了自己的一家之风。我不在乎别人称我什么"馆阁体"，也不惜自谑为"大字报体"，反正这就是启功的书法。当然我的书法在初期、中期和晚期也有一定的变化，但这都不是刻意为之，而是自然发展的。

和我学画时正式拜过很多名师不同，我在学书法时，主要靠自己的努力。能称得上以老师的名义向他请教的并不多，近现代书法大师沈尹默（字秋明）算一个。他也是老辅仁的人，所以有很多交往的机会。他曾为我手书"执笔五字法"，并当面为我讲解、示范，还对我奖掖有加，夸奖过我的书法，这对我是莫大的鼓励。多少年后，新加坡友人曾得到沈尹默先生所书的一卷欧阳永叔（修）文，请我题跋，我还不由得以满腔的深情回忆道：

八法一瓣香，首向秋明翁。
昔日承面命，每至烛跋空。
忆初叩函丈，健毫出箧中。
指画提按法，谆如课童蒙。
信手拾片纸，追躡山阴踪。
戏题令元白，纠我所未工。
至今秘衣带，不使萧翼逢。
……

还有张伯英先生，我曾多次登门求教，看他写字，听他讲授碑帖知识，获益匪浅。老先生对书法事业的热情以及对后辈诲人不倦的关切令我感动。其他的前辈对我也有所指点，像前边所说的冯公度对我草书的评价。还有一位寿玺先生，号石公，书画篆刻都很好。此人非常有意思，他管人都叫"兔"，他从来不说"这个人""那个人"，而说"这个兔""那个兔"，比如他夸奖某人的扇面画得好，就说："这兔画得还不错。"日久天长，大家都反过来叫他"寿兔"。我曾恭敬地向他请教，称他为"寿先生"，他生气地对我说"你不该对我这么谦恭"，把我臭骂一顿，骂得我还挺舒服。通过我的经历，我觉得练习书法最重要的还要靠自己长期刻苦的努力。

　　有人总喜欢问我学习书法有什么经验或窍门。我首先可以奉告的是要破除迷信。自古以来书法已成为"显学"，产生了很多"理论"，再被一些所谓的书法家、书法理论家一炒，好些谬论也都成了唬人的金科玉律，学习者千万不能被他们唬住。比如握笔，其实这是一个很简单的问题，虽然有一定的方法，但绝没有那么多神秘的讲究，有人现在还提倡"三指握管法"，称这是古法。不错，这确实是古法，而且古到当初席地而坐的时代，那时没有高桌，书写时，左手执卷，右手执笔，三指握管（犹如今日握钢笔）的姿势，正好和有一定倾斜的左手之卷呈九十度，非常便于书写。而有了高桌之后，人们把纸铺在水平的桌上，这时再用三指握管法就不能和纸面呈垂直状态，不便于软笔笔锋的运用。那些人不明白这基本的道理，还在提倡"三指握管法"为"高古"，并想当然地说"三指握管法"是拇指在内，食指、中指在外的握笔姿势。更有甚者，还有提倡所谓"龙睛法""凤眼法"的，说三指握笔后虎口呈圆形的为"龙睛法"，呈扁形的为"凤眼法"。还有人在如此执笔的同时，尽力地回腕，把手往怀里收，可惜不知这叫什么方法，权且叫它"猪蹄法"吧。最可笑的是包世臣《艺舟双楫》记载的刘墉写字的情况：他为了在外人面前表示自己有古法，故意耍起"龙睛法"，还要不断地转动笔管，以致把笔头都转掉了，这不是唬人是什么？难怪刘墉的字看上去那么拘谨。人人都知道这样一个故事：王羲之在看儿子写字的时候，在后面突然抽他的笔，但没抽下来，不禁大加称赞。于是有人又借此编织神话，提出所谓要"握碎此管"和"指实掌虚"之说——指要握得实，而且要握得有力，有力到恨不得把笔管握碎才好，而手掌要虚，虚到能放下一个鸡蛋才好，这不是唬人么？对此苏东坡有一段精彩的评论：

　　献之少时学书，逸少（王羲之）从后取其笔而不可，知其长大必能名世。仆以为不然。知书不在笔牢，浩然听笔之所之而不失法度，乃为得。然逸少重其不可取者，独以其小儿子用意精至，猝然掩之，而意未始不在笔。不然，则是天下有力者莫不能书。

苏轼不愧是具有独立思考能力的聪明人，我们要向他学习这种勇于破除迷信的精神。一个握笔有什么可神秘的，在我看来就像握筷子一样，怎么方便、怎么舒服、怎么便于使用，就怎么来好了。

至于悬腕、运笔、选帖、择笔等也有很多类似的现象。如有人说不但要"悬腕"，还要"平腕"，练习的时候要在手腕上放一碗水，让它不洒才行，请问这是写字还是耍杂技？运笔讲究提顿回转，这本不错，但有人硬说写一横要按八卦的位置走，"始艮终乾"（艮和乾都指八卦的位置），请问这是写字还是排八卦阵？还有人说只有练好篆书才能练隶书，练好隶书才能练楷书，练好楷书才能练行书、草书，这貌似有理，但怎么才叫练好？难道学画蝴蝶必须先从画蛹开始吗？这是写字还是子孙传代？有的人字还没练得怎么样呢，就先讲究笔的好坏，有些人还把不同质地的笔的功能差异说得神乎其神，还以用稀奇古怪的质地为尚。其实善书者不择笔，我八九十年代最喜欢用的是衡水地区产的七分钱一支的笔，一下就买了二百支。凡此种种都需要我们先破除迷信才行。

至于具体的方法我也可以提供一些参考。如碑帖并重，尤要重视临帖。碑拓须经过书丹（把字形描到石头上）、雕刻、毡拓等几道工序才能完成。每道工序都要有一次失真，再加上碑石不断风化磨损，所以笔画还会有一些变形，拓出后有的出现断笔，有的出现麻刺。可笑的是有人在临碑时还故意模仿，美其名曰"金石气"。我小时看到兄弟二人面对面地临碑，每写到碑上出现拓残的断笔时，哥儿俩就互相提醒，嘴里还念念有词"断，断"，那时还觉得挺神秘，现在想起来真可笑，不妨称它们为"断骨体"。还有人故意学那麻刺，我戏称它们为"海参体"。有些魏碑的笔画成外方内圆的形状，临摹者刻意模仿，写出的字都像过去常使用的一种烟灰缸，我戏称它为"烟灰缸体"，殊不知这种笔道是无奈的刀刻的结果。当然碑的功劳不可灭，好的碑拓基本能保留原作的风貌，虽然笔墨的干湿、枯润、浓淡以及细微的连缀难以传真地再现，但结字的间架还是可以表现出来的，多临摹还是有好处的，更重要的是我们要善于"通过刀锋看笔锋"，想象其墨迹的神态。而临帖则不同了，帖保留了原作墨迹的实际状况，更何况现在高科技十分发达，可以毫不失真地把它们复制下来，供我们随意使用，为我们"师笔不师刀"

创造了更便利的条件。

再如用笔与结字并重。赵孟頫曾有名言:"书法以运笔为上,而结字亦须用功。"这似乎已成为书法界的共识。但我以为不然:书法当以结字为先,尤其是在初期阶段。而运笔与结字的关系又可以通过临摹碑帖得到统一,即运笔要看墨迹,结字可观碑志。再如"不师今人师古人"。效法今人也许便于立竿见影,但也容易拾人牙慧,从人乞讨,误入"邯郸学步"的歧途。而古人的作品,特别是那些经过时代考验的作品,却是今人学习的永恒基础,可以保证我们有正确的审美观念而不至于走火入魔。当然师古人的时候也要有所选择,别以断骨体、海参体、烟灰缸体为尚就是了。

二、书画鉴定

我平生用力最勤、功效最显的事业之一是书画鉴定。我从小随诸多名师学画,又发奋于书法艺术。而我的绘画老师都是文人,教授的方法主要是观赏临摹;我学书法的主要途径也是大量临摹古人的碑帖,这为我的书画鉴定积累了大量的实践经验。正如我在《启功丛稿》前言中所说的那样:"曾学书学画,以至卖所书所画,遂渐能识古今书画之真伪。"而我一生所从事的工作始终不离中国的古典文化,这又为我的书画鉴定奠定了更深厚的根基。现在有些人擅长考辨材料之学,但自己不会写,不会画;有些人会写会画,但又缺少学问根底,做起鉴定家就显得缺一条腿。幸好我有两条腿,这是我的优势。

我的鉴定生涯一直与故宫有缘,从十几岁开始,我就随贾老师在这里观摩古代名画,如五代董源的《龙宿郊民图》、赵幹的《江行初雪图》、巨然的《秋山问道图》、荆浩的《匡庐图》、关仝的《秋山晚翠图》、北宋范中立的《溪山行旅图》、郭熙的《早春图》、南宋李唐的《万壑松风图》,元代赵孟頫的《鹊华秋色图》、高克恭的《云横秀岭图》、黄公望的《富春山居图》等,这些画的每一个细节都深深地刻在我的脑海中。真正从事鉴定工作是在抗战胜利后,故宫博物院又恢复整理鉴定工作，成立了文献馆和古物馆。当时沈兼士先生任文献馆馆长。他很有事业心，想重振文献事业，让故宫的这些老档（文献馆后来改名为档案馆）在文物研究中发挥出重要作用。他聘请了一批学者，聘我任专门委员，具体做两项工作：在文献馆阅读整理档案材料，在古物馆鉴定书画。每月有60元的车马费。刚进档案馆的时候，原来的老人有些看不起我，经常拿已整理发表过的稿子让我看。但我也不是好蒙的。遇到这些稿子，我一下就能指出："这不是已经在某处发表过的稿子吗？"可他们总拿这类稿子试探我，我急于去找沈兼士先生诉苦。沈先生大怒。他本来就不满这些老人所看的稿子，才把我叫去，于是好一顿斥责。他们再也不敢了。

在工作中，我不但比以前更大饱眼福，而且听到很多前辈专家学者的议论，大大开拓了自己的见闻。记得第一次收购鉴定会是在故宫博物院院长马衡家中召开的。那次并没得到什么好的文物，倒是有一件假冒祝允明草书的《离骚》卷假得实在没谱，第一个"离"字写得像"鸡"，马先生大声念"鸡骚"，大家都哄笑起来，也就卷起不再看了。那次张大千也出席了。我上次和他相见是十年前在溥心畬家，那时他专心画画，并未与我多谈，但他还记得我，并和我讨论起书画鉴定，发表了很多深刻而新鲜的见解，使我至今难忘。第二次收购鉴定会是在故宫绛雪轩举行的。那里供奉着赵公元帅，门外有诸葛拜斗石，旗杆上裹着獾子皮，旗杆是由好几根木头接成的，后来向南弯曲了，大家就管它叫"望江南"。这次得到几件好作品。一个是唐人所写的《王仁昫刊谬补缺切韵》一卷，是由溥仪带到东北，后散失到民间，再收购回来的。不但首尾完整，内容难得，而且装订是"旋风叶"的形式，即把内容都写在单叶纸上，然后把它们一张一张紧挨着贴在一张大幅长纸上，这在古籍的装订上也是孤例。所以会前唐兰先生到处游说我们务必要把它留下，后来果然如愿，唐先生还把模糊的字补齐。我现在还保留着它的影印件，后来中华书局把它影印出来，但效果太差。听说台湾也有一本"旋风叶"，传说是吴彩鸾所书，我只见过照片，至于内容和这本相同还是相似就不得而知了。还有一幅夏昶的《墨竹卷》，也是由东北收购回来的。参加鉴定会的胡适先生请徐悲鸿先生鉴定它的真假，不料徐悲鸿所答非所问地说："像这样的作品，我们艺专的许多教师都能画得出。"

不知他是不屑于鉴定这张画，还是为鉴定不了找托词，总之这张画到现在也不知到底算是艺专的哪位教师所画。

在文献馆还发现很多看似价值不大，但很有趣的线索。如有一张傅恒傅四中堂的太太写给乾隆皇帝的请安帖子，等于是大舅子的媳妇写给他的"小条"，这很不合礼制，说明他们之间有暧昧关系。再联系傅四中堂的第三子康安（后改成福康安）为乾隆和傅四太太私生子的传说，以及福康安一直得到格外的重用，委派参与收复台湾，使他立有战功，想参谁就参谁，如谗害柴大纪，最后居然能封到一般非嫡宗所不能封到的郡王等事实来看，这种怀疑绝不是空穴来风。当有人给我看这张字条时，我只能马虎过去说"这很平常"，其实心里还有点"家丑不可外扬也"的意思。不知这些东西是否还留在档案馆？

新中国成立后我继续留任故宫专门委员，国家又成立了文物局，由郑振铎先生出任局长，王冶秋、王书庄先生任副局长。后来又由上海请来张珩先生任文物处的副处长，谢稚柳、徐邦达、朱家济先生任鉴定专家，力量一时大增。那时活动的主要地点在北海公园南门团城的玉佛殿，因为这里供奉着一尊东南亚的玉石佛像。在正堂放一个大案子，有需要看的东西，就放在上面。这时商人手中的古书画已不允许出口，便逐渐地聚到文物局来。我们在团城也举行了多次收购鉴定会，澄清了许多名画的真伪问题。记得曾在这里鉴定过《三希堂》，其中的《快雪》在台湾，《中秋》《伯远》在北京。我对着光看，只见《伯远》哪笔在前、哪笔在后都看得清清楚楚，当是真迹无疑，而《中秋》当是米元章所临，而台湾的《快雪》当是唐人的双钩廓填。又如称为梁楷的《右军书扇图》和倪瓒的《狮子林图》，对照原有的影印本，得知只是旧摹本。

当时为我们提供货源的有一位古董商叫靳伯生。他常到东北买溥仪从故宫带到东北，后又流散的东西。一次他又买回一大批宋元的好货，但他已被公安机关扣下了，文物局方面需要派一个人去登录一下这些字画的内容。张珩、徐邦达等人都和靳某有交谊，有时还从他那里买些东西，派他们去不合适。只有我既懂行又认识靳某，而且没钱从他那里买任何的东西，于是大家公推我去完成这项任务。下午去的，公安局派的车，还有一位公安局的干部陪着我，把所有的东西都登录造册，充了公。这里面都是些"大脑袋"——好货,我也趁机大饱了一次眼福。直到晚上才完事,回到团城后,郑振铎、张珩、徐邦达等人还在那里等着我,我又向他们汇报,聊了好一阵子。由于见识眼力的逐渐提高,大家也逐渐肯定了我的鉴定能力,很多场合都提名让我出席。后来唐兰先生当副院长的时候,有人要卖给故宫一册宋人法书。开始大家的意见有些分歧,后来唐兰先生把我叫去,我提出自己的意见,被大家采纳。唐先生开玩笑地说:"公之一言,定则定矣。"这句话是从陆法言《切韵》序中引用魏彦渊所说的"我辈数人,定则定矣"套来的。我于是赶紧补充道:"公何以遗漏'我辈数人'四个字耶?"一时成为美谈。

文物鉴定工作在反右后和"文化大革命"期间自然也受到很大的冲击。"拨乱反正"后国家非常重视这项事业,1983年成立了全国书画巡回鉴定组。当时有人提议让我任组长,但我考虑为此事谢稚柳先生曾直接给国务院副总理谷牧同志写信,理应由他任组长。成员还有徐邦达、杨仁恺、刘九庵、傅熹年、谢辰生和我。谢稚柳原是上海博物馆的,后调到北京,当时在上博时有院长沈之瑜,在北京时有张珩,现在这二位都不在了,自然要属他。徐邦达原来也是上海的,现在是故宫的第一"掌眼"。杨仁恺是辽宁博物馆的馆长,对溥仪流失在东北的文物自然很熟悉。刘九庵是"老琉璃厂",虽没有特别高的学历,但实际经验丰富,特别是对明清小名家的作品见多识广。傅熹年是我推荐的,他是傅增湘老先生的孙子,有深厚的家学渊源,经眼的东西很多,又敢于坚持原则。当时有人说他不够资格,我说:"他不够资格,我就更不够资格。"可以说这个鉴定组集中了全国这一领域的顶尖专家,但顶尖专家组在一起也常会出现意见相左的时候,尤其是文物鉴定,是真就是真,是假就是假,在表态时容不得含混。而对某一件字画的认识,除了那些假得没边的东西,哪那么好就统一呢?此时如都以老大自居,也就难免出现矛盾。我的态度是我发表我的意见,如果有人反对,我也无所谓。而有的人却太容不得不同意见,如他已经认定是真的,再有人说是假的,他就会质问人家:"你说是假的,那到底是谁画的?"这就有点不讲理了,这完全是两码事嘛。争到后来,有人索性提出辞职。当时规定鉴定组的人每年到全国各地工作三个月,我由于校内还有课,所以总去不满,有时只去一个月或三个星期。一次谢稚柳拍着我的手说:"你不要跟我来'九三学社'呀。一年应该来三个月，你怎么只来三个星期呀？"他知道我是"九三学社"的，所以这样和我开玩笑。其实我心里真有这种尽量少去的想法，但我并没提出辞职。后来消息传到谷牧同志那里，他特意请我们吃饭，干杯时特意对大家说："一个都不许走啊！"那位提出辞职的人也不好再坚持了，但也常借故不来。到1986年我被任命为国家文物鉴定委员会的主任委员，我所负责的鉴定范围更宽了，不但包括对全国的书画鉴定，也包括对出土文物及古籍的鉴定。如对王安石书《楞严经要旨》、宋代龙舒本《王文公文集》、北宋何子芝造金银字《妙法莲华经》、南宋文天祥墨迹手札、张大千仿《石谿山水图》等都进行了鉴定。最近一两年震惊文物界的《出师颂》《淳化阁帖》的收购与鉴定我也都参加了，其中很多活动都是在故宫举行的，可以说我的鉴定生涯始终离不开故宫。自新中国成立前就担任故宫专门委员的，到今天只剩下我一人了，经我眼鉴定的文物大概要以数万计，甚至是十万计，从这点来说，我这一辈可谓前无古人，他们从来没见过这么多的东西，就凭这一点，我就应该知足了。

在长期的书画鉴定中，我也积累了一些经验。

首先是看风格习惯。不管字，还是画，都有一定的时代风格及作者本人的习惯特点，字尤其如此。唐人的字，古代就没有，元明人写的怎么看怎么是那个时代的。当然，看风格习惯说起来容易做起来难，它是具体作品背后的、抽象的东西；而给人讲风格习惯更加难，因为它不是纯语言文字能表述的东西，需要对着实物慢慢体会。但有一点是可以肯定的，对风格的鉴赏和习惯的把握必须通过大量的阅读与观摩才能掌握，正所谓见多而识广，博观而约取，"观千剑而后识器"。这一点我有绝对的把握，如前所述，我从少年时代就随贾老师看，听贾老师讲，在以后的专职鉴定生涯中，又见过数以十万计的作品，我见的东西绝对超过任何古人。但风格习惯又不是完全不可描述的，它会通过一定的形象、手法、技巧表现出来。或者说每个作者必定有他特别的习惯，只要有敏锐的眼光眼力，再加上相应的艺术实践和一定的领悟能力就能捕捉到它。这一点我也有得天独厚的条件：吴老师是一个解剖"风格"和解密"习惯"的高手，他能逼真地、惟妙惟肖地分析和模仿很多"大家"和"名家"的手法，不同人的不同形象都是怎样画出来的，他们用笔的枯润、浓淡、深浅、轻重、皴染以及线条的刚柔、构图的习惯他都能表演出来，他这样画几笔，就是这位的特点，那样画几笔，就是那位的特点。可以说他对这些大家和名家的风格习惯不但心领神会，而且能心手相应地表现出来。按照他的指导，我曾临过大量的古画，对他们的风格习惯也有了深入的了解和掌握。也具有这样本领的还有张效彬先生，他是朱家溍的舅舅，和我的母亲很熟悉，小时常一起玩，所以我们之间的关系很亲密。他能随时指点我某一张画的某个细节都具有什么特点，比如这个人画的树枝、树叶与那个人画的有什么区别，并且随时向我灌输这些知识，每见到一张画就给我讲解一番，日积月累，增长了我许多知识。这些知识对鉴定古画太有用处了。

说到多看多学，不能不提到另一群人，这就是民间"专家"，如琉璃厂的一些人品业务俱佳的掌柜、师傅，我从他们身上也受益不少。我小的时候常串古董铺，那些老板虽然不是什么学者，但也有很多行家，有很多实际经验。比如"贞古斋"的老板苏惕甫先生就是这样的人，而且他的人品特别好。我常到他的铺子去看画。有一回我看到一张，觉得非常好，连连称赞，准备攒钱买下来，但苏老先生却告诉我"这张是假的，屋里那张才是真的"，并大致说了一下原因。这对一个古董商来说，真是不容易。他觉得我"孺子可教"，就告诉我实情，教我一些知识，而绝不像世风日下的那些商人一样唯利是图。他的店堂里挂着两个大字的牌匾"贞固"，是铁保所书，他的人品可当得这两个字。苏惕甫老先生有两个儿子，一个叫苏庚春，一个叫苏庚新。这两位后来都在博物馆工作，一个在广东博物馆，一个在陕西博物馆。我现在还保留着从他那里花四元钱买来的雍正年间朱琳的一幅画，画的是一只长颈的水鸟，立在水边，正等着啄鱼，算作对他的纪念。

还有一位李孟冬先生。他原是专卖古代碑帖的琉璃厂隶古斋的学徒，后来与人合开了一个"二孟斋"，最后做了宝古斋的总经理。他的知识面很宽，不但懂得碑帖，也懂画会写。古代很多画家常随手一画，在别人看来可能不怎么样，甚至误认为赝品，但懂行的人却能判断真伪，知道它的价值。有一回他从外地用低价买了一张倪云林的画，画面很潦草，拿到故宫后，徐邦达一看就拍板道："要。"于是卖了个好价钱。他曾临摹过一卷于右任记载他伯母事迹的帖，把原作和临摹放在一起，居然很难辨出真假，这些本领就是一般坐堂卖古碑帖的人所不及的了。我常到他的店里，时间一长就成了知己的好朋友。他店里有些唐人写经，他常边指点边讲解哪块好、哪块不好，有时还送我一些残块。遇到我想要的东西，他常低价卖给我，还经常告诉我哪里有物美价廉的东西。后来他又送给我一套《八大山人法帖》拓本，这种帖因为不够古，在市场上值不了多少钱，那些以越贵越好为标准的达官贵人对这种帖不屑一顾，但对想学书法的人却很有用，他知道我属于这种人，而不是只为猎奇，所以就白送给我。而一些珍贵的碑帖不能白送，就送给我拓片。这就不是买卖人的交情，而是文人的交情了。我至今还保留着这本帖，帖上他题签的手迹还完好如初。最近黄苗子先生把这本帖交河北教育出版社出版，也算对他永久的纪念吧。

这种事情在旧书店也会遇到，那时我攒几块钱就要到旧书店去淘换几本书。有时我到琉璃厂去卖自己的画，拿了钱，也常直接到对面的旧书店就地买书。有时我挑好了一部书，老板或伙计就告诉我："这是八卷本的，不全，那边还有十卷的，是某某版的足本，价钱也不贵，你为什么不买那套呢？"这种诚实中肯的态度真令人感动。隆福寺的孙仲连就是这种人，他虽是卖书的，但总把我们这些买书的当成小弟弟、小学生那样热情地对待，帮我们挑书。我现在的这些版本学、目录学知识很多都是那时积累的。总之要想搞好鉴定工作，必须善于向一切懂行的人学习。

其次是看纸墨。这是古字画之所以成为古字画的先决条件，或曰硬件条件。高科技的引入在这一领域尤为急迫，比如电脑的笔画复制和识别、化学元素的检验和鉴定等，都应是过硬的第一手材料。在还不能达到之前，经验和眼力也是必需的。如某些古帖到底是双钩廓填还是真迹，是可以在强光下通过细心观察看出来的，前边说的《伯远帖》就是例证。又如去年炒得沸沸扬扬的《出师颂》，有人说是晋朝索靖所书，帖前有落款宋高宗所题的"晋墨"二字及花押，而题写此二字的纸上有龙形图案。据傅熹年先生说，仅凭这些图案就可断定此"晋墨"二字为后人伪拓，因为龙上的须发都是方形向上的，称为"立发龙"，而这种画法是明朝以后才有的。明朝以后的纸怎么会有宋人的题字？这不一目了然了吗？更何况花押的签署与宋高宗写给岳飞的手札上的花押也不同。

三是看旁证。也就是对这张画提供的相关线索和资料进行考证。这就需要有广博的历史知识和文化素养，更不是一般人所能达到的。我在这方面也受到过良好的训练，打下了深厚的基础。别人不说，陈校长就教过我许多这方面的知识和经验。如他曾见过一张吴墨井（名历，又号渔山）的画。吴墨井是江苏常熟人，因当地有一口著名的井，水色如墨，所以起了这样一个雅号。这幅画上有"某年某月写于桃溪"的落款，陈校长讲给我说："这肯定是假的，因为我作过《吴渔山年谱》，根据可靠的第一手材料，证明这一年他正在澳门圣保禄教堂（其遗址即今之'大三巴'）的二楼学习天主教，后当上了司铎（神甫），怎么会写于家乡的桃溪呢？"这真可谓铁案如山，无可辩驳！我在这方面也有一些例证：

如我对《旧题张旭草书古诗帖》的考辨：这幅帖是写在五色笺上的狂草，本来写的是庾信的五言古诗二首（按：当是《步虚词》二首）和谢灵运的《王子晋赞》二首，赞也是五言古诗。但有人作伪在先，利用"谢灵运王子晋赞"几个字从"王"字以下另起一行的空子，把"王"字的上一横挖去，便成了草书的"书"字，于是前面的两首庾信的诗就变成"谢灵运书"了。宋徽宗在《宣和书谱》中就明确把它标为谢灵运书，题为《古诗帖》。对此丰坊等人已经有所揭露和批驳，他指出庾信生活的年代比谢灵运晚八十多年，谢灵运怎么能预写庾信诗呢？这当然是铁案如山！但他又根据一些别的理由推测此帖可能是贺知章所书，但他的口气是比较灵活的。而董其昌又妄断于后。他在帖后的跋中，劈头就说这是张旭所书，并瞪着眼睛说瞎话，说自宋以来都认为是谢灵运所书，就连丰坊也这样说。丰坊的跋文历历在目，他就敢这样胡说，而他断定是张旭所书的理由，也仅限于风格像现在已失传的张旭的《烟条》《宛溪》二帖，并无其他根据，只是补充说"狂草始于伯高（张旭，字伯高）"，但始于张旭并不等于就是张旭呀。那么这四首诗帖究竟是谁写的呢？根据庾信的原诗为"北阙临玄水，南宫生绛云"，而书写者却作"北阙临丹水，南宫生绛云"的现象，可以找到线索：按古代排列五行方位和颜色，是东方甲乙木，青色；南方丙丁火，赤色；西方庚辛金，白色；北方壬癸水，黑色；中央戊己土，黄色。原诗中的"玄水"

即黑水,和"北阙"的"北"正相应;"绛云"即红云,与"南宫"的"南"正相应。到了宋真宗大中祥符五年,真宗自称梦见他的始祖名"玄朗",从此命令天下避讳这两个字。凡"玄"改为"元""真",或缺其点画。这里不写"玄",显然是为了避讳,而若写成"元"或"真",显然又与五行的方位颜色无关,于是写成"丹"。这虽与传统安排不符,但终究可和"绛"字对仗,所以才发生这种现象。因此本帖的书者当是北宋大中祥符五年之后,《宣和书谱》编订之前。我坚信这个旁证足以成为铁证,了断这桩公案。

又如我对陆机《平复帖》和黄庭坚《诸上座帖》的整理研究,这也是鉴定工作的一项重要内容。《平复帖》九行八十六字,首尾完整,未经割截,但用字、用笔都相当古奥难辨,为它作释文相当困难,不但要把具体的字认准,还要与陆机的生平事迹相合。为此我详细研读了陆机的史传和文集,以及相关的史料,不但释出全文,而且把残损的五个字补出了三个,并对帖中出现的三个人名作了一些考证。《诸上座帖》为狂草,有些字狂到逸出法度之外,所写的内容又是禅僧语录,用词诡异,极其难读,为它作释文不但要熟悉草书,而且要精通禅宗的公案、话头,我能顺利地把它释出也是得力于书法以外的广博知识。

又如《蒙诏帖》,谢稚柳先生从风格上判断,认为这幅帖当是柳公权所书。但我早从张伯英先生那里得知这是赝本,因为它的文辞不通:帖文中有"公权蒙诏,出守翰林,职在闲冷"之句,"翰林"是朝官,怎么能说"出守"?这与宋刻《兰亭续帖》所记不符。后来我在上海博物馆及友人家中陆续看到《兰亭续帖》,得知原文本是"公权年衰才劣,昨蒙恩放出翰林,守以闲冷",这才讲得通。由此可知"出守翰林"本的《蒙诏帖》当是后人摘录临摹柳公权的本子。记得在巡回鉴定时,一次与谢先生同乘一辆小车,在座的还有唐云,谈起此帖时我对谢先生说:"你看它像柳公权这也许不错,但这次你要听我的,这是铁证如山。"他说:"好,我听你的。"但过了几天,他又跟我说:"我又看了,觉得还是柳公权的。"我也就只能随他便了。还有去年才收购的号称晋人索靖所书的章草体的史岑的《出师颂》,其实史籍早有记载它不是索靖的作品。米元章在他的《草书六帖》(现在日本大阪美术馆)中曾记载说他从未见过索靖的真迹,并以此为憾,说如见到就能知道他下笔的方法了。米元章的朋友黄伯思的《东观馀论》也曾有两处明确记载唐以后就见不到章草体的墨迹了。所以宋高宗在让米友仁鉴定时，米友仁明确说这是"隋贤"的作品。我在《论书绝句》中早就谈到这个问题："隋贤墨迹史岑文，冒作索靖萧子云。漫说虚名胜实诣，叶公从古不求真。"又在题记中解释道："佚名人章草书史岑《出师颂》。米友仁定为隋贤书。宋代以来丛帖所刻，或题索靖，或题萧子云，皆自此翻出者。……米友仁题曰隋人者，盖为其古于唐法，可谓真鉴。昔人于古画牛必署戴嵩，马必署韩幹。世俗评法书，隶必署蔡、钟，章必署索、萧，亦此例也。"这两个例子证明，要想对书画鉴定有真知灼见，必须有广博的书画之外的知识学问。特别是《出师颂》，如果拍卖时主持者早就知道相关的知识，怎么会真的把它当成索靖的"晋墨"而把价钱炒得那么高呢？

以上是正面的经验、方法。我还从实践中总结了七条忌讳，或者说社会阻力容易带来的不公正性：一、皇威；二、挟贵；三、挟长；四、护短；五、尊贤；六、远害；七、容众。简而言之，前三条是出自社会权威的压力，后四条是源于鉴定者的私心。为此我写了《书画鉴定三议》一文。后听谢稚柳先生的一个在美国的学生说谢先生对这篇文章有意见，认为是挖苦他的，我赶紧向他解释，告诉他哪条是根据谁说的，哪条又是根据谁说的，这里面包括我尊敬的沈尹默先生和张效彬先生等人，其中很多内容和事情还是你跟我说的，你还记得吗？我的文章如果还有什么错误请你指正。他听了以后笑着对我说："他们都说你滑头。"我说："'他们'说我滑头，'你'说我滑头不滑头？"说完彼此一笑也就过去了。我这里总结的七条确实是根据我的经历和经验以及别人跟我讲的事例得出的。不妨举一个例子：就拿我尊敬的张效彬先生来说，他是我的前辈，由于熟识，说话就非常随便。他在当时的鉴定家中是公认的权威，我们都很尊重他。他晚年收藏了一幅清代人的画，正好元代有一个和他同名的画家，有人就在这幅画上加了一段明朝人的跋，说这幅画是元代那个画家的画。我和王世襄先生曾写文章澄清这一问题，张老先生知道后很不高兴。再见到我们的时候用训斥小孩子的口吻半开玩笑地说："你们以后还淘气不淘气了？"我们说："不淘气了。"大家哈哈一笑也就过去了。这虽然是一段可入《世说新语》的雅趣笑谈，但足以说明"挟长""挟贵"的现象是存在的。

"挟贵""挟长"的要害是迷信权威，而迷信权威也包括对某些著录的迷信。比如端方（午桥）写了一本《壬寅消夏录》，他一直想在书前放一张最古、最有分量的人物像。有一个叫蒯光典（礼卿）的人知道了这个消息，就拿了一张号称尉迟乙僧画的天王像，找上门去，在端方的眼前一晃。端方当然知道著录书上曾记载过尉迟乙僧曾画过这类题材的作品，于是胃口一下被吊了起来，连忙说："今天你拿来的画拿不走了，我这里有的是好东西，你随便挑，要什么我都给你，只要把这张画留下。"这正中蒯光典的下怀，这本是一张假画，他本来就想利用端方并不真正懂行，而著录书上又有相似的记载来骗他的。后来我在美国华盛顿的弗瑞尔博物馆看到这张画，实在不行。它贴在木头板上，上面有很多题跋，但假的居多，只有宋人的一个账单是旧的，记载此画在当时流传过，但并不能说明它就是尉迟乙僧的。于是蒯光典大大方方地挑了一张赵孟𫖯的《双松平远图》手卷，上面本有乾隆的题诗，可能是太监偷出来的原因，题诗已被刮去，他说："我就要这个。"端方当然很舍得。后来这张画又被张珩买走，他当时住在六国饭店，我去看他，他特意拿出这张画让我看，只见被刮去的地方都是小窟窿。后来张珩请高明的裱匠重新装裱，画面平整如初，好像没被刮一样。

关于鉴定的趣事和体会，我写过不少文章，都收在《启功丛稿》中，这里就不再多举了。

三、诗词创作

我终生不辍的另一项事业是诗词创作。20世纪80年代后，我陆续出版了《启功韵语》《启功絮语》《启功赘语》共七百多首诗，后中华书局把它们合并到《启功丛稿》"诗词卷"，北师大出版社又出版合卷的注释本，定名为《启功韵语集》。

我从小就喜欢古典诗词，当祖父把我抱在膝上教我吟诵东坡诗的时候，那优美和谐、抑扬顿挫的节调就震撼了我幼小的心灵，我觉得它是那么动人，那么富有魅力，学习它绝对是一件有趣的事，而不是苦事。从此我饶有兴致地随我祖父学了好多古典诗词，自己也常找些喜爱的作家作品阅读吟咏，背下了大量的作品，为日后的创作奠定了良好的基础。

我开始进行正式的创作是在参加溥心畬等人举办的聚会上，那时聚会常有分题限韵的创作笔会，我日后出版的《启功韵语集》中开头的几首"社课"的诗就是那时的作品。那时溥心畬是文坛盟主，他喜欢作专学唐音的那路诗，甚至被别人戏称为"空唐诗"。受他的影响，我也作这种诗，力求格调圆美、文笔流畅、词汇优雅，甚至令溥心畬都发生"这是你作的吗"的感慨。但这种诗并没有更多的个人情志，我之所以这样作，一来是应当时的环境，二来是向他们证明我会这样作。后来我就很少写这样的作品了，30岁左右写的《止酒》《年来肥而喜睡》等诗就紧扣自己的生活来写，笔调也逐渐放开，那种嬉笑诙谐、杂以嘲戏的风格逐渐形成。如《止酒》写自己的醉态：

……

席终顾四座，名姓误谁某。

踯躅出门去，团圞堕车右。

行路讶来扶，不复辨肩肘。

明日一弹冠，始知泥在首。

……

而那种传统的调子我也没丢。新中国成立后、反右前我没怎么作诗，大概那时教学和文物鉴定工作都比较忙。反右后我的很多热情都被扼杀了，如绘画，但诗词创作却是例外。大约是"诗穷而后工"的法则起了作用，但我从来没直接写过自己的牢骚，只是写自己的一些生活感受，如《寄寓内弟家十五年矣。今夏多雨，屋壁欲圮，因拈二十八字》：

东墙雨后朝西鼓，我床正靠墙之肚。

袒腹多年学右军，如今将作王夷甫。

说自己多年学习书法，而现在发愁的是将要被快倒的墙压死。1971年借调中华书局整理《二十四史》，是我苦中作乐，多事之秋比较闲在的一段，也是我诗词创作较为活跃的一段。那时我身体不好，患有严重的眩晕症,经常天旋地转,甚至晕倒。这一段光歌咏患病的作品就有十五六首之多,再加上那时我已过"知天命"之年,对世事人生都看开了,于是那种自我调侃、自我解嘲的风格达到了高峰。也许有人对我的这些诗有不同的看法,贬我的人说我油腔滑调,捧我的人说我超脱开朗,这也许都不无道理,但如果把它放在那个时代来看,大概我只能自己开自己的玩笑了。如《鹧鸪天》"就医":

　　浮世堪惊老已成,这番医治较关情。一针见血瓶中药,七字成吟枕上声。屈指算,笑平生。似无如有是虚名。明天阔步还家去,不问前途剩几程。

　　"文革"后,特别是"拨乱反正"后的80年代、90年代是我诗词创作的高潮,八成的作品都是作于这一时期。内容包括奉答友人、题跋书画、论诗论艺、生活随感、题咏时事、记录旅迹等,可能是与古代所有的诗人一样,我自觉晚年的作品更趋于风格多样和"渐老渐熟",框框更少,写起来更加随意了。以上是我对创作道路的简单回顾。

　　总结一生的诗词创作,我有以下一些体会:

　　首先,我认为作古典诗词就应该充分发挥古典诗词的优点和特色,这首先体现在优美的格律上。我从小喜欢诗词并不是因为它的文字,而是它的韵律,因为那时我对文辞的意义并不真正了解。韵律包括协韵和平仄,它体现了汉语诗歌的音乐性。从广义上说,中国的诗歌始终是一种音乐文学,而不仅是案头文学。最初的诗三百、乐府,以及后来的宋词、元曲都是可唱的,而且很多唐诗也是可唱的,称为"声诗",而其他的诗也是可以吟诵的。这显然是由汉语语音本身的特点决定的。汉语的音节多以元音结尾,舒展悠扬,押韵效果强。而汉语又属于有声调的汉藏语系,本身带有高低起伏、抑扬顿挫的变化,我们必须利用这种特点组合语言,从而达到美诵与美听的效果,否则岂不白白浪费了这个特点?如果把诗篇比成一座美丽的殿堂,那么汉语的语言材料就不仅是一堆砖头,怎么砌都一样;组合好了,它就可以变成优美的浮雕,因为它本身就带有优美的艺术性。我们的先人自古就发现、利用了这一特点和优点,才创造了具有民族特色的中国诗歌。有一种观点认为中国的声律学是起自六朝沈约等人,而他们之所以发现四声的特点又是在翻译佛经时受到梵文的启发。我坚决反对这种观点,说它是崇洋媚外也不过分。

只要我们翻翻《诗经》《楚辞》以至《史记》，就能找到大量的例证，证明古人早就在诗中，甚至是散文中注意到语言的声调搭配。只不过到六朝时逐渐找到声调的最佳组合，逐渐形成了规律，产生了更为严格也更为优美的律诗，而后的词曲句式仍然要符合它的基本要求。

我们今天写古诗，特别是律诗和使用律句的词，一定要坚持这些固有的原则，但随着时代的发展，也应作一些技术上的调整。简而言之，可以概括为"平仄须严守，押韵可放宽"十个字。所谓"平仄须严守"，是因为只有按照平平仄仄这样的音调去排列组合，声音才能好听，才能把汉语的音调特色发挥出来，而不致埋没它的光彩。这里存在这样一个问题：即自《中原音韵》产生后，那时的北方话和现在的普通话已经没有了入声，它们分别派入平声、上声、去声中。在读古诗时，派入上声和去声对普通话问题还不大，派入平声，如果按照格律此处本应读仄声，则必须按古音读，如不会读古入声，哪怕按通例读成和缓的降调也好，因为只有这样才能读出韵律之美。而我们在作律诗时，按规律本应读仄声的地方使用了派入为平声的古入声字，这本不错，读时就按入声处理即可；而该平声的地方，最好不要使用派入平声的古入声，不得已而用时，最好注明"按今音读"，这样才能保证平仄的严格性。所谓"押韵可放宽"，是因为从《切韵》《广韵》《礼部韵略》、"平水韵"直到后来的《中原音韵》、"十三辙"，说明汉语押韵的现象和方法是在不断变化的，大趋势是逐渐由苛细到宽简。古代的《韵书》大多只对当时诗赋科考有制约力，而一般的文人在平时作诗时也不会刻意地遵循它，宋代的杨万里、魏了翁等都有明确的言论提及这种现象。而在科考中也不断出现很难遵守韵书的情况，如清代的高心夔两次科考都因押"十三元"韵出了问题，从而两次以"四等"的成绩落榜，以致王闿运讥讽他为："平生双四等，该死十三元。"既然押韵是随着时代语音的发展变化而变化的，我们今天作诗当然也可根据现代语音的特点有所变化。原来我还是比较讲究用古韵的，但总不能身上老带一本韵书啊，比如住院，无法检点是否合韵书，只好凭自己的感觉来合辙押韵，起初还以用十三辙或词曲韵之类为借口，后来越发的手滑，索性怎么顺口怎么来。因为"韵"本身就带有平均、和谐、顺溜的意思，比如有人批评南朝和尚支遁喜养马为"不韵"，请问和尚养马有什么韵不韵的问题？就是因为马贵腾骧，僧贵清净，所以显得不协调。因此只要念着顺口，听着顺耳，就是合辙押韵。后来我在《启功絮语》中写了这样四句话作为对这个问题的总结：

用韵率通词曲，隶事懒究根源。

但求我口顺适，请谅尊听絮烦。

其次，我认为反映现实、表现生活应有多种形式。就事论事、直抒胸臆是一种方式，寄托、比兴也是一种方式。两种方式因人而异，因事而异，不能说哪种优于哪种。我们北师大有位钟敬文先生，诗作得很好。承蒙他看重，他对我的诗谬赏有加。但我们两人的写法却很不一样，他属于那种纯写实的写法，每首诗的题目都紧扣现实，都是根据当时的某一事件而来的，写起来也多采取直抒胸臆的手法。而我则认为诗不应太直接地叙写时事，不应太就事论事，而要把它化为一种生活感受和思想情绪加以抒发，写的时候应更多地采取寄托、象征的手法，也就是借助写景咏物等手法来委婉含蓄地加以表现。反过来说，寄托象征、委婉含蓄不等于不写实，只是另外的一种写实，这也是中国古典诗歌的传统之一。总之我们应该全面正确地理解表现生活、反映现实，不要把它理解得太机械、太死板、太表面化。如我写的《杨柳枝二首》：

绮思馀春水一湾，流将残梦出关山。

王孙早惜鹅黄缕，留与今朝荡子攀。

青骢回首忆长杨，玉塞春迟月有霜。

一样春风吹客梦，独听羌管过临潢。

这两首诗表面看来和传统的借咏柳而写离别并没什么不同，但它的含义远不止这样简单。这首诗作于1944年汪精卫死于日本之后，第一首"流将残梦出关山"指汪精卫最后叛离祖国，"王孙"指清末摄政王载沣，"荡子"指日本人。当年汪精卫刺杀摄政王，未遂被捕，摄政王反而保释了他，才给他留下日后投靠日本人的机会，成了日本人任意摆弄的工具，而汪精卫本人则像是"这人攀了那人攀"的"杨柳枝"。第二首"玉塞春迟月有霜"是说东北沦陷后一直没有明媚的春光，后两句用典：当年金灭北宋，曾扶植刘豫傀儡政权，刘豫失宠后被迫徙于金人指定的临潢，并死在那里，这和汪精卫最后被弄到日本，并死在日本一样。应该说我这首诗的主题完全是写实的,只是和一般的直抒胸臆的写法不同罢了,我更偏爱含蓄、寄托的手法。当然,我也有直接写实的作品,如我一连气作了八首《鹧鸪天》,写"乘公共交通车"的拥挤状况,不是"身经百战"的人是写不出来这样亲身感受的。

  还有,我主张"我手写我口",或者说得更明白、更准确些,是"我手写我心",即一定要写出真性情、真我。我曾写过这样的诗句:"天仙地仙太俗,真人唯我髯苏。"我认为苏轼的诗之所以好,主要是因为他写出了真性情。"美成一字三吞吐,不是填词是反刍。"我之所以不喜欢周邦彦的词,是因为他在表情时总是吞吞吐吐,把没味道的东西嚼来嚼去。"清空如话斯如话,不作藏头露尾人。"李清照的词之所以可爱,是因为她敢于用明白如话的语言写自己的真情实感,而从不隐藏。"非唯性癖耽佳句,所欲随心有少陵。"杜甫的伟大不仅在于他善于锤炼,"语不惊人死不休",更在于他的随心所欲,不受任何局限地表现自己的所思所想。"我爱随园心剔透,天真烂漫吓人时。"袁枚的真心没有一丝的矫揉造作,始终葆有童真一般的天真烂漫,仅凭这一点就够惊世骇俗了。"有意作诗谢灵运,无心成咏陶渊明。"谢灵运的诗之所以不好,是因为他太做作了,而陶渊明的诗之所以好,恰恰是因为他的无心,而无心才能无芥蒂,无芥蒂才能有真性情。我觉得诗的最高境界是:"佳者出常情,句句适人意。终篇过眼前,不觉纸有字。"——让读者不必在文字上费功夫就能领略作者的情意。总而言之就是要做到诗中有我,让别人一读就知道是"我"的诗。

  我觉得我很多诗大抵能达到这一点。如我的《痛心篇》二十首,文辞都很简单明了,但都是我"掏心窝子"的话,我觉得我对老伴儿的真情根本不需要通过修饰去表达,最家常、最普通、最浅显的话就能,也才能表达我最真挚、最独特、最深切的感情,这就是"不觉纸有字"吧。很多读者喜欢它,也是由于读出了其中的真感情。又如我这个人喜欢"开哄",因此诗中常有些"杂以嘲戏"的成分,正像我自嘲的那样"油入诗中打作腔",我以能表现自己的这个特点为能事,使人一看就知道这是启功的诗,而不怕别人讥我的诗是"打油诗"。这就是"我手写我口"——把自己的个性表现出来。如我爱拿自己的病和不幸经历来调侃,别人给我写诗是绝对不会这样写的,而和我有同样经历的人,由

于性格不同,大概也不会这样写。如调侃我的眩晕症的《转》:

"别肠如车轮,一日一万周。"
昌黎有妙喻,恰似老夫头。
法轮亦常转,佛法号难求。
如何我脑壳,妄与法轮侔。
秋波只一转,张生得好逑。
我眼日日转,不获一雎鸠。
日月当中天,倏阅五大洲。
自转与公转,纵横一何稠。
团圞开笑口,不见颜色愁。
转来亿万载,曾未一作呕。
车轮转有数,吾头转无休。
久病且自勉,安心学地球。

我想,只有像我这样得过眩晕症,又熟读过韩愈诗和《西厢记》,并喜说佛法,且敢于自嘲的人才能写出这样的诗。又如我的《自撰墓志铭》:

中学生,副教授。
博不精,专不透。
名虽扬,实不够。
高不成,低不就。
瘫趋左,派曾右。
面微圆,皮欠厚。
妻已亡,并无后。
丧犹新,病照旧。
六十六,非不寿。
八宝山,渐相凑。
计平生,谥曰陋。
身与名,一齐臭。

有人称这类诗为"启功体"或"元白体",起码说明它写出了我的个性,对这个称号我是非常愿意接受的。

最后,我认为应该把继承传统与勇于创新结合起来。现在古典诗词的创作热潮空前高涨。但想写出好作品却不容易,它必须符合两个基本的原则：既要继承，又要创新。就继承说，因为我们要创作的是旧体诗词，所以无论从形式到神韵都必须有古典的味道，否则仅把句式切割成五、七言或规定的长短句，然后完全用今人的思维方式、审美情趣和表达方式来写，即使写得再好，恐怕也难称为旧体诗。就创新说，因为是当代人写，所以不但要写出时代气息，而且要在创作风格上体现出新特点、新发展，否则从语言到情调都是旧的，那如何称当代人的作品？与其如此，还不如径直去读古人的作品。因为在这范畴内，我们作不过古人。只有将继承和创新完美地结合在一起，才是当代人写的古典诗词，才有价值。

这里面有很多具体问题。比如词汇和语言的运用，我们既要能熟练地掌握一大批生动精练、仍然富有生命力的古典词汇、古代典故，建立一个丰富的古典语库，使创作出的作品富有古色古香的书卷气；又要巧妙而恰当地使用现代词汇、现代典故，因为我们生活在新时代，不可能完全回避新词汇、新语言。如果在大量的作品中居然看不到任何新语言，那我们真要怀疑这些作品到底有多少新思想、新内容了。当然只有古典典故，一说病就是"文园消渴"，也过于贫乏。所以我的诗里面既有"函丈""宫墙""绛帐""后堂丝竹"等称老师、教习的古典词汇，也有"此病根源由颈部。透视周全，照遍倾斜度。骨刺增生多少处。颈椎已似梅花鹿"及"真成极右派"这样大量使用现代词语和典故的作品。写到手滑处，甚至出现了"卡拉OK唱新声""一堆符号A加B"的句子，这种句子是好是坏，读者可以自加评判，我的意思是说一定敢于使用新语，而且要把使用古典语与使用现代语相结合。还要善于用浅显语写深意境，这比生搬硬套艰涩深奥的语言最后只能表达不知所云的意思要好得多。我有些诗就是追求这种效果，如《古诗二十首》"其九"：

老翁系囹圄，爱猫瘦且癞。

七年老翁归，四人势初败。

病猫绕膝号，移时气已塞。

人性批既倒，猫性竟还在。

当然继承与创新的最主要方面是在格调、意境、神韵上，是在古色古香的旧体形式上体现出新思想、新情感，也就是说，我们的观点、内容不能被传统题材、传统形式和传统手法所掩盖。比如说感慨时光易逝，人生苦短这是自古以来的传统题材，一般人作起来很难跳出古人的窠臼，于是我这样写：

造化无凭，人生易晓。请君试看钟和表。每天八万六千馀，不停不退针尖秒。已去难追，未来难找。留他不住跟他跑。百年一样有仍无，谁能不自针尖老！

又如古来咏王昭君的诗词数不胜数，怎么能再写出新意？我在《昭君辞二首》的小序中写了这样一段话，可以代表我在这个问题上的观点：

古籍载昭君之事颇可疑，宫女在宫中，呼之即来，何须先观画像？即使数逾三千，列队旅进，卧而阅之，一目足以了然。于既淫且懒之汉元帝，并非难事。而临行忽悔，迁怒画师，自当别有其故。按俚语云"自己文章，他人妻妾"，谓世人最常矜慕者也。昭君临行所以生汉帝之奇慕者，为其已为单于之妇耳。咏昭君者，群推欧阳永叔、王介甫之作。然欧云"耳目所及尚如此，万里安能制夷狄"，此老生常谈也。王云"汉恩自浅胡自深，人生乐在相知心"，此激愤之语也。余所云"初号单于妇，顿成倾国妍"，则探本之意也。论贵诛心，不计人讥我"自己文章"。

不论我的这篇文和两首诗是否能达到"诛心"之论，但力求立论新颖、深刻毕竟是我追求的首要目的。

四、学术著作

如前所述，我最初所写的几篇学术论文都是在陈校长的直接帮助与过问下完成的，这对我走上学术研究的道路起到了至关重要的作用。特别是他的治学精神和方法，如一定要竭泽而渔地搜集第一手材料的严肃态度，对我一生的学术研究都起到了指导作用。这里我把某些论文和专著的写作背景、情况、心得向大家作一些简要的说明。

50年代我为人民文学出版社出版的程乙本《红楼梦》作过注，这是新中国成立后第一部注释本。由于我对满族的历史文化、风俗掌故比较熟悉，因此被认为是最合适的人选。但我认为程甲本更符合曹雪芹原意，程乙本在程甲本的基础上做了一些改动，把很多原来说得含混的地方都坐实了，自以为得意，殊不知曹雪芹本来就是有意写得含混，所以我又向出版社推荐程甲本，为此我又写过《读红楼梦札记》和《红楼梦注释序》等研究红学的文章，承蒙学术界，特别是红学界的谬赏，这些文章直到现在还经常被人提及并引用。我在这些文章中提到了以下几个主要观点：

在《红楼梦注释序》中，我指出读《红楼梦》特别要注意的几个问题，这也正是注《红楼梦》所要解决的问题，即俗语、服装、器物、官职、诗词、习俗、社会关系、虚实辨别。同时提出一些带有普遍性的问题，如我认为："《红楼梦》里的诗和旧小说中那些'赞'或'有诗为证'的诗都有所不同。同一个题目的几首诗，如海棠诗、菊花诗，宝玉作的表现宝玉的身份、感情；黛玉、宝钗作的，则表现她们每个人的身份、感情，是书中人物自作的，而不是曹雪芹作的诗。换言之，每首诗都是人物形象的组成部分。"这是就如何全面理解人物形象提出的见解。又如："宝玉的婚姻既由王夫人做主，那么宝钗中选，自然是必然的结果（宝钗之母为王夫人之妹）。这可以近代史中一事为例：慈禧太后找继承人，在她妹妹家中选择，还延续到下一代。这种关系之强而且固，不是非常明显的吗？另外，从前习惯'中表不婚'，尤其是姑姑、舅舅的子女不婚。如果姑姑的女儿嫁给舅舅的儿子，叫作'骨肉还家'，更犯大忌……本书的作者赋予书中的情节，又岂能例外！"这就是对《红楼梦》爱情悲剧主题的解释，而且我认为这种解释是最能切中要害的。

在《读红楼梦札记》一文中，具体分析了《红楼梦》中"所写的生活事物，究竟哪些是真实，哪些是虚构"。如对《红楼梦》所写的年代及地点的扑朔迷离进行了具体的考辨；对《红楼梦》官职中既有虚构的，也有真实的，还有半真半假的进行了梳理；对《红楼梦》中的服装描写进行了研究，指出哪些是实写的，哪些是虚写的：大体看来，男子的多虚写，女子的多实写；女子中少女、少妇的更多实写。并结合对辫式、小衣、鞋子以及称呼、请安、行礼的描写分析了当时的风俗。最后对《红楼梦》为什么要"这样费尽苦心来蕴真实于虚构"进行了分析。

后来我很少再写红学的文章了，这里面有些复杂的原因。一是1957年我母亲和姑姑先后去世，我没有任何积蓄，办后事的钱都是用的《红楼梦》注释的稿费，所以一提起《红楼梦》我就老联想起这段伤心的往事。二来我觉得后来的某些红学研究有点不靠谱，仅以70年代中期发现所谓的曹雪芹故居来说，依我看就属子虚乌有，我在给学生讲课时曾开玩笑说："打死我我也不相信。"为此我曾写过一首《南乡子》"友人访'曹雪芹故居'，余未克往"：

友人联袂至西郊访"曹雪芹故居"，余因病未克偕往。佳什联翩，余亦愧难继作。

一代大文豪，晚境凄凉不自聊。闻道故居犹可觅，西郊。仿佛门前剩小桥。访古客相邀，发现诗篇壁上抄。愧我无从参议论，没瞧。"自作新词韵最娇"。

我以为与其费劲炒作这种没意义的发现，还不如好好读读《红楼梦》本身，体会一下书中丰富的内容。

60年代我出版了第一本专著《古代字体论稿》。这是我把多年文字研究和书法研究结合在一起的著作。我认为汉字字体不仅是风格问题，而且直接影响字形结构的变迁，所以要想把汉字的构形历史梳理清楚，不深入考察字体的演变是难以做到的。在这部著作中我提出了几个观点，也澄清了几个问题。我认为字体形成是一个渐变的过程。"一种字体不会是一个朝代突然能创造的"，一种主流字体成熟的时期，往往就是它被另一种字体取代的开端。每种字体都有不同的名称，有的是别名，有的是俗名，有的是泛指，有的是专指，有的是广义，有的是狭义，因此字体中既有同名异实，又有异名同实的现象。这都是容易被人忽视的地方。造成这种现象的原因主要来自字体的渐变性：一种主流字体发展为另一种主流字体没有绝对的时限，因此它所指的对象也就不可能完全一致。如隶书，一般人认为蚕头雁尾的才叫隶书，但"秦俗书为隶，汉正体为隶，魏晋以后真书为隶，名同实异"。而唐人管楷书就叫隶书，因为在唐人看来凡是俗体字都叫隶书。所以我们在谈隶书时一定要首先确定它指的是哪个时代所说的隶书。造成这种现象的另一种原因是字体分类的角度、标准不同，如楷书，"对于写的风格规矩整齐的字都称之为楷，是泛用的形容词；用楷书这词来称真书，则是专名，名同实异"。也就是说名为楷书是就风格而言，名为真书是就与其他字体比较的实用地位而言。所以我们必须全面地理解各种字体因不同的时期、不同的分类而产生的不同意义，才能正确地研究书法学及文字学。

60年代我还起草了另一部著作《诗文声律论稿》，但在"文革"期间始终无法出版，直到"文革"后才得以问世。这是我的用力之作，花费了多年的思考与斟酌，直到本世纪初我还在不断地修改，可谓耗费了我大半生的精力。从前人对于诗、词、曲的声调格式，常是凭硬记的，或把一些作品画出平仄谱子来看，或找几首标准的作品来读，总之对平仄变化的必然性缺乏主动的了解。我发明的"竹竿"理论可以弥补这方面的不足。即以五言为例，公认有四种基本句式，即A句式——仄仄平平仄；B句式——平平仄仄平；C句式——仄平平仄仄；D句式——平仄仄平平。如果我们两字一节地把无限循环的平平仄仄排成一个长竹竿："平平仄仄平平仄仄平平仄仄……"则会发现A句式是由第三字截至第七字而来（第七字至第十一字是它的重复），B句式是由第一字截至第五字而来（第五字至第九字是它的重复），C句式是由第四字截至第八字而来（第八字至第十二字是它的重复），D句式是由第二字截至第六字而来（第六字至第十字是它的重复），也就是说只要挨着排地从这根竹竿上截五个字，只能截出以上四种句式。再换句话说，如果你记不住五言格律的形式，你就从这竹竿上挨着排地往下截好了，再怎么截也是这四种形式。至于七言，只要在这四种句式前加两个与它相反的音节即可。以上各种句式"除了五言B句式外，无论五言、七言的首字都可以更换（可平可仄），这是因为句子的发端处限制较宽。只有五言B句式首字不能更换，是因为它如换用仄声，则下边一字便成为两仄所夹的'孤平'，声调便不好听。七言句是五言句上加两个字而成的，不但七言句本身的首字可以更换，即从五言句首带进来的可换之字，也仍保留着可换的资格"。我这个"竹竿"理论不但适用五言句和七言句，还适合三言、四言、六言等任何句式。以三言为例，律诗虽没有三字句，但特别讲究三字尾，即每句结尾的最后三个；而在词中常出现三字句，也应合律。从上举"竹竿"截取前三个音节，即平平仄，第二到第四为平仄仄，第三到第五为仄仄平，第四到第六为仄平平（以下又是上述的重复），全都符合律句的要求，就是截不出仄仄仄或平平平的形式，而这恰恰是词中三字句和五言律句、七言律句后三字最忌讳出现的情况。总之这"竹竿说"可谓我的发明，它可以简单、主动区别出什么句式符合律句，什么句式不符合律句，大大减少了对律句理解的神秘性和记忆、区分律句的复杂性。明白了这一基础，再搞清律诗有首句入韵和不入韵的区别，以及律诗的黏对关系，律诗的基本格律问题就都解决了。我在书中还指出，古体诗以至《诗经》《楚辞》，骈文以至散文、史书，很多音节的安排也是符合平仄间的习惯（指第二字和第四字平仄相间，为了形象说明，我把每两个音节比为一个盒子，上一个音节为盒盖，下一个音节为盒底，盒底重要，不可换，盒盖较轻，可换。如以平平仄仄为例，第二字的平和第四字的仄是不可换的，必须平仄相间），这说明律诗不是凭空冒出来的，它是在人们长期使用中逐渐总结出的规律，或者说中国的诗文都很注重声调的运用，只不过律诗最为注重罢了。

　　1989年我又把80年代写的一些探讨汉语现象的文章集结为《汉语现象论丛》，在香港出版，1996年又由中华书局在内地出版。这本书说白了就是针对马建忠的《马氏文通》语法体系而发的。我认为《马氏文通》的葛郎玛（grammar"语法"）体系，以及"以英鉴汉""以英套汉""以汉补英"等流派对很多汉语现象都难以作出科学的、令人信服的解释，更不能说明种种复杂而灵活的古代汉语现象。如英语没有对偶，没有平仄，没有骈文，没有五、七言等诗句，当然无法对这些现象进行规律性的论述与总结，于是许多中国的葛郎玛书也就不把这些作为研究的对象，马建忠甚至说"排偶声律之说等之自郐以下"，这是说不屑研究呢，还是套不上而放弃的遁词呢？汉语不研究排偶、声律等还研究什么呢？又如在汉语中常出现主、谓、宾成分不全的现象，中国的葛郎玛派便常以"省略"来分析它，但省略太多也难以服众。再如汉语的词用法太活，用英语词汇的分类法来套，常出现顾此失彼的现象。"如此等等，不一而足。这绝非葛郎玛不好，而是套的方法可议。假如从汉语的现象出发，首先承认汉语自有规律，然后以英语为鉴岂不很好？"但汉语究竟有哪些规律，这也不是我所能定论的，所以我的书才叫"现象"论，我只想通过很多现象来为总结这些规律提供一些材料和借鉴。在分析这些现象的时候我既举一些常见的例子，也尽力找一些别人意想不到的例子，如在讲到汉语词汇"颠倒"现象非常灵活的时候，我以王维的"长河落日圆"为例。这五个字可以颠倒成十个句式，前三种为："河长日落圆""圆日落长河""长河圆日落"。这三句虽有艺术性高低之分，但语意上并无差别，句法也都通顺。第四种到第九种为："长日落圆河""河圆日落长""河日落长圆""河日长圆落""圆河长日落""河长日圆落"。这几句就不能算通顺了，但只要给它们各配上一个上句，也就是说把它们放在一个特殊的"语境"中，它们仍可以起死回生。就像从前有人作了一句"柳絮飞来片片红"成了笑柄，但有人给它配上一个"夕阳返照桃花坞"的上句，它也成为妙句一样。比如我们为"长日落圆河"配上"巨潭悬古瀑"的上句，那么它也就可以讲通了。因为"长日"可以作"整天""镇日"讲，"古瀑"的"古"字可以作"由来已久"讲，"瀑"是落下的水，"潭"是圆的水，所以"古瀑"落在"巨潭"上可以比喻为落在"圆河"中。其他五句也可以配上不同的上句使它通顺，读者如有兴趣可以翻阅我这本书。第十种句式"河圆落长日"实在无法给它找到上句。一句五言诗竟能变成十种句式，而且只有一种不通，汉语的灵活性不是太惊人了吗？对这种灵活的语言怎么能用生搬硬套的葛郎玛去分析呢？

在《汉语现象论丛》中我还收了一篇《说八股》的文章。我想现在能写关于八股文章的人已经不多了。后来张中行和金克木也写了两篇，和我的这篇合订出版。我虽然没赶上科举考试，没正式上考场作八股文，但我的老师陈校长是正经的八股出身，曾在八股文上下过很大功夫，对八股文有很深的研究，自己也写得一手好八股。我曾向陈校长学过写八股，交过两篇作业，陈校长看后说："你怎么只写了六股？"我说："没词了，抻不到八股了。"他又笑着说："不过在小考——童生考秀才时，作六股也可以了。"我想八股文在历史上的地位早有公论了，但从文化史和文章史的角度我们还是应该考察一下中国的科举制度为什么单单选择它作为科考的项目，从文章学的角度这里面有什么必然性，在明清以前的文章中它具备了怎样的因子，它又是怎样逐步发展成程式化的八股。这些问题就不是我们简单骂几句八股所能解决的了。后来我又写了一篇《创造性的新诗子弟书》，论述了清朝子弟书的有关情况，这也是一般人所不太了解的东西。王国维先生曾说"一代有一代之文学"，我觉得把子弟书称为清代文学的代表形式也不为过。

说起学术著作的写作，不能不提到一段富有传奇色彩的经历。新中国成立后学术批评往往和政治运动掺和在一起，或者说政治运动往往借学术问题而发端，学术问题最后上纲为政治问题。比如新中国成立后不久，电影《武训传》已开此先例。武训以乞讨为生，把全部所得都用在兴办教育上，这本无可厚非，至多武训本人仍有封建社会的时代局限性而已，但在全国范围内对它变本加厉地进行大批判就不再是对一部电影的评价，而是把它当成政治上的大是大非来对待了。到了60年代，鉴于庐山会议批判彭德怀右倾路线，彭德怀提出要学海瑞罢官后，上边又要搞一次大的政治运动，又需要找一个切入口或突破口。经历过这段历史的人都知道，最后是选择了批吴晗的《海瑞罢官》，以致掀起"文化大革命"。但在最初没最终确定目标时，曾多次在其他题目上试探过，其中之一就是1965年发动的对王羲之《兰亭序》真伪的辩论。在一般人看来，一个小小的《兰亭序》和政治斗争有什么关系？确实没任何关系，架不住在掌握意识形态大权人的手里它就可以上纲为唯物史观和唯心史观的大是大非的路线问题。这从再后的批《水浒》就能得到印证。当时掌管意识形态大权的是康生、陈伯达等人，他们还经常拉拢和利用郭老。一次陈伯达得到一本中华书局影印的定武本的《兰亭序》，后有清代李文田的跋。很多清代的碑帖学家都是尊北碑的，他们认为像龙门造像、龙门二十品那样的碑刻才是晋代以后的最高水平和主流风格。而北碑都是方笔，刀刻的一般，于是他们认为那时凡是写得柔软的都是假的，《兰亭序》也不例外。再加上《兰亭序》本有传说，说唐太宗曾派萧翼把此帖赚来，然后陪葬了，更证明其他的都是假的。李文田也持这种观点，他在跋中就以《兰亭序》不是方笔而是柔笔断定它是假的。陈伯达把这样一本《兰亭序》及跋送给郭老，目的很明显，就是让郭老带头从这方面做文章，看是否能钓上大鱼来。郭老接到这样的"圣旨"，自然也明白其中的用意，便做起文章。郭老又结合了一些新考证，写了一篇《由王谢墓志的出土论到〈兰亭序〉的真伪》，说南京挖出一些王家的墓碑，上面的字也都是方头方脑的，因此以柔美见长的《兰亭序》肯定是假的，不但字是假的，就连文章也是后人篡改的。在这之前我曾写过一篇《兰亭帖考》的文章，认为《兰亭序》是真的（指《兰亭序帖》原作是王羲之的手笔，现流传的都是根据原作摹写的），并详详细细地考证了现在流传的各种兰亭版本，在社会上很有影响。文中自然不可避免地也提及李文田等清人的观点，所以要讨论这个问题就须我重新表态。当时郭老住在什刹海，钱杏邨先生（阿英）住在棉花胡同东口，郭老就让钱杏邨找我谈话。

我记得非常清楚，那天是星期五。钱先生把我叫到他家去，我一进门他就神秘兮兮地把我拉到沙发上，用非常郑重的、真诚的口气对我说："我告诉你，我们这次是推心置腹的同志式的谈心。你这次必须听我的，事关重大。"我看他那神情，听他那口气，也知道事情的严重性，就赶紧问："您这说了半天，到底是什么事？"他才说："你现在必须再写一篇关于《兰亭序》的文章，这回你必须说《兰亭序》是假的，才能过关。"我连忙问："这是为什么啊？"他才把事情的背景和郭老托他来找我的前前后后都给我说了一遍，等于是跟我交了底。我听了暗暗叫苦不迭，心想我原来是不同意随便说《兰亭》是假的，一直坚持现存的定武本和唐摹本都是王羲之原作的复制品，这可怎么转弯啊？但形势已经非常明显，这已不是书法史和学术问题了，而是把学术问题政治化了，而且是"钦点"要我写文章。从钱先生家回来，我仔细研究了郭老的文章，终于找到一个可以转身腾挪的棱缝。郭老的文章中有一个明显的漏洞：他认为王羲之的《兰亭》应是方笔的，否则是假的，但王羲之流传下来的作品不仅《兰亭》一种，如在日本发现的《丧乱帖》，它是唐人根据王羲之真迹勾摹的，也是那种柔美的笔法，这该怎么解释呢？郭老只好说《丧乱帖》和北碑体的"二爨"碑（《爨宝子》《爨龙颜》）"有一脉相通之处"。郭老当时这样说也许言不由衷，但这明明是不符合事实的，对碑帖稍有涉猎的人都知道这二者截然不同，毫不相干，非要说"一脉相通"，那无异于瞪着眼睛说瞎话。好，我索性就在这上面做文章，让明眼人一看就知道我是在言不由衷。我于是写道："及至读了郭沫若同志的文章，说《丧乱帖》和《宝子》《杨阳》等碑有一脉相通之处，使我的理解活泼多了。"抓住这一点，我的思路果然"活泼"多了，四千多字的考辨文章当天就写好了，题为《兰亭的迷信应该破除》。晚上阿英就派人取走，直接送到郭老家。郭老一看大为高兴，第二天（星期六）一大早就把稿子交给光明日报社，第二天（星期天）就见报了，可见它是一篇特稿。

过了几天郭老去找陈校长，他们二人住得不远，郭老住在什刹海，陈校长住在辅仁对面的兴化寺。郭老一见陈校长就高兴地说："你的学生启功真好，他说《兰亭》是假的，很好，很好。"陈校长本来是主张《兰亭》为真的一派，有的人向他请教应临什么帖的时候，他常向人推荐《兰亭序》，现在也只好微笑着捋着胡须跟着搭讪道："那是，他是专家嘛！"郭老趁机说道："你不也写一篇？"陈校长应付道："我老了，眼睛不行了，写不了了，等恢复恢复再说吧。"算是搪塞了过去。过几天陈校长把我叫去，仍旧捋着胡子，笑眯眯地对我说："郭老夸你来着。"我问怎么回事，他说你问刘乃和。刘乃和就学了一遍，她一边说，我们一边大乐。乐完后陈校长又说："你以后要发表文章一定先给我看，要不然拿出去发表，指不定捅什么娄子呢！"我连忙答应，但心里想：这种言不由衷的拍马屁文章拿给您看，您还不得气得撅胡子，能让我发吗？现在想起来，我非常得意我的"聪明"，找到了一个既能来个一百八十度大转弯的借口，又表明了我这个转弯完全是言不由衷的违心话，这就是："自从看了郭老的文章，说'二爨'和《丧乱帖》有一脉相通之处，我的理解就活泼多了。"从此也落下个话把，成为朋友间的笑谈，因为明眼人都读得懂后面的潜台词。一次我在西单旧书店遇到老朋友金协中，他划右派后被王震将军调到新疆，算是保护下来。当时王震把很多右派都调到他的部下，如著名的诗人艾青，艾青后来曾跟我说："幸亏王震将军保护了我，要不然我活不到今天。"金协中见了我就打趣地说道："我的理解活泼多了。"说罢大笑。我对他说："你还缺德呢，要不是王震将军，你还能活到今天。"可见大家对这句话的意思都心照不宣。

现在想起来我当时也够胡说八道的了，但不这样写不行。有事实证明，不照着他们的意思确实过不了关。南京有一位叫高二适的人，与章士钊、林散之是好朋友，他大约不知内情，还把它当成纯学术问题，在读了郭老的文章后，首先写了一篇抗议文章，大意是说唐太宗为了这幅帖费了那么大的功夫去把它赚来，怎么会是假的？他把文章写好后交给了章士钊先生，章先生又转给毛主席，但毛主席没有表态。幸亏他是通过章士钊这条线上去的，否则贸然登报就不知是什么后果了。还有更确切的证据，后来有关的文章被编辑成《兰亭论辨》一书，其中的序果然明确指出赞成不赞成《兰亭》是真是假是一场唯心史观和唯物史观的政治斗争。序中说："(《兰亭序》真迹说)经历代帝王重臣的竭力推崇和封建士大夫的大肆宣扬，视作不可侵犯的神物。……(郭沫若发表文章后)多数人支持他以辩证唯物主义的批判态度推翻历代帝王重臣的评定，但也有文章持相反的看法。……应当指出，这种争论反映了唯物史观和唯心史观的斗争。……"论辩集又把同意郭老的十几篇文章算作"上编"，把持不同意见的三篇算作"下编"，其中就包括高二适和章士钊先生的，批判的指向十分明显。但后来为什么没在这上面做更大的文章呢？可能是因为能参与这一论辩的圈子太小，毕竟只能是书法界有限的人，很难达到由此发动更大规模政治斗争的目的。既然失去政治意义，过了一阵也就偃旗息鼓了。后来他们果然找到了更好的目标，那就是《海瑞罢官》，从此点燃了"文化大革命"的"熊熊烈火"。幸亏"兰亭论辩"半道收场，如果由它闹下去，我就被卷进革命风暴的旋涡里，干系就更大，想拔都拔不出来了。这种拿学术讨论来钓政治鱼的手段实在是知识分子最害怕、最头疼的做法。后来我在编辑我的文集时坚决删去了这篇文章。

　　回顾我所写的学术文章，有我至今都觉得很得意的，也有个别文章现在看来错得一塌糊涂的。比如我曾在《诗文声律论稿》中有一节专谈《永明声律说与律诗的关系》，文章附会了传统的说法，把"四声""八病"之说都归到沈约的身上，后来我仔细查对有关资料，证明这是对沈约的一种误会，为此我专门写了一篇《"八病""四声"的新探讨》文章，澄清了我的错误，以谢读者。后来我又发现我在有关文章中写的周兴嗣次韵千字文的问题也有根本性的错误。我是按"次韵"即步原有的诗韵来写作的传统观点理解的，于是费了好大劲去考察南北朝诗文中有哪些次韵的现象。现在我发现千字文的次韵只是按不同的韵把这一千个字编排出来而已，这"次韵"的"次"，只是"编次"的意思，与作诗步韵没有任何关系。我一定要抽时间再写一篇文章，改正我的错误。

　　回顾我的一生，经历了很多波折，涉足了不少事业，也取得了一些所谓的成绩，但就以一些文章还存在错误和不足来看，我真正体会到为什么说要"活到老，学到老"。我现在92岁了，眼睛由于黄斑病变，几乎失明，字是写不了了，画更画不成了。我常说："祖师爷不再赏我这碗饭了，这是没办法的事。"但我力争做些力所能及的事。我目前还带着多名博士生，遇到必须写的东西，我就用高倍数的放大镜凑合写一点，有的就请别人帮我整理。回想一生，感慨良多。"诗言志"，我想就用我诗中的一些谈及人生体会的诗句作为这本书的结尾吧：

"劳他莺燕殷勤唤，逝水韶华去不留。"——这是我年轻时的诗句，年轻时代已经是那么遥远了。

"易主园林春几许。"——我一生经历过很多改朝换代的事情。

"莫问临芳当日事。"——清朝的灭亡是必然的，我并不留恋它。

"改柯易叶寻常事，要看青青雨后枝。"——改朝换代并不可怕，它正是历史的动力，新生活总要代替旧生活。

"幼时孤露，中年坎坷，如今渐老，幻想俱抛。"——这是我生活的真实写照。

"岁月苦蹉跎。""历史如长河，人各占一段，幸者值升平，不幸逢祸乱。"——我九十多年所经历的这一段既遇到很多暴风雨，也遇到暴风雨后的晴朗。

"绝似食橄榄，回甘历微苦。诗境与人生，大约全如许。"——回忆这一段生活自然有如打翻五味瓶，充满了酸甜苦辣各种味道，这并不是什么坏事，它说明了生活的充实。

"一句最凄然，过去由它吧。"——时代的车轮是不可阻挡的，大浪淘沙是历史的必然，但在江河流淌中自身出现的逆流和经历的险滩却是令人触目惊心的，它使经历者在回忆时心有余悸，在他们的心灵留下深深的创伤。但毕竟过去了，过多地纠缠毕竟无补于事，"放下为快"，还是翻过这凄凉的一页吧。

"荣枯弹指关何意，寒燠因时罔溯源。"——那些凄然的经历给人们带来的荣辱毕竟是短暂的，至于它背后复杂的原因又都是我辈人无法澄清的。

"莫名其妙从前事，聊胜于无现在身。"——那场史无前例的"浩劫"，确实曾让人感到人生社会的难以理解，究竟往事如烟还是往事并不如烟，有时让劫后余生的人百思不得其解，但好在人们还在顽强地生存着，我还侥幸地活着。

"衰荣有痕付刍狗，宠辱无惊希正鹄。"——古人曾提出要达到真人、至人的境界,我觉得能随时抛弃荣辱,真正做到宠辱无惊才是人生的最高境界。

"何必牢骚常满腹。""自遣有方唯笑乐,人生难得是糊涂。""多目金刚怒,双眉弥勒开。余生几朝夕,宜乐不宜哀。"——为此人应该有乐观、达观的生活态度,郑板桥所说的"难得糊涂"绝不是苟且的遁词,人生、社会的很多事本来就是说不清的。

"直如矢,道所履。平如砥,心所企。""一拳之石取其坚,一勺之水取其净。"——但做人的方正廉直是必需的。

"学为人师,行为世范。"——这是我受北师大委托所题写的校训,我自己要身体力行,作出表率。

"停来跋履登山屐,振起灰心对酒歌。"——我确实也灰心过,但在这大好时代,我要重新抖擞精神,为我热爱的事业继续奋斗。

"尚争一息上竿头。"——我虽然已经老了,但壮心不已的精神不能松懈。

"开门撒手逐风飞,由人顶礼由人骂。"——我扎扎实实地活着,我不在乎别人怎么看待我,历史会给我一个公正的评价。

| 论书札记 |

论书随笔

一、论笔顺

什么叫作笔顺？习惯即指写字时各个笔画的先后顺序。例如，写"人"字，先"丿"后"㇏"；写"二"字，先上横后下横。这个原则可以类推。

这种顺序是怎么产生的？谁给规定的？回答是由于写时方便的需要。写字用右手，不仅汉字，即世界各族人，也都如此。汉字写法习惯，每字各笔画的先上后下，先左后右，是怎么形成的？不难理解，如果倒过来写，先下后上，在写上笔时，自己的手和笔，遮住了下一笔，写起即不方便。"顺"字，即便利的意思。

汉字的章法，每行自上而下，各行却由右而左，这种写法习惯，自商周的甲骨金文中已然如此。任何习惯的形成，都有它的复杂因素，后人可以推测，但难绝对全面确定它的原理。笔画之间，先上后下，先左后右，字与字之间，先上后下，这是一致的，单独"行际"是由右向左只能归之于"自古习惯""汉字习惯"。

每字的笔顺，比"行次"问题好理解，下面举几个例：

"宀"，上一点在最上，左点在左，然后横画连右钩，是顺的。"宀"下边装进什么都是第二步的事。

"亻"，"丿"在上，从上向左下走，"丨"在"丿"下，即成为"亻"，右边可以随便搭配了。

"小"，"亅"居中，定了标杆，左右相配，容易匀称。"业"，先"川"，后配左右两点，亦是此理。

"中"，先写"口"，像剪彩的彩带，先扯平，中间下剪，比较容易。

"万"，先写横，没问题。"丁"与"丿"，谁先谁后，有争议。从方便讲，宜先写"丁"，"丁"的左下有一块空地，用"丿"把它分割，字中空白容易匀称。"衣"中的"ナ"右"乀"，也是分割空地的道理。

"日""目"，顺序如下：冂日日目，为什么不先写"口"，因为这长方格中，填进小横，不易匀称。先写"冂"，如果里边空地不够，末笔稍靠下，也还无妨，如果里边空地还多，"冂"的两个下脚露出些尖也不要紧。

"母"，先左连下成"乚"，后上连右成"丁"，即成"口"，一横平分，"母"两小空格中各填一点，可谓"顺理成章"。

"太"，先一横，定了这个字的领地中主要位置，中分一横，从上向左下一"丿"，"ナ"的右下有一空地，用"乀"平分这块空地，即成"大"，再在下边空地中加一个点，也是自然便利的。

这个道理，再推到另一例："春"，"三"可以比"太"字的"一"，"人"与"太"字同一办法，下加"日"，可以比"太"字的下边一点。不管字中笔画多么繁，交叉多么乱，都可以从这种原理类推而得。

至于行书的笔顺，有时和楷书略有不同的。因为行书是楷书的快写，为了方便，有时顾不了像楷书那样太顺，例如"有"，楷书原则是先"一"后"丿"，以"丿"分割"一"。行书为了顺利，先"丿"转向左上连"一"，"一"的右端再转下连"丿"，再后成"月"。这种不合楷书的"顺"，却是行书的"顺"，不可固执看待。

草书比行书更简单、更活动了。无论从隶书变成的"章草"，还是从楷书变成的"今草"，它的构成，都不出两种原则：一是字形外框的剪影，二是笔画轨道的连接。前一种例如"海"，写作"㴱"，把"氵"、"宀、母"三部分按它们的位置各画出一个简化了的形状。又如"冏"或"回"，只作㔾也可以了。又如"娄"，写作"娄"，便是由"娄"变"娄"，又把娄的头接上它的脚，只要"米"和"女"，抛去了它的腹部。还有几种公用的符号，如左边的"亻"，可代替"亻、彳、氵"等，下边的"一"，可代替"火、心、灬"等。

后一种例如"成"，写作"成"，"厂"写作"一"，"乀"写作"丿"，里边的"丁"写作左边的"㇇"，右边的"丨"写作"⸝"，右上的点不改。这便是把分写合为"成"字的各个笔画，按照它们的先后次序连接写得的一个内有笔序、外边形状的"成"字。又如"有"字，草书先从"丿"的头部写起，左弯的上代横，从右上转的左下代"月"的左竖，右转回钩，代"月"字的"彐"，便成了"𣎳"，略近外形，实是用笔顺构成的，和行书的"有"字又不同了。

草书不易认识，有许多人正在研究从草字查它是什么楷字的办法。还没有很简便的方案。现在姑且按上边两种例子作一试探：看到一个草字后，先看它的外框像个什么楷字，再按它的笔顺断断续续地写一写，至少可以翻译出一半以上的草字。

二、论结字

字是用许多笔画构成的，笔画又具有各种不同的形状，如"丶一丨丿乀亅"，所谓点、横、竖、撇、捺、钩等。随着字形的需要，有多种排列组合的方式，成为"字形"，这是字的基本构造问题。每个字形的姿态，又与字中每个笔画的形状和笔画安排有关。如笔与笔之间的疏密、斜正、高矮、方圆等，都影响着字的姿态，这是书法美术的问题。这里所说的"结字"，是指后者。"结字"，习惯上也称"结构""结体"，或称"间架"。

元代书法家赵孟頫说："书法以用笔为上，而结字亦须用功。"（见《兰亭十三跋》）用笔无疑是指每个笔画的写法，即笔毛在纸上活动所表现出的效果。当然笔毛不聚拢，或行笔时笔毛不顺，写出的效果当然不会好。又或写出的笔画，一边光滑，一边破烂，这必是把笔头卧在纸上横擦而出的。笔画两面光滑，是写字最起码的条件。要使笔画两面光滑，就必须笔头正，笔毛顺。从前人所说的"中锋"，并无神秘，只是笔头正、笔毛顺而已。好比人走路必定是腿站起、面向前的原则一样。躺着走不了，面向旁边必撞到别的东西上。不言而喻，赵氏这里所说的"用笔"，必定不是指这个起码条件，而是指古代书法家艺术性的笔画姿态。究竟他所指的"用笔"和"结字"哪个重要呢？以次序论，当然先有笔画，例如先有"一"后有"丨"，才成"十"字，"十"字的形成，后于"一"的写出。但如果没有"十"字的构想或设计方案，把"一""丨"排错，写成⊤⊥，也是不行的。从书法艺术上讲，用笔和结字是辩证的关系。但从学习书法的深浅阶段讲，则与赵氏所说，恰恰相反。

举例来说：假如我们把古代书法家写得很好看的一个"二"字，从碑帖上把两横分剪下来，它的用笔可说是"原封未动"，然后拿起来往桌上一扔，这二横的位置可以千变万化，不但能够变成另一个字，即使仍然是短横在上，长横在下，但由于它们的距离小有移动，这个字的艺术效果就非常不同了。倒过来讲，一个碑帖上的好字，我们用透明纸罩在上边，用钢笔或铅笔在每一笔画中间画上一个细线，再把这张透明纸拿起单看，也不失为一个好的硬笔字。不待言，钢笔或铅笔是没有毛笔那样粗细、方圆、尖秃、强弱的效果，只是一条条的匀称的细道，这种细道也能组成篆、隶、草、真、行各类字形，甚至李邕的欹斜姿态、欧阳询的方直姿态，也能从各笔画的中线上抓住而表现出来。

练写字的人手下已经熟习了某个字中每个笔画直、斜、弯、平的确切轨道，再熟习各笔画间距离、角度、比例、顾盼的各项关系，然后用某种姿态的点画在它们的骨架上加"肉"；逐渐由生到熟，由试探到成就这个工程，当然是轨道居先，装饰居次。从前人讲书法有"某底某面"之说，例如讲"欧底赵面"，便是指用欧的结字，用赵的笔姿，也是先有底后有面的。

汉字书法的艺术结构问题，从来不断地有人探索。例如隋僧智果撰《心成颂》（或作《成心颂》），主要是讲结字的。后世留传一种《楷书九十二法》，说是欧阳询所作，实属伪托。书中的办法，是找每四个字排比并观，或偏旁相同相类，或字中主要笔画相近，或这四个字的轮廓相近，或解剖字是几大块拼成的。希望收到举一反三之效，用意未尝不好，但是不见得便能起到"触类旁通"的作用。习者照它做去，还不能抓住每字各笔的内在关系。其他在文章中提到结字的问题的，历代论书作品中随处都有，也不及详举了。

一次在解剖书法艺术结字时，无意中发现了几个问题，姑且列举出来，向读者请教：

发现经过是这样，因为临帖总不像，就把透明纸蒙在帖上一笔一画地去写。当我只注意用笔姿态时，便觉得一下子总写不出帖上点画的那样姿态，因只琢磨每笔的方圆肥瘦种种方面，以为古人渺不可及。一次想专在结构上探索一下，竟使我感觉吃惊。我只知横平竖直，笔在透明纸上按着帖上笔画轨道走起来，却没有一笔是绝对平直的。我脑中或习惯中某两笔或某两偏旁距离多么远近，及至体察帖上字的这两笔、两偏旁的距离，常和我想的并不一样。于是拿了一个为放大画图用的坐标小方格透明塑料片，罩在帖字上，仔细观察帖字中笔画轨道的方向角度，笔与笔之间的距离关系，字中各笔的聚处和散处、疏处和密处。如此等等方面，各做具体测量。测量办法是在塑料小方格片上画出帖字每笔的中间"骨头"，看它们的倾斜度和弯曲度。再把每条"骨头"延长，使它们向去路伸张，出现了许多交叉处。这些交叉处即字中的聚点，尽管帖字中那处笔画并未一一交叉，但是说明笔画的攒聚方向，再看伸向字外的远处方向，很少有完全一致、平行的"去向"。凡是并列的两笔以上的轨道，无论是横竖撇捺，很少有绝对平行的。总是一端距离稍宽，一端距离稍窄，或中间稍弯处的位置以及弯度必有差别。

从这些测量过程中发现以下四点：

一、字中有四个小聚点，成一小方格。

通用习字的九宫格或米字格并不准确，因为字的聚处并不在中心一点或一处，而是在距离中心不远的四角处。回忆幼年写九宫格、米字格纸时，一行三字的，常常第一字脚伸到第二格中，逼得第二字脚更多地伸入第三格中，于是第三字的下半只好写到格外，为这常受老师的指责。现在知道字的聚处不在"中心"处，再拿每串三大格的纸写字，就不致往下递相侵占了。

这种距离中心不远的四个聚处是：

A、B、C、D是四个聚处，当然写字不同于机械制图，不需要那么精确。在它的聚处范围中，即可看出效果。（附图一）

从A到上框或左框是五，从A到下框或右框是八。其余可以类推。这种五比八，若往细里分，即

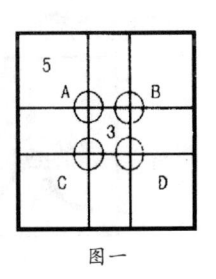

图一

0.382：0.618，无论叫什么"黄金律""黄金率""黄金分割法""优选法"都是这个而已矣。须加说明的是，在测量过程中，碑帖上的字大小并不一律，当时只把聚点和边框的距离的实际数字记下来，然后换算它们的比例。例如甲帖中某字，A处到上框是X，A处到下框是Y，即列成：

X：Y=5：8（或用0.382：0.618）

如果外项大于内项的，这个字便舒展好看，反之，便有长身短腿之感。也曾把帖字各按十三格分划后再看，更为清楚。

这个方形外框，并非任何字都可撑满的，如"一"，如"卜"，如"口"，如"戈"等，即属偏缺不满框格的，它是字形构造的先天特点。在人为的艺术处理上，写时也可近边框处略留余地。再细量古碑，有的几乎似有双重方框的（并非石上果有双重方框痕迹，只是从字的距离看去），似是。（附图二、三）

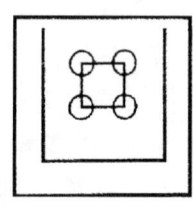

图二 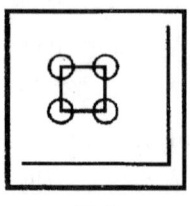　图三

也就是把那个中心四小聚处的小格再往中上或左上移些去写，或说大外框外再套两面或三面的一层外框，这在北朝碑中比较常见，若唐代颜真卿的《家庙碑》，把字撑满每格，于是拥挤迫塞，看着使人透不过气来。

这种格中写的字，可举几例：

大字的"一"，至少挂住A处。"丿"至少通过A处，或还通过B处。"乀"自A处通过D处。（附图四）

戈字的"一"通过A处，"乚"通过A、D二处，"丿"交叉在D处，右上补一个点。（附图五）

江字上一"、"向A处去，"ノ"向C处去，"二"分别靠近B、D。小"丨"上接近B下接D。（附图六）

图四 　图五 　图六

口，无可接触交叉处，但在不失口字的特点（比"曰"字小些、比"日"字短些）前提下，包围靠近小方格的四周。（附图七）

"一"字在大格中的位置，总宜挂在A处。（附图八）

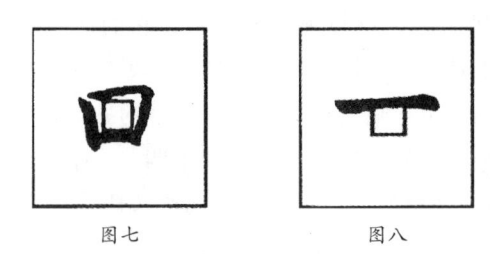

图七　　　　图八

其他的字，有不具备交叉或攒聚处的，也可用五比八的分割，或"图一"的中心小格"3"，放在帖字上看，便易抓住此字的特征或要点。笔画的向外伸延处，要看每笔外向的末梢，向什么方向伸延，它们的距离疏密是如何分布，也是结字方法中的一个组成部分。

二、各笔之间，先紧后松。

如"三"，上二横较近，下一横较远，如"三"便好看。反之，此三如口"一"，便不好看。其他如"川""氵""彡"都是如此。若在某字中部，如"日""目"里边两个或三个白空，也宜愈下愈宽些，反之便不好看。此理可包括前条所谈的一字各笔向外伸延所呈现的角度。如果上方、左方的距离宽，下方、右方的距离窄，就不好看。如"米"字。

1、2小于3、4，3、4小于5、6，5、6又小于7、8。如果反过来写，效果是不问可知的了。（附图九）

又字中的部件，也常靠上靠左，如"国"，"玉"在"口"中，偏左偏上。如果偏靠右下，它的效果也是不问可知的。（附图十）

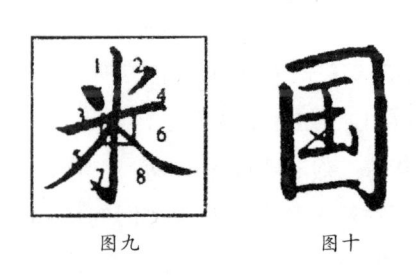

图九　　　　图十

三、没有真正的"横平竖直"。

根据用坐标小格测定，没有真正死平死直的笔画，画中都有些弯曲，横画都有些斜上。这大约是人用右手执笔的原因。铅字模比较方板，但试把报纸上铅字翻过来映着光看，它的横画，都有些微向字的右上方斜去的情况。在右端上边还加一个黑三角，如"一"（附图十一）。给人的视觉上更觉得右上方是轨道的去向。铅字的竖笔，都在上下两端有个斜缺处，如"丨"（附图十四），暗示了竖笔不是死直的，实际手写时，横有"～""⌒"势（附图十二、十三），竖有"丿""丨"势（附图十五、十六），前人常说"一波（捺）三折"，其实何止波笔，每笔都不例外，只是有较显较隐罢了。

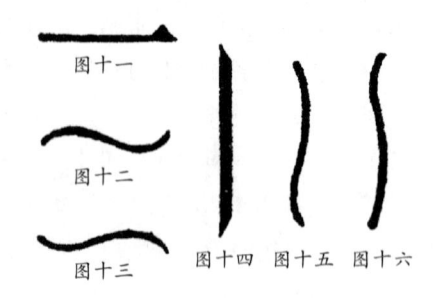

图十一　图十二　图十三　图十四　图十五　图十六

四、字的整体外形，也是先小后大。

由于先紧后松的关系，结成整字也必呈现先小后大、先窄后宽的现象，例如"上"，本来是上边小的，但若把"卜"靠近"一"的左半，"上"便成了"◢"势，即不好看。"上"，成了"◣"势，便好看，因为它是左小右大的。"下"的"卜"也须偏右，若"◤"便不好看，因为下"◣"是左小，"◥"是右小，道理是极其分明的。其余不难类推。也有本来左边长、重的，如"仁"，谁也无法把"二"写得比"亻"高大。但"二"的宽度，万不能小于"亻"的宽度。"厂"势也是不得已的。至于"◤"势也有，可以用点画去调剂了。

至于"行气"说法，总不易具体说清。若了解了中心四个小聚处的现象，即可看出，一行中各字，假若它们的A或C处站在一条竖线上，无论旁边如何左伸右扯，都能不失行气的连贯。当然写字时不易那么准确连贯，在写到偏离这条竖线时，另起竖线也有的，再在错了线的邻行近处加以补救，也是常见的，甚至是必不可少的，更是书家所各有妙法的。

以上只是曾向初学者谈的一些浅近的方法。至于早有成就、自具心得的书家，当然还有其他窍门和理论，我们相信必会陆续读到的。

从来学书法的人都知道，要写好行书宜先学楷书作基础。这个道理在哪里？也是"结字"的问题。行书是楷字的"连笔""快写"，有些楷字的细节，在行书中，可以给予"省并"。如"糹"旁可以写成"纟"，不但"幺"变成"乡"，"灬"也变成"/"。

行书虽有这样便利处，但也有必宜遵守的，即是笔画轨道的架子、形状，以至疏密、聚散各方面，宜与楷字相一致，也就是"省并"之后的字形，使人一眼望去，轮廓形状，还与楷字不相违背。

再具体些说，即楷字中的笔画，虽然快写，但不超越、绕过它们原有的轨道，譬如火车，慢车每站必停，可比楷书；快车有些站可以不停。快车虽然有不停的站，但不能抛开中间的站，另取直线去行车。近年有些人写行书太快了，一次我见到一个字，上部是""，下部是"车"，实在认不出。后从句意中知是"军"字，他把"冖"写成""了，缩得太浓了，便不好认。又有人写"口"字为"h"形，左竖太长，右边太小。虽然行笔的轨道方向不错，但外形全变，也就令人不识了。

这只是说"行"与"楷"的关系，至于草书，比行书又简略了一步，则当另论了。

三、琐谈五则

在书法方面的交流活动中，有青少年提出的询问，有中年朋友提出的商榷，有老年前辈发出的指教，常遇几项问题，综合起来，计：（一）学习书法的年龄问题；（二）工具和用法的问题；（三）临学和流派的问题；（四）改进和提高的问题；（五）关于"书法理论"的问题。

这里把走过弯路以后的一些粗浅意见、曾向不同年龄的同志们探讨后的初步理解，以下分别谈谈。因为对前列各章的专题无所归属，所以附在最后。

（一）学习书法的年龄问题

常有人问，学习书法是否应有"幼工"？还常问："我已二三十岁了，还能学书法吗？"我个人的回答是：书法不同于杂技，腰腿灵活，须要自幼锻炼，学习书法艺术，甚至恰恰相反。小孩对那些字还不认识，怎提得到书写呢？现在小孩在"功课本"上用铅笔写字，主要的作用是使他记住笔画字形，实是认识字、记住字的部分手段。今天小孩练毛笔字，除作为认字、记字的手段外，还有培养对民族传统艺术的认识和爱好的作用，与科举时代的学法和目的大有不同。

科举时代，考卷上的小楷，成百成千的字，要求整齐划一，有如印版一般，稍有参差，便不及格，这种功夫，当然越早练越深刻，它与弯腰抬腿，可以说"异曲同工"，教法也是机械的、粗暴的。这种教法和目的，与今天的提倡有根本区别。但我有一次遇到一个家长，勒令他的几岁小孩，每天必须写若干篇字，缺了一篇，不许吃饭。我当面告诉他："你已把小孩对书法的感情、兴趣杀死，更无望他将来有所成就了。"

正由于人的年龄大了，理解力、欣赏力强了，再去练字，才更易有见解、有判别、有选择，以至写出自己的风格。所以我个人的答案是：练写字与练杂技不同，是不拘年龄的。但练写字要有合理的方法，熟练的功夫，也是各类年龄人同样需要的。

（二）执笔和指、掌、腕、肘等问题

关于执笔问题，在这里再谈谈我个人遇到过的一些争论：什么单钩、双钩、龙睛、凤眼等，固然已为大多数有实践经验的书法家所明白，无须多谈，也不必细辨，都知道其中由于许多误会，才造成一些不切实际的定论，这已不待言。这里值得再加明确一下的，是究竟是否执好了笔就能会用笔，写好字？进一步谈，究竟是否必须悬了腕、肘才能写好字？

据我个人的看法，手指执笔，当然是写字时最先一道工序，但把所有的精神全放在执法上未免会影响写字的其他工序。我觉得执笔和拿筷子是一样的作用，筷子能如人意志夹起食物来即算拿对了，笔能如人意志在纸上画出道来，也便是执对了。"指实、掌虚"之说，是一句骈偶的词组，指与掌相对言，指不实，拿不起笔来；它的对立词，是"掌虚"。甚至可以理解，为说明"掌虚"的必要性，才给它配上这个"指实"的对偶词。"实"不等于用大力、死捏笔；掌的"虚"，只为表明无名指和小指不要抠到掌心处。为什么？如果后二指抠入掌心窝内，就妨碍了笔的灵活运动。这个道理，本极浅显。有人把"指实"误解为用力死捏笔管，把"掌虚"说成写字时掌心处要能攥住一个鸡蛋。诸如此类的附会之谈，作为谐谈笑料，固无不可，但绝不能信以为真！

不知从何时何人传起一个故事，《晋书》中说王献之六七岁时练写字，他父亲从后拔笔，竟没拔了去。有六七岁儿子的父亲，当然正在壮年，一个壮年男子，居然拔不动小孩手里的一支笔，这个小孩必不是"书圣"王羲之的儿子，而是一个"天才的大力士"。这个故事即使当年真有，也不过是说明小孩注意力集中，而且警觉性很灵，他父亲"偷袭"拔笔，立刻被他发现，因而没拔成罢了。这个故事，至今流传，不但家喻户晓，而且成了许多家长和教师的启蒙第一课，真可谓流毒甚广了！

至于腕肘的悬起，不是为悬而悬的，这和古人用"单钩"法执笔是一样的问题：大约五代北宋以前，没有高桌，席地而坐。左手拿纸卷，右手拿笔，纸卷和地面呈三十余度角，笔和纸面垂直，右手指拿笔当然只能像今天拿钢笔那样才合适，这就是被称的单钩法。这样写字时，腕和肘都是无所凭依的，不想悬也得悬，因为无处安放它们。这样写出的字迹，笔画容易不稳，而书家在这样条件下写好了的字，笔画一定是能在不稳中达到稳，效果是灵活中的恰当，比起手腕死贴桌面写出的字要灵活得多。

从宋以后，有了高桌，桌面上升，托住腕臂，要想笔画灵活，只好主动地、有意地把腕臂抬起些。至于抬起多么高，是腕抬肘不抬，是腕抬，肘同样平度地抬，是半臂在空中，腕比肘高些有斜度地抬，都只能是随写时的需要而定。比如用筷，夹自己碗边的小豆，夹桌面中心处的一块肉，还是夹对面桌边处的大馒头，当时的办法必然会各有不同。拿筷时手指的活动，夹菜时腕肘的抬法，从来没有用筷夹菜的谱式，而人人都会把食品吃到口中。书法上关于指、腕、肘、臂等问题道理不过如此，按各个人的生理条件、使用习惯、讲求些也无妨碍，但如讲得太死，太绝对，就不合实际了。附带谈谈工具方面的事，主要是笔的问题。有人喜爱用硬毫笔，如紫毫（兔毛中的硬毛部分），或狼毫（黄鼬的尾毛），有人喜用软毫，如羊毛或兼毫（软硬二种毫合制的）。硬毫弹力较大，更受人欢迎，但太容易磨秃，不耐用。软毫弹力小，用着费力而不易表现笔画姿态。这两种爱用者常有争论。我体会，如果写时注意力在笔画轨道上，把点画姿态看成次要问题，则无论用软毫硬毫，都会得心应手。写熟了结字，即用钢条在土上画字与拿着棉团蘸水在板上画字，一样会好看的。

（三）临帖问题

常有人问，入手时或某个阶段宜临什么帖，常问"你看我临什么帖好"，或问"我学哪一体好"，或问"为什么要临帖"，更常有人问"我怎么总临不像"，问题很多。据我个人的理解，在此试作探讨：

"帖"这里做样本、范本的代称。临学范本，不是为和它完全一样，不是要写成自己手边帖上字的复印本，而是以范本为谱子，练熟自己手下的技巧。譬如练钢琴，每天对着名曲的谱子弹，来练基本功一样。当然初临总要求相似，学会了范本中各方面的方法，运用到自己要写的字句上来，就是临帖的目的。

选什么帖，这完全要看几项条件，自己喜爱哪样风格的字，如同口味的嗜好，旁人无从代出主意。其次是有哪本帖，古代不但得到名家真迹不易，即得到好拓本也不易。有一本范本，学了一生也没练好字的人，真不知有多少。现在影印技术发达，好范本随处可以买到，按照自己的爱好或"性之所近"的去学，没有不收"事半功倍"的效果的。

"选范本可以换吗？"学习什么都要有一段稳定的熟练的阶段，但发现手边范本实在有不对胃口或违背自己个性的地方，换学另一种又有何不可？随便"见异思迁"固然不好，但"见善则迁，有过则改"（《易经》语）又有何不该呢？

或问："我怎么总临不像？"任何人学另一人的笔迹，都不能像，如果一学就像，还都逼真，那么签字在法律上就失效了。所以王献之的字不能十分像王羲之，米友仁的字不能十分像米芾。苏辙的字不能十分像苏轼，蔡卞的字不能十分像蔡京。所谓"虽在父兄，不能以移子弟"

（曹丕语），何况时间地点相隔很远，未曾见过面的古今人呢？临学是为吸取方法，而不是为造假帖。学习求"似"，是为方法"准确"。

问："碑帖上字中的某些特征是怎么写成的？如《龙门造像记》中的方笔，颜真卿字中捺笔出锋，应该怎么去学？"圆锥形的毛笔头，无论如何也写不出那么"刀斩斧齐"的方笔画，碑上那些方笔画，都是刀刻时留下的痕迹。所以，见过那时代的墨迹之后，再看石刻拓本，就不难理解未刻之时那些底本上笔画轻重应是什么样的情况。再能掌握笔画疏密的主要轨道，即使看那些刀痕斧迹也都能成为书法的参考，至于颜体捺脚另出一个小道，那是唐代毛笔制法上的特点所造成，唐笔的中心"主锋"较硬较长，旁边的"副毫"渐外渐短，形成半个枣核那样，捺脚按住后，抬起笔时，副毫停止，主锋在抬起处还留下痕迹，即那个像是另加的小尖。不但捺笔如此，有些向下的竖笔末端再向左的钩处也常有这种现象。前人称之为"蟹爪"，即主锋和副毫步调不能一致的结果。

又常有人问应学"哪一体"。所谓"体"，即指某一人或某一类的书法风格，我们试看古代某人所写的若干碑、若干帖，常常互有不同处。我们学什么体，又拿哪里为那体的界限呢？那一人对他自己的作品还没有绝对的、固定的界限，我们又何从学定他那一体呢？还有什么当先学谁然后学谁的说法，恐怕都不可信。另外还有一样说法，以为字是先有篆，再有隶，再有楷，因而要有"根本""远源"，必须先学好篆隶，才能写好楷书。我们看鸡是从蛋中孵出的，但是没见过学画的人必先学好画蛋，然后才会画鸡的！

还有人误解笔画中的"力量"，以为必须自己使劲去写才能出现的。其实笔画的"有力"，是由于它的轨道准确，给看者以"有力"的感觉，如果下笔、行笔时指、腕、肘、臂等任何一处有意识地去用了力，那些地方必然僵化，而写不出美观的"力感"。还有人有意追求什么"雄伟""挺拔""俊秀""古朴"等被用作形容的比拟词，不但无法实现，甚至写不成一个平常的字了。清代翁方纲题一本模糊的古帖有一句诗说"浑朴当居用笔先"，我们真无法设想，笔还没落时就先浑朴，除非这个书家是个婴儿。

问："每天要写多少字？"这和每天要吃多少饭的问题一样，每人的食量不同，不能规定一致。总在食欲旺盛时吃，消化吸收也很容易。学生功课有定额是一种目的和要求，爱好者练字又是一种目的和要求，不能等同。我有一位朋友，每天一定要写几篇字，都是临张迁碑，写了的元书纸，叠在地上，有一人高的两大摞。我去翻看，上层的不如下层的好。因为他已经写得腻烦了，但还要写，只是"完成任务"，除了有自己向自己"交差"的思想外，还有给旁人看"成绩"的思想。其实真"成绩"高下不在"数量"的多少。

有人误解"功夫"二字。以为时间久、数量多即叫作"功夫"。事实上"功夫"是"准确"的积累。熟练了，下笔即能准确，便是功夫的成效。譬如用枪打靶，每天盲目地放百粒子弹，不如精心用意、手眼俱准地打一枪，如能每次二射中一，已经不错了。所以可说："功夫不是盲目的时间加数量，而是准确地重复以达到熟练。"

（四）改进和提高的办法

常常有人拿写的字问人，哪里对，哪里不对。共同商讨研究，请人指导，本是应该的，甚至是必要的。但旁人指出优缺点以及什么好方法，自己再写，未必都能做到。我自己曾把写出的字贴在墙上，初贴的当然是自己比较满意的甚至是"得意"的作品。看了几天后，就发现许多不妥处，陆续再贴，往往撤下以前贴的。假如一块墙壁能贴五张，这五张字必然新陈代谢地常常更换。自己看出的不足处，才是下次改进的最大动力，也是应该怎样改的最重要地方，如果是临的某帖，即把这帖拿来竖起和墙上的字对看，比较异处同处，所得的"指教"，比什么"名师"都有效。

为什么贴在墙壁上看？因为在高桌面上写字，自己的眼与纸面是45°角，写时看见的效果，与竖起来看时眼与纸面的垂直角度不同。所以前代有人主张"题壁"式的练字，不仅是为什么悬腕等的功效，更是为对写出的字当时即见出实际的效果，这样练去，落笔结字都易准确的。这里是说这个道理，并非今天练字都必须用这方法。

（五）看什么参考书

古代论书法的话，无论是长篇或零句，由于语言简古，常常词不达意，甚或比拟不伦。梁武帝《书评》论王羲之的字如"龙跳天门，虎卧凤阙"，米芾批评这两句"是何等语"。这类比喻形容，作为风格的比拟，原无不可，但作为实践的方法，又该怎样去做呢？还有前代某家有个人的体会，发为议论，旁人并无他的经历，又无他所具有的条件，即想照样去做，也常无从措手的。

古代的论著，当然以唐代孙过庭的《书谱》为最全面，也确有极其精辟的理论。但如按他的某句去练习，也会使人不知怎样去写。例如，他说"带燥方润，将浓遂枯"，又说"古不乖时，今不同弊"，不错，都是极重要的道理。但我们写字，又如何能主动地合乎这个道理，恐怕谁也找不出具体办法的。又像清代人论著，包世臣的《艺舟双楫》和康有为的《广艺舟双楫》影响极大。姑不论二书的著者自己所写的字有多少能实践他自己的议论，即我们今天想忠实地按他们书中所说的做去，当然不见得全无好效果，但效果又究竟能有多大比重呢？

因此把参考理论书和看碑帖或临碑帖相比，无疑是后者所收的效益比前者所收的效益要多多了。这里所说，不是一律抹杀看书法"理论书"，只是说直接效益的快慢、多少。譬如一个正在饥饿的人，看一册营养学的书，不如吃一口任何食品。

常听到有人谈论简化汉字的书法问题，所议论甚至是所争论的内容，大约不出两个方面：

一是好写不好写。我个人觉得，从《说文解字》到《康熙字典》所载被认为是"正字"的字，已经是陆续简化或变形的结果，例如"雷"字，在古代金文中，下边是四个"田"字作四角形地重叠着，写成一个"田"字时，岂非简掉了四分之三？如"人"字，原来作𠆢，像侧立着的人形，后变成𠆢，再变成"亻""人"，认不出侧立的人形，只成接搭的两条短棍。论好看，楷体的雷、人，远不如金文中这两个字的图画性强。但用着方便，谁在写笔记、写稿、写信时，恐怕都没有用"金文"或"隶古定"体来逐字去写的。人对一切事物，在习惯未成时，总觉得有些别扭，并不奇怪的。

二是怎样写法。我个人觉得简化字也是楷字点画组成的。例如"拥护"，"扌"人人会写，"用"和"户"也是常用字，只是"扌""用""户"三个零件新加拼凑的罢了。我们生活中，夏天穿了一条黄色裤子，一件白色衬衫，次日换了一条白色裤子、黄色衬衫，无论在习惯上、审美上都没有妨碍。如果说这在史书的《舆服志》上没有记载，那岂不接近"无理取闹"了吗？即使清代科举考试中了状元的人，若翻开他的笔记本、草稿册来看，也绝对不会每一笔每一字都和他的"殿试大卷子"上边的写法一个样。再如苏东坡的尺牍中总把"萬"字写作"万"，米元章常把"體"字写成"躰"。清代人所说的"帖写字"即不合考试标准的简化字。

　　有人曾问我：有些"书法家"不爱写"简化字"，你却肯用简化字去题书签、写牌匾，原因何在？我的回答很简单：文字是语言的符号，是人与人交际的工具。简化字是国务院颁布的法令，我来应用它、遵守它而已。它的点画笔法，都是现成的，不待新创造，它的偏旁拼配，只要找和它相类的字，研究它们近似部分的安排办法，也就行了。我自己给人写字时有个原则是，凡作装饰用的书法作品，不但可以写繁体字，即使写甲骨文、金文，等于画个图案，并不见得便算"有违敕令"；若属正式的文件、教材，或广泛的宣传品，不但应该用规范字，也不宜应简的不简。

　　有人问：练写字、临碑帖，其中都是繁体字，与今天贯彻规范字的标准岂不背道而驰？我的理解，可作个粗浅的比喻来说，碑帖好比乐谱，练钢琴，弹贝多芬的乐谱，是练指法、练基本技术等，肯定贝多芬的乐谱中找不出现代的某些调子。但能创作新乐曲的人，他必定是通过练习弹名家乐谱而学会了基本技术的。由此触类旁通，推陈出新，才具备音乐家的多面修养。在书法方面，点画形式和写法上，简体和繁体并没有两样；在结字上，聚散疏密的道理，简体和繁体也没有两样，只如穿衣服，各有单、夹之分，盖楼房略有十层、三层之分而已。

书法常识序言

我从幼小识字时,即由我的祖父自己写出字样,教我学写。先用一张纸写上几个字,教我另用一张较薄的纸蒙在上边,按着笔画去写。稍后,便用间隔的办法去写,这个方法是一行四个字,第一、第三处由我祖父写出,第二、第四处空着。我用薄纸摹写时,一、三字是照着描,二、四字是仿着写。从此逐步加繁,临帖、摹帖、背临、仿写……直到二十多岁,仍然不能自己写出一个略可看得过的样子。

在十八九岁时,羡慕画法,也希望将来做个"画家"。拜师学画,描个框子,还可算得一张图画。但往上一写款字就糟了,带累得那勉强叫作画的部分也都破坏了。于是发愤练字,这个练字的过程,可比用钻钻木头,螺旋式地往里钻,木质紧,钻得钢刃钝,有时想往里钻,结果还在原处盘旋。这种酸甜苦辣,可说一言难尽。请教别人,常是各说一套,无所适从。遇到热心的前辈,把某一种帖、某一方法,当作金科玉律,瞪着眼睛教我写,这种盛意,既可感,又可怕。

及至瞎摸着学,临这一家,仿那一体,略微可以题在画上对付得过去一些了,也不过是自己杜撰的一些应付之法,画上的东西向左歪些,题字就向右斜些。如此之类,写了些时,但离开画面,就不能独立。

又遇到"体"的问题,什么"颜体是根本""赵体最俗气"之类的说法;"古"的问题,什么"篆隶是来源""北碑胜唐碑"之类的说法;"方圆"笔法的问题,什么"方笔雅""圆笔俗"之类的说法,等等。及至我去如此实践,有的并不是那么一回事,甚至所说与客观事理完全相反。

举一极简单的例,如用圆锥形的毛笔,不许重描,来写出《龙门造像题记》那样的方笔,又要笔笔中锋。试问即使提出这个说法的本人,恐怕也没有解决的办法吧!我在误信种种"高论"之后,从实践中证明它们全属"谬论"，至少是说者对那些现象的误解。此后，我的思想才从"迷魂阵"中解放出来。

再后，陆续看到历代的墨迹，再和刻本相比较，才理解古代人写的墨迹是什么情况，用刀刻出后的效果又是什么情形。好比台下的某位戏剧演员是什么面貌，化了装后在台上又是什么面貌。他在台上身材高是因靴底厚，肩膀宽是"垫肩"高，原来台上的黑脸包公即台下的演员某人，从此"豁然心胸"，我写我自己的字了。中间又几次看到出土的和日本保存的古笔实物，更得知有的点画是工具决定的，没有那样制法的工具，即属同是不加刀刻的墨迹，也写不出用那样工具所写出的点画。于是注意笔画之间的关系，注意全字的结构，注意字与字之间的关系，注意行与行之间的关系。临帖时，经过四层试验，一是对着帖仿那个字；二是用透明纸蒙着那个字，在笔画中间画出一个细线，这个字完全成了一个骨骼；三是在这骨骼上用笔按粗细肥瘦加肉去写；四是再按第一法去写。经过这样一段功夫，才明白自己一眼初看的感觉和经过仔细调查研究后的实际有多么大的距离，因而又证明了结构比用笔更为重要。当然没有用笔，或说笔没落纸时，又怎有结构呢？但笔向何处落，又是先得有轨道位置。所以，用笔与结构是辩证的关系。赵孟頫说："书法以用笔为上，而结字亦须用功。"我曾对他这"为上"和"亦须"四字大有意见，以为宜以结构为先，至今还没发现这个见解的错误，但向人说起来时，总有争议，后来了然，"结字为先"，是对初学的人为宜，老师教小孩拿铅笔在练习本上抄课文，只是要他记住字的笔画，并无"用笔"可言，已会写字，有了基础，所缺乏的是点画风神，这时便宜考究用笔。赵孟頫说这话时，是中年时期，是题《兰亭帖》后，这时他注意的全在用笔。譬如中国餐的习惯是吃饭之后，喝一碗汤；外国餐的习惯是先喝汤，后吃主食。但谁也知道，只喝汤是不会饱的。于是我对先喝后喝的问题，也就不再和人争辩了。

至于实践，从题画上的字稍能"了事"之后，如写什么条幅、对联等，又无不出丑。新中国成立后有了新兴的练字机会，抄大字报，抄大字标语。这时的要求，并不在什么笔法、字体，而是一要清楚二要快，有时纸已贴上，补着往上去抄。大约前后30年，把手腕、胆子都练出一些了，才使我懂得，不管学什么，都要有一种动力，无论这动力从哪方来，从下往上冒，从上往下压、从四面往中间冲，都有助于熟练提高。大字报现在已有明文废止，也不能为练字而人人去写大字报，这里所说，只是我的一段经过，并且说明放胆动笔的好作用罢了。

练书法要不要临帖，如果要，为什么？这是常听到的问题。我个人认为，弹钢琴要练名家的谱，谁也知道，不是为将来演出时只弹这个谱子，而是为了练习基本功，从前人的创作中吸取经验，自己少走些弯路。又有人提出说为什么临帖总不能像，我的回答是永远也不能像，谁也不能绝对像谁，如果一临就像，还都一丝不差，那么签字就不会在法律上生效了。推而至于参考前人的论说，即使是自己认为可取的论点，最好也通过实践试验，不宜盲从傻信。

我个人在练字过程中，也曾向书本请教，什么《书法正传》，什么《艺舟双楫》《广艺舟双楫》等，愈看愈不懂，所得的了解，是明白了从前听到别人给我讲写字方法的那些论点，原来大都是从这类书里来的。不过有些更加玄虚，有些引申创造罢了。于是我便常向朋友劝告：要学书法，有钱多买字帖，少买论书法的书；有时间多看帖、临帖，少看论书法的书。要加声明：这里所说"论书法的书"，当然是指古代的，因为它绝大多数玄虚难懂。如果扩大一些范围，几是玄虚难懂的都可以暂时节省些眼力！

近十年来，书法又被提倡，更加为广大群众所喜闻乐见了。于是作为常识读物的参考书和提供借鉴欣赏的碑帖，也纷纷出版，爱好书法的同志找我们来讨论门径、切磋技法的也日见其多。因此浙江古籍出版社要求我们编写一本小册子来补这个空白（当然在这本小册子编写、出版以前已经有了好几本这类著作，已是珠玉在前了。我们这本不过是拾遗补缺，只算补珠玉之间的小空隙罢了）。

秦永龙同志是我们同校、同系、宿舍毗邻、日常相见的同好、同志，他是教古代汉语、古代文字的，他对书法的研究，一方面由于爱好，一方面无疑的是从研究文字变迁而来。他平时治学不苟，写起字来也笔笔认真，一字一行以至一幅，也都各具匠心，绝不随便。起草这本稿子，也是极费推敲、多次修改的。他还非常谦虚，因为稿中所写的有些问题，是我们平常议论过的，所以一定把我的名字列在前边。这篇序言，也有借纸答复读者的意图，因为许多同好常问我学书法的"经验","经验"哪里敢说,只说"经过",也是"甘苦"而已。因此我也顺便想起,如果当代的各位老前辈、大书家,肯于各自谈些"甘苦",哪怕是小故事、碎评论,集在一起,也是我们后学借鉴的财富。抛砖引玉,借地呼吁,我想一定会有人起而做搜集编排工作的。

书法作品选自序

　　启功生于1912年，幼而失学，提不到有什么专长。从做童蒙师到在大学教书，已经过了50年，中间做些"副业"，只是写写画画而已。

　　近年谬蒙许多朋友的抬爱和鼓励，得以厕名于"书法家"之林，实在非常惭愧。现在北京师范大学出版社的朋友把我近些年写的一些作品，搜集成册，将予出版，叫我自己写几句前言。我想这一堆"雪泥鸿爪"在拿出手来之前，至少应该把我学习书法的一点甘苦和编排上的一些经过，略加交代。

　　幼年看到先祖的书案旁边挂着一大幅墨笔山水，是我一位已故的叔祖所画，山川稠密，笔画精细，我的印象，觉得这画是非常雄伟的。先祖又时常拿过我手中的小扇子，在上面随便画些花卉竹石，信笔而成，使我感到非常神妙。从这时起，我常想，一个人能做一个画家，应该多么高尚啊。后来虽然得到些学画的机会，但是"画家"终没做成。

　　至于写字，当然自幼也不例外地描红模、写仿影，以至临什么欧、颜字帖，不过是随时应付功课，并没有学画的那样"志愿"。在十七八岁时，一位长亲命我给他画一幅画，说要裱成挂起，这对我当然是非常光荣的，但是他又说："你画完不要落款，请你的老师代你写款。"这对我可说是一次"沉重的打击"，使我感到"奇耻大辱"。从此才暗下决心，发愤练字。从这事证明，愤悱实是用功的起点。

　　现在回顾练习写字的过程中，颇有些曲折。记出几条来，既以向前辈方家请求认可，也以奉告不耻下问有同好的朋友们，或可省走一些弯路。

　　一、曾向书家求教，问从执笔到选帖的各种问题，得到的答案，却互相不同，使我茫然无所适从。

　　二、所学只是在石头上用刀刻出的字迹，根本找不出下笔、收笔的具体情况。

三、后来得见些影印的唐宋以来墨迹，才算初步见到古代书家笔在纸上书写的真象。好比见着某人的相片，而不仅是见到他的黑纸剪影了。

四、学习古代书家的墨迹稍微觉得有些入门时，又听到不少好心的朋友规劝我说："你的字缺少金石气。"可惜那时我已六十多岁了，"时过而后学，则勤苦而难成"。再者，所谓"金石气"，实际就是刀刻的那些现象和趣味。虽然"恒言不称老"，但六十多岁，至少从脑到手，也僵化了许多，即使想再拿毛锥来追利刃，也已力不从心了。

五、练写字总是在冷一阵热一阵中过日子，怎么讲呢？临帖有些相似了，另写文辞或帖上没有的字，就非常难看。慢慢地能自寻办法写出一张另外的文辞，章法也算过得去了，但只能看整片，禁不起挑出任何一个字来看。

六、某段时间写了些字，觉得熟练些、美观些了，过时再看，便发现"丑态百出"。于是加紧纠正、克服已发现的缺点。这样又出现两种情况：一是写得更坏了，真使我"欲焚笔砚"；一是觉得比前可算有些长进了，但旁人看时，又常有人说还是最前那段写得较好。

七、有一次临了两本帖，一是《集王圣教序》，一是智永《千文》墨迹本。有一位青年朋友向我要，我送给他时说："这只是纪念品，你要临学，我另送给你这两种原帖。"没想到他却说："这比原帖好。"我只认为他是专为夸奖我的字，谁知他却郑重地指给我说，哪些字，"帖上的不如你写的"。我这才明白："下里巴人"为什么"和者"那么多。谁都明白，这是误会。但误会何在？有人说，"你翻成白话的古文，比原作易懂"，这非常恰当。在此，我的感想，还有一端，即"夸奖"这一关，也是极严的考验！应正确对待，谨慎而过。离奇的夸奖，还容易清醒，只怕略近情理而又偏高的夸奖，是最难冷静的！

这本"泥爪"册子竟然要出版了，我的心情正如俗语所说："小孩听讲鬼故事，又想听，又怕听。"只有诚恳地请尊敬的读者给予剀切的批评！

关于材料方面是这样处理的：大致按尺度、形式、行数、字数以类相从。有旧作一本画册，是在20世纪60年代初期画的。当时每页都有对题。"文革"中，先妻章君宝琛把题字撕下烧了，画片用纸包起。1975年她逝世后，我才发现这包画片，重新装裱题诗。这时"文革"还没有完，画得本来幼稚，重题也很局促，过而存之，以作悲哀和愤怒的纪念！

最后要郑重感谢的是：赵朴初先生在百忙中为书写签题；我校侯刚君、胡云复君为此册的搜集、编排，以至设计版面，都付出了极大的辛劳；贾鸿年君为作品摄影，随有随摄，加紧洗印。这都是我所衷心铭感不能忘的！

《论书札记》前言

古代论书法的文章,很不易懂。原因之一是所用比喻往往近于玄虚。即使用日常所见事物为喻,读者的领会与作者的意图,并不见得都能相符。原因之二是立论人所提出的方法,由于行文的局限,不能完全达意,又不易附加插图,再加上古今生活起居的方式变化,后人以自己的习惯去理解古代的理论内容,以致发生种种误解。

比喻的难解,例如"折钗股、屋漏痕",大致是指笔画有硬折处和运笔连绵流畅、不见起止痕迹的圆浑处。"折钗股"又有作"古钗脚"的,便是全指圆浑了。用字尚且不同,怎么要求解释正确呢?

又例如,古代没有高桌,人都席地而坐,左手执纸卷,右手执笔,这时只能用前三指去执笔,有如今天我们拿钢笔写字的样式,这在敦煌发现的唐代绘画中见到很多。后人只听说古人用三指握管,于是坐在高桌前,从肘至腕一节与桌面平行,笔杆与桌面垂直,然后用三指尖捏着笔杆来写,号称古法,实属误解。

诸如此类的误解误传,今天从种种资料印证,旧说常有重新解释的必要。启功幼年也习闻过那些被误解而成的谬说,也曾试图重新作比较近乎情理的解释,不敢自信所推测的都能合理,至少是寻求合乎情理的探索。发表过一些议论,刊在与一些同好合作的《书法概论》中,向社会上方家求教。从这种探索而联系起对许多误传的剖析,有时记出零条断句,随时写出,没有系统。案头偶有花笺,顺手抄录,也没想到过出版。

近承北京师范大学出版社的朋友从鼓励的意图出发,将要把这个小册拿去影印出版,使我在惭愧和感激的心情下有不得不作的两点声明:一是这里的一些论点,只是自己大胆探索的浅近议论,并没想"执途人以强同";二是凡与传统论点未合处,都属我个人不见得成熟的理解,如承纠正，十分感谢。

或问学书宜学何体，对以有法而无体。所谓无体，非谓不存在某家风格，乃谓无某体之严格界限也。以颜书论，《多宝》不同《麻姑》，《颜庙》不同《郭庙》。至于《争坐》《祭侄》，行书草稿，又与碑版有别。然则颜体竟何在乎，欲宗颜体，又以何为准乎。颜体如斯，他家同例也。

写字不同于练杂技，并非有幼工不可者，甚且相反。幼年于字且不多识，何论解其笔趣乎。幼年又非不须习字，习字可助识字，手眼熟则记忆真也。

作书勿学时人，尤勿看所学之人执笔挥洒。盖心既好之，眼复观之，于是自己一生，只能做此一名家之拾遗者。何谓拾遗？以己之所得，往往是彼所不满而欲弃之者也。或问时人之时，以何为断。答曰：生存人耳。其人既存，乃易见其书写也。

凡人作书时，胸中各有其欲学之古帖，亦有其自己欲成之风格。所书既毕，自观每恨不足。即偶有惬意处，亦仅是在此数幅之间，或一幅之内，略成体段者耳。距其初衷，固不能达三四焉。他人学之，即使是其惬之处，亦每是其三四之三四，况误得其七六处耶。

学书所以宜临古碑帖，而不宜但学时人者，以碑帖距我远。古代纸笔，及其运用之法，俱有不同。学之不能及，乃各有自家设法了事处，于此遂成另一面目。名家之书，皆古人妙处与自家病处相结合之产物耳。

风气囿人，不易转也。一乡一地一时一代，其书格必有其同处。故古人笔迹，为唐为宋为明为清，入目可辨。性分互别，亦不可强也。"虽在父兄，不能以移子弟。"故献不同羲，辙不同轼，而又不能绝异也，以此。

或问临帖苦不似，奈何？告之曰：永不能似，且无人能似也。即有似处，亦只为略似、貌似、局部似，而非真似。苟临之即得真似，则法律必不以签押为依据矣。

古人席地而坐，左执纸卷，右操笔管，肘与腕俱无着处。故笔在空中，可作六面行动，即前后左右，以及提按也。逮宋世既有高桌椅，肘腕贴案，不复空灵，乃有悬肘悬腕之说。肘腕平悬，则肩臂俱僵矣。如知此理，纵自贴案，而指腕不死，亦足得佳书。

赵松雪云，"书法以用笔为上，而结字亦须用功"，窃谓其不然。试从法帖中剪某字，如八字、人字、二字、三字等，复分剪其点画。信手掷于案上，观之宁复成字。又取薄纸覆于帖上，以铅笔画出某字每笔中心一线，仍能不失字势，其理讵不昭昭然哉？

每笔起止，轨道准确，如走熟路。虽举步如飞，不忧蹉跌。路不熟而急奔，能免磕撞者幸矣。此义可通书法。

轨道准确，行笔时理直气壮。观者常觉其有力，此非真用膂力也。执笔运笔，全部过程中，有一着意用力处，即有一僵死处。此仆自家之体验也。每有相难者，敬以对曰，拳技之功，有软硬之别，何可强求一律。余之不能用力，以体弱多病耳。难者大悦。

运笔要看墨迹，结字要看碑志。不见运笔之结字，无从知其来去呼应之致。结字不严之运笔，则见笔而不见字。无恰当位置之笔，自觉其龙飞凤舞，人见其杂乱无章。

碑版法帖，俱出刊刻。即使绝精之刻技，碑如《温泉铭》，帖如《大观帖》，几如白粉写黑纸，殆无余憾矣。而笔之干湿浓淡，仍不可见。学书如不知刀毫之别，夜半深池，其途可念也。

行书宜当楷书写，其位置聚散始不失度。楷书宜当行书写，其点画顾盼始不呆板。

所谓功夫，非时间久、数量多之谓也。任笔为字，无理无趣！愈多愈久，谬习成痼。唯落笔总求在法度中，虽少必准。准中之熟，从心所欲，是为功夫之效。

又有人任笔为书，自谓不求形似，此无异瘦乙冒称肥甲。人识其诈，则曰不在形似，你但认我为甲可也。见者如仍不认，则曰你不懂。千翻百刻之《黄庭经》，最开诈人之路。

仆于法书，临习赏玩，尤好墨迹。或问其故，应之曰：君不见青蛙乎？人捉蚊虻置其前，不顾也。飞者掠过，一吸而入口。此无他，以其活耳。

人以佳纸嘱余书，无一惬意者。有所珍惜，且有心求好耳。拙笔如斯，想高手或不例外。眼前无精粗纸，手下无乖合字，胸中无得失念，难矣哉。

或问学书宜读古人何种论书著作,答以有钱可买帖,有暇可看帖,有纸笔可临帖。欲撰文时,再看论书著作,文稿中始不忧贫乏耳。

笔不论钢与毛,腕不论低与高。行笔如"乱水通人过",结字如"悬崖置屋牢"。

主锋长,副毫匀。管要轻,不在纹。所谓长锋,非指毫身。金杖系井绳,难用徒吓人。

笔箴一首赠笔工友人。

锋发墨,不伤笔。箧中砚,此第一。得宝年,六十七。一片石,几两屐。

粗砚贫交,艰难所共。当欲黑时识其用。

砚铭二首旧作也。

一九八六年夏日,心肺胆血,一一有病。闭户待之,居然无恙。中夜失眠,随笔拈此。检其略整齐者,集为小册。留示同病,以代医方。

坚净翁启功时年周七十四岁矣。

书法入门二讲

第一讲　入门须知

不管从事什么工作，都须先对它有一个正确的认识，学习书法、欣赏书法当然也如此，这似乎是一个无须多言的话题。但是这里面有许多看似简单的问题实际并不简单，看似不成为问题，实则大有问题。特别是有些"理论""观点"是自古传下来的，有很多还是出于权威的书法家、书法理论家之口，看似是金科玉律，颇能唬人，其实大谬不然，必须正名。否则必将被这些貌似权威的理论所欺，走入歧途。

一、书法的特点和特殊功能

这里所说的书法指汉字书法。字是记录语言的，而汉字又是由象形等的方块字组成的，较之其他文字最具有图画性，因而它才能形成所谓书法这一门艺术。作为文字，它有它基本的功能，即以书面的符号形式把语言词汇记录下来给人看。这时文字就代表了语言，书面的功能就代表了口头的功能。比如在古代，你要与远方的朋友交流，就不能靠语言，因为他听不到，所以只能通过写信，靠文字传达。又比如古人要与后人交流，也不能靠语言，因为它不能保留，所以也只能把它们转变为能长期保留的文字符号。这是文字的一般功能和普通功能。

但文字，特别是汉字，还有它的特殊功能，即它能非常鲜明地反映书写者的个性。比如某甲所写的字就代表了某甲的个性，具备某甲的特点，而某乙所写的字就代表了某乙的个性，具备某乙的特点。二者绝不会混同，即使互相仿效也绝不会完全相同。比如某乙学某甲的签名，虽然写的同是一个"甲"字，但写出来的效果总与某甲写的"甲"字不同。这是为什么呢？因为文字只要是由人拿起笔写出来而不是由统一的机器印出来的，它就必然带有人的个性。人与人手上的习惯、特点总不会完全相同。比如结字、笔画以至用笔的力度等都会有所不同，再刻意地模仿也总会露出破绽，不会完全一样。正像哲学家所说的，世界上没有绝对相同的两片树叶；刑侦学家所说的，世界上没有绝对相同的两个指纹。所以用文字来签字、签押、押属才会有法律效用。文字如果没有这种功能，银行绝不会凭签字让你领钱。否则，那岂不是乱了套吗？当然，不认真判别，有时确能蒙蔽某些人，但这不是文字本身所具有的不可混淆的个性出了问题，而是辨别文字时出了问题，其实只要认真辨别总会发现它们之间的差别。20世纪50年代有人妄图冒充某领导人的签名到银行支取巨额现金，最终还是没能得逞，就是一个很好的例证。同样，契约、合同也都需签字后才会在法律上生效，也是基于书写的这种特殊功能。更有趣的是，对不会写字的文盲，照样可以让他们签字画押，名字不会写，就让他们画"十"，比如连当事人、经办人、保人一共有好几个，但最后画出的那些"十"字没有一个相同。"十"字尚且如此，何况较它们更复杂的文字了！所以从这个意义上说，汉字所具有的这种独特的个性尤为鲜明。

明乎此，就可以明白临帖时可能出现的一系列问题，临帖的人如此，教人临帖的亦如此。其主要表现有三：

（一）常有人失望地问我："我临帖为什么总临不像？"我总这样回答他："这就对了。不但现在像不了，再练一辈子也像不了。不像才是正常的；全像了，不但不可能，而且就不正常了，银行该不答应了。你大可不必为临得不像而失去临帖的信心。"这绝不是安慰之语，更不是搪塞之语。试想，为什么自古以来书法流派那么多？字的不同写法那么多？同一个"天"字能写出那么多样？为什么一看便知这是这个书法家所写，那是那个书法家所写？为什么不会把某乙有意师法某甲的作品就误作为某甲的作品？其根本的原因就在于每个书法家手下都有自己独特的习惯和个性。这些个性是永远不能划一的，正所谓"性相近，习相远"也，这样的例子非常多。

如苏东坡的弟弟苏辙苏子由，以及东坡的儿子，都有几件书法作品留传下来，我们看他们的作品，虽与东坡有若干相近之处，但总是有明显的不同。又如米友仁不但是著名的书法家，而且是著名的鉴定家，宋高宗特意让他来鉴定秘阁所藏的法书，鉴定后都要在作品的后面留下正式的评语，足见其有极高的鉴赏能力，对书法流派烂熟于胸。但他写字也未完全继承其父米元章的风格，明眼人一看便知米元章就是米元章，米友仁就是米友仁。这正应了曹丕《典论·论文》中的那句话："虽在父兄，不能以移子弟。"因为每个人写文章的观点和构思都不一样，兄弟父子之间都很难完全传授。写字尤其如此。文章有时还可以偷偷地抄袭一番，但字却无法抄袭，因为抄也抄不像。既然高明的古人想"移"都移不了，我们就大可不必为临得不像而苦恼了。当然对老师责怪你临得不像，你也大可不必放在心上。

（二）有人常懊悔地对我说："我写字没有幼工。"这就涉及如何对待教小孩子学习书法的问题了。有的人索性认为小孩子根本不必临帖。说这种话的人都是自己已经临过帖了，他已经知道帖上的笔画是如何安排的了，所以他才觉得再没必要了。但对小孩子却不然。比如你告诉他"人"字是一撇一捺，但他不看帖就可能写成同是一撇一捺组成的"八"字、"入"字、"乂"字。所以必须让他看看字样，这就是临帖。临帖的目的并不是让他从此一辈子练那些永远模仿不像的前人的字形字体，也不是让他通过这种办法将来当书法家，而是让他熟悉字的基本结构、笔顺等。如写"三"要先写上面一横，再写中间一横，最后写下面一横；写"川"先写左面的一竖，再写中间的一竖，最后写右面的一竖。让他养成正确的习惯，写得顺手，写得容易。这对刚刚接触汉字的小孩子是必要的。我小时常遇到因写字不对而遭到老师惩罚的时候，惩罚的办法就是每字罚写几十遍，其实老师的目的不在这几十遍，而是让你通过反复的练习去记住它应该怎样写。

于是又有些人认为习字必须从小时开始，进而认为必须天天苦练，打下"幼工"才行，这又是一种极端的认识。写字不同于练杂技和练武术。杂技与武术确实需要有"幼工"，因为有些动作只能从小练起，大了现学根本做不出来。但书法不是这么回事，什么时候开始拿起笔练字都可以，不会因为你没有"幼工"，到大了手腕僵得连笔都拿不起来。不但不需"幼工"，我认为小孩子没有必要花过多的时间去临帖、练字。因为一来如前所云，帖是一辈子也临不像的，在这上面花死功夫，非要求像是没必要的。二来书法既然是艺术，就要对它的艺术美有所体悟才行，而这种体悟是需要随着年龄的增加、见识的增长来培养的。小孩子连字还认不全，基本结构还弄不太清，他是很难体会诸如风格特点这些更深层次的内涵的。如果再赶上教小孩子"幼工"的是一位庸师，那就更麻烦了，那还不如没有"幼工"。

（三）随之而来的问题是应该用什么帖。这里面又有很多误解需要辨明澄清。有人说临帖必须先临谁，后临谁，比如先临柳公权，再临颜真卿，对这种说法我实在不敢苟同。因为所谓"帖"，不过就是写得准确好看的字样子而已。只要它达到这样的效果即可，不在于笔画的姿势、特点。尤其是对小孩子更是如此，只要求其大致准确即可。相反，如果非执着学某一家，倒反而容易学偏。有人学柳公权，非要在笔画的拐弯处带出一个疙瘩，学颜真卿非要在捺脚处带出虚尖。出不来这样的效果怎么办？就只好在拐弯处使劲地蹾，使劲地揉，写出来好像是"拐棒儿骨"；在捺脚处后添上虚尖，好像是"三尾蛐蛐"。殊不知柳公权、颜真卿这样的效果是和他们当时用的笔有关系，后人不知，强求其似，岂不可笑！

还有人认为要按照字体产生的次序练字，先学篆书，篆书学好后再学隶书，隶书学好后再学楷书（实际应叫真书，所谓"楷"本指工整，后来习惯用来代指真书），楷书学好了再学行书，行书学好了再学草书。这更是谬说。照这样说，古人在文字产生以前靠结绳记事，难道我们在练字之前先要练好结绳才行吗？再说什么叫学好了？标准是什么？这和一年级上完了再上二年级是两码事。以篆书为例，它又分大篆、小篆、古篆等，有人写一辈子篆书，如清代的邓石如，更何况有些人写一辈子也未见得能写好一种字体。照这样推算，什么时候才能写上隶书和楷书？其实，在隶书之后，唐代的颜、柳那类楷书之前，已经有了草书。汉代与隶书并行的就有草书（章草），后来在真书、行书的基础上才有了今草。古人并没有这样教条，可现在有些人却如此教条，岂不愚蠢？总而言之，字体的发展次序与我们练字的次序没有必然的联系。还有人更绝对地认为临帖只能临某一派，并说某派是创新，某派是保守，只能学这一派而不能学那一派，学那一派就会把手学坏了。难道不学那一派就能把手学好了吗？这样只能增加无谓的门户观。须知，临帖只是一种入门路径，无须为它成为某派的信徒。你的风格喜好接近哪一派，你就可以临摹学习那一派，如此而已，岂有他哉？千万不要受这些所谓"理论"的摆布。

二、关于写字时用笔的方法

其实写字的"方法"并没什么一定之规，没什么神秘可言，不过就是用手拿住笔在纸上写而已。其实往什么上写都可以，比如移树，人们习惯在树干朝南的方向写一个"南"字，以便确定它移栽后的朝向；又比如盖房，人们习惯在房柁上写上"左""右"，以便确定它上梁后的位置。不用毛笔写也可以，只要用一个工具把字写在一个东西上都叫写字。所以一定不要把写字看得太神秘。当然要把字写好也要有一定的技巧。元代大书法家赵孟頫曾说："书法以用笔为上，而结字亦须用功。"玩其口气，他虽然二者并提，但是把用笔的技巧放在第一位，而把结字的艺术放在第二位。这种排列是否恰当，这里暂且不谈，先谈一谈所谓的"用笔"，因为有些人一把用笔看得太高，就产生种种误解、种种猜测，以此教人就会谬种流传，贻害无穷。

（一）关于握笔的手势

现在我们用毛笔写字的握笔方法一般是食指、中指在外，拇指在里，无名指在里，用它的外侧轻轻托住笔管。但要注意这种握笔方法是以坐在高桌前、将纸铺在水平桌面之上为前提的。古人，特别是宋以前，在没有高桌、席地而坐（跪）写字时，他们采用的是"三指握管法"。何谓"三指握管法"？古人虽没有为我们特意留下清晰的图例，但我们还是可以根据一些图画资料推测出来：原来"三指握管法"是特指席地而坐时书写的方法。古人席地而坐时，左手执卷，右手执笔，卷是朝斜上方倾斜的，笔也向斜上方倾斜，这样卷与笔恰好成垂直状态。此时握笔最省事、最自然也是最实用的方法就是用拇指和食指从里外分别握住笔管，再用中指托住笔管，无名指和小指则仅向掌心弯曲而已，并不起握管的作用，这就是所谓的"三指握管法"，与今日我们握钢笔、铅笔的方法一样。这样的图画资料可见于宋人画的《北齐校书图》（现藏美国波士顿博物馆），画面上校书者执笔的形象即如此。另外，敦煌壁画上也有类似的形象。日本学者根据敦煌壁画所著的《敦煌画之研究》就影印出敦煌画上一只手握笔的形象。现在有些日本人坐（跪）在席上写字仍如此，我亲眼看到著名的书法家伊藤东海就是这样握笔，与唐宋古画上一样。

但有些人不知道这种握笔方法的前提是席地而坐，左手执卷；在宋初高桌出现以后，在高桌上书写时，纸和笔本身已经成为垂直的角度，所以这时握笔最自然的方法就是一开始所说的方法。如果仍坚持这种"三指握管法"，反而不利于保持这种垂直的角度，这只要看一看现在拿钢笔和铅笔的姿势都是与纸面成斜角就能明白。为了使这种握笔的姿势与纸保持垂直，就只好凭想象、凭推测，把中指也放在外面，死板地用拇指、食指、中指的三个指尖握笔。并巧立名目地把三指往掌心收，使其与掌心形成圆形，称之为"龙睛法"；把三指伸开，使其与掌心成扁形，称之为"凤眼法"，十分荒唐可笑。最可笑的是包世臣《艺舟双楫》所记的刘墉写字的情景：刘墉为了在外人面前表示自己有古法，故意用"龙睛法"唬人，还要不断地转动笔管，以至把笔都转掉了。刘墉的书法看起来非常拘谨，大概"龙睛法"握笔在其中作祟是重要的原因之一吧。

（二）关于握笔的力量

由握笔的姿势又引出一个相应的问题，即握笔需要多大的力量。这里又有误解。有人以为越用力越好，还有人很有据地引用这样的故事：说王羲之看儿子在写字，便在后面突然抽他的笔，结果没抽下来，便大大称赞之。孙过庭的《书谱》就有这样的记载。包世臣据此还在《艺舟双楫》中提出"指实掌虚"的说法，这种说法本不错，但也要正确理解。指不实怎么握笔呢？特别是这个"掌虚"，本指无名指和小指不要太往掌心抠，否则字的右下部分写起来很容易局促，比如宋高宗赵构的字就是如此，他字的右下角都往里缩，就是因为这造成的。但因此又造成误解，有人说掌应虚到什么程度才算够呢？要能放下一个鸡蛋。"指"要"实"到什么程度呢？包世臣说要恨不得"握碎此管"才行。这又无异于笑谈。其实儿子的笔没被抽出，是小孩子伶俐和专心的结果，有的人就误认为要用力，而且力量越大越好。对此，苏东坡有一段妙谈，他说："献之少时学书，逸少（王羲之）从后取其笔而不可，知其长大必能名世。仆以为不然。知书不在于笔牢，浩然听笔之所之而不失法度，乃为得之。然逸少重其不可取者，独以其小儿子用意精至，猝然掩之，而意未始不在笔，不然，则是天下有力者莫不能书也。"苏轼的见解可谓精辟之至。

（三）关于悬腕

有些古人的字，尽管笔画看起来不太稳，但并不影响它的匀称灵活，其原因就是笔尖和纸是保持垂直的，不管是古人席地而坐的"三指握管法"，还是后来有如现在的握笔法。否则，把笔尖侧躺向纸，写出的笔画必定是一面光而齐，一面麻而毛，或者一面湿润，一面干燥，不会匀称。古人有"屋漏痕""折钗股"（有人称"股钗脚"）之说，"屋漏痕"说的是笔画要如屋漏时留在墙上的痕迹那样自然圆润，"折钗股"虽不知具体所指（大约指钗用得时间长了，钗脚的虚尖被磨得圆滑了），但意思也是如此。为了达到这个目的，于是有人就特意强调写字要悬腕，并认为此也是古法。殊不知，在没有高桌之前，古人席地而坐，直接用右手往左手所持的卷上书写，右手本无桌面可倚，当然要悬腕，想不悬腕也不行。但在有了高桌之后，情形就不同了。不可否认，悬腕运起笔来当然活，但也带来相应的问题，就是不稳、易颤，因此要区别对待。在写小一点字的时候，本可以轻轻地用腕子倚着桌面，只要不死贴在上面即可。写大字时自然要把腕子离开桌面，不离开，笔画就延伸不了那么远，特别是字的右下角部分简直就无法写，所以死贴在桌上当然不行。但也无须刻意地去悬腕，这样只能使肩臂发僵，更没必要想着这可是"古法"，必须遵从。一切以自然舒服为准则，能将笔随意方便地运用开即可，即使用枕腕将左手轻轻地垫在右腕之下也无不可。

还有人在悬腕的同时特别讲究"提按"。这也是由不理解古人是席地书写而产生的误解。古人席地书写，用笔自然有提按，但改为高桌书写之后情况又有所不同。很多人不把提按当成是一种自然的力量，而当成有意为之的手法，这就错了。反正我个人有这样的体会：如果想我这回要"提按"了，这字写得一定不自然。

所以顺其自然是根本原则，古代的大书法家并没有我们今天这么多的清规戒律，并不像我们今天这样机械死板地非要悬腕，非要提按，都是根据个人的习惯而来。比如苏东坡就明确地说过自己写字并不悬腕，所以他的字显得非常凝重稳健，字形比较扁；而黄庭坚就喜欢悬腕，所以他的字显得很奔放，撇、捺都很长。苏黄二人曾互相谐讽，黄讥苏书为"石压蛤蟆"，苏讥黄书为"枯梢挂蛇"，但这都不妨碍他们成为大书法家。

与此相关,宋人还有这样一种说法,叫"题壁",比如大书法家米元章就主张练字要采取题写墙壁的方法,认为这样可以练习悬腕的功夫。其实,古人席地执卷书写就类似题壁。只不过题壁的"壁"是垂直的,古人左手所执之卷是斜的,右手所执之笔也是斜的,而斜笔与斜卷之间又恰成垂直的,这种垂直是很自然的,便于书写,即使写很长的竖亦便于掌握;而题壁时,笔要与墙垂直,腕子就要翘起,难免僵直。特别是写长竖时,笔就有要离开墙壁的感觉。所以这种练习方法也有问题,它带给人的感觉与古人席地而坐的悬腕终究不太一样。看来到了米元章时代,已经对唐和唐以前人如何写字不甚了了,甚至有些误解了。米元章的字有时给人以上边重、下边轻的感觉,如竖钩在写到钩时就变细了,这可能与他平日的这种练习方法有关。

总之,千万不要像包世臣在《艺舟双楫》中所记的王鸿绪那样,为了悬腕,特意从房梁上系下一个绳套,把腕子伸到套里边吊起,腕子倒是悬起来了,但又被绳子限制在另一个平面上,不能随意上下提按了,这岂不等于不悬?这种对古人习惯的误解,只能徒为笑谈。

我在《论书札记》中有一小段文,可作这一观点的总结:

古人席地而坐,左执纸卷,右操笔管,肘与腕俱无着处。故笔在空中,可作六面行动,即前后左右,以及提按也。逮宋世既有高桌椅,肘腕贴案,不复空灵,乃有悬肘悬腕之说。肘腕平悬,则肩臂俱僵矣。如知此理,纵自贴案,而指腕不死,亦足得佳书。

(四)关于"回腕"和"平腕"

由悬腕又引出回腕和平腕。有些人不但强调悬腕,还强调"回腕",且又错误地理解回腕。其实回腕是为了强调腕子的回转灵活,古人在席地而坐书写时,由于自然悬腕,所以腕子可以自然回转,有如我们现在炒菜,手都是自然离开锅台,所以手可以随意来回扒拉,这就是回腕。但使用高桌椅之后,有些人不理解回腕的真正含义,就望文生义地把"回"理解为尽量把手指往里收,笔往怀里卷,腕子往外拱。何绍基在他的书中还特意画出这样一幅示意图。试想,这样死板拘谨地握笔还能写出好字吗?如果和所谓的"龙睛法""凤眼法"并列,我可以给它起一个雅号,叫"猪蹄法"。

还有人强调要"平腕"。古人席地而坐书写,当然只能悬腕,而谈不到"平腕",改在高桌椅上书写后,有人不但坚持要悬腕,而且还要把腕子悬平。这显然是违反常态的。按现在正确的握笔方法,腕子是不可能平的,要想平,只能把肩臂生硬地端起来。有人教人写字,要用手摸人的腕子平不平,更有甚者,训练学生要在腕子上放一杯水,真是迂腐得可笑。试想,让人手做"龙睛法"或"凤眼法",掌中还要握一个鸡蛋;腕做"猪蹄法",还要翻平,上放一杯水,这是写字呢,还是练杂技呢?

随之而来的是如何正确理解所谓的"八面玲珑"和"笔笔中锋"。古人席地而坐时书写都是自然地悬腕,写出的字不会出现一面光溜一面干的现象,自然是八面玲珑。到了后来米元章仍强调写字要"八面玲珑"。古人所说的"八面"本指东、西、南、北、东南、东北、西南、西北,米元章这里是借以形容要笔笔流转。米元章的字也确实有这一特点,如他的《秋深帖》中"秋深不审气力复何如也"十字,一气呵成,真可谓"八面玲珑"。他还曾临过王羲之的七种帖,宋高宗曾让米元章的儿子米友仁为此作跋。米友仁跋中称赞的"此字有云烟卷舒翔动之气",亦是从这种观点立论,而他的这些临本确实比一般的刻本自然流畅。能达到这种效果是因为他能把笔悬起来灵活自如地使用,如果腕子死贴在桌面上,自然不会有这样的效果。要只注意悬腕,写起来灵活倒是灵活了,但掌握不好字体的美观也不行。

还有人认为要想达到"八面玲珑"的效果,就要"笔笔中锋",这又是一种误解。只要笔画有肥有瘦,就绝不可能是纯中锋,瘦处是将笔提起来,只将笔的主毫着纸,这可叫"中锋";但只要有肥处,就说明在按笔时,主毫旁边的副毫落在纸上了。如果要笔笔中锋,就只能画细道,打乌丝格,就不成为字了。这和刻字一样,如果只拿刀刃正面刻,就只能刻细道。要想刻出粗道,只能用双刀法。我曾看过齐白石刻字,他就是斜着一刀下去,结果是一面平一面麻,但他名气大,可以不管这一套。因此,对中锋的正确理解是笔拿得正,不要让它侧躺,出现一面光一面麻的现象,而不是只用笔尖。但由此又生出误解。当年唐穆宗问柳公权怎样才能笔正,柳公权说"心正才能笔正",这其实只是对唐穆宗心不要邪的劝谏,有人拿它大做文章就未免迂腐了。文天祥心最正,字未见有多好；严嵩心最不正，字不是写得也很好吗？

三、关于书写的工具

书写的主要工具不外乎笔、墨、纸、砚，即所谓的文房四宝。这其中最主要的当然是笔。从出土文物中可知笔产生的年代相当久远。笔一般都用动物毫（毛）制成，诸如兔毫，白居易有《紫毫笔》诗，描写的就是兔子毛制成的毛笔，因此这种笔又称紫毫笔；还有狼毫，这里所说的狼毫指的是黄鼠狼（学名黄鼬）尾上的毛；还有鼠须及鸡毫；最常见的是羊毫。还有兼毫，如七紫三羊、五紫五羊、三紫七羊等，书写者可以根据自己喜好来选择。另外还有用特殊材料制成的笔，如茅草和麻等。也有在羊毫中加麻（苎麻）的，称"笔衬"，可以使笔更加挺括。总之，这里面的讲究很多，但好的笔工往往秘而不宣。如果写特别大的字，大到用现在的抓笔都写不了，那也不妨用布团蘸墨写，写完之后再用笔描一描即可。对笔的选择完全要看个人的喜好和需要，什么顺手就用什么。苏东坡有一句名言，使人不觉得手中有笔，就是最好的笔。比如我写小字喜欢用硬一点的狼毫，写大字喜欢用软一点的羊毫。我有一段时间喜欢用衡水出产的麻制笔，才七分钱一支，也很好使。用什么笔和学习书法的过程没什么关系，与书法造诣的水平更没什么关系。对此也有误会，比如褚遂良曾说"善书者不择笔"，于是有人就说不能挑笔，一挑笔就是水平低。这毫无道理，不同的习惯、不同的手感当然可以选择不同的笔。又说某某能写纯羊毫，就好像多了不起；又说东坡的《寒食帖》是用鸡毫写的，所以本事大，这是没有任何根据的。

现在我们可以根据有关的记载得知唐朝人制笔的方法：先选择几根最长的主毫，放在正中，然后选择几根稍短一点的做第一层副毫，扎在主毫周围，再选一些稍短的做第二层副毫，再扎在周围。在层与层之间还可以裹上一层纸。依次类推就制成了半枣核状的笔，日本有《槿笔谱》一书，就记载了这一过程。笔的这种制造工艺直接影响到字的书写效果。有人特意学颜真卿写捺时的"三尾蛐蛐"式的虚尖，其实他的这种虚尖是与他所用之笔主毫较长的特点有关。有的人不明白这个道理，故意地去添虚尖，很可笑。有人对泡笔时，是否全发开也挺讲究，认为哪种就算高级的，哪种就算低级的。这也毫无根据，完全由个人习惯而定。

古代没有现成的墨汁，所以很讲究用墨。现在有了墨汁还有人非要坚持磨墨，这似乎没必要。但墨汁的好坏直接影响到装裱时是否洇纸，所以要有所选择。现在北京出的一得阁墨汁、安徽出的曹素功墨汁都很好用。

纸的种类当然很多，难以一一列举。用什么纸与书法水平也没有关系。我是得什么纸用什么纸，有时觉得在包装纸上写似乎更顺手，因为没负担，越用好纸越紧张。我这种感觉和很多古人一样，当年很多人都不敢在名贵的印有乌丝格的蜀缣上写，只有米元章照写不误，看来还是他的本领大。

至于砚就更无所谓了，如果用墨汁，它简直就可有可无。砚对现在书法而言，大约工艺价值远远超过使用价值。

总而言之，这一讲讲的问题虽多，但中心思想却是一个，即不要被那些穿凿附会、貌似神秘的说法所蒙蔽，不管这种说法是古人所说，还是权威所说。这些说法很多都是不了解古代的实际情况而想当然，然后又以讹传讹，谬种流传。不破除这些迷信，就会被他们蒙住而无法学好书法。

第二讲　碑帖样本

上讲说过写字不见得都需有幼工，临帖也不必都求其全似，因为本来就不可能全似，但对学习书法的人来说，临帖是非常必要的。它是一种最基本的方法的练习。正像练钢琴，没有一个不是从基本曲目开始的，总是随手乱弹，一辈子也成不了钢琴家；写字也一样，总是随手写来，即使号称这是"创新"，也成不了书法家。书法中的横、竖、点、撇、捺、挑、折，就相当于西洋音乐中的1、2、3、4、5、6、7，中国音乐中的合、四、一、上、尺、工、凡、六、五，只有把每个音节都唱得很准了，音节与音节之间的组合变化掌握得都很熟练了，才能唱出优美的乐章；同样，只有把基本笔画的基本形状及其组合掌握得都十分准确、十分自如，才能写出好字。这就需要临帖，因为帖就是好的字样子。小孩子临帖，并不是让他三天成为王羲之，也不能奢求他对书法艺术有多高的理解，而是让他熟悉笔画的基本形状、方向，以及字的结构布局，从而打好基本功。大人也需要时时临帖，即使达到了相当的水平也如此，正像钢琴演奏家在演出之前也需练习一样，它可以使你越练越熟。更何况它是一项很好的文化娱乐活动，是一项很好的审美创作练习，当你把写出的字挂起来欣赏的时候，你会从中发现很多乐趣。

那么临帖需先搞清哪些问题呢？大概有以下几点：

一、先要认清碑帖上的字相对原来的墨迹有失真之处

因为碑帖上的字是我们模仿的字样子，所以很多人就认为它是最准确的了，认为当时书法家写到石碑或木板上的就是那样，因而对碑帖上呈现出的每一细微处都觉得是必须效法的。其实并非如此。刻出来的字与手写的字不但有误差，有失真，而且有好几层误差与失真。这只需搞清碑帖的制作过程就能明了。

第一个过程是用笔蘸朱砂写在石头上，称"书丹"，因为朱砂比墨在石头上更显眼，便于雕刻。第二道工序是刻。刻的时候就以红道为据。我曾在河南的"关林"看到很多出土的碑，因为书丹时有的笔道很肥，刻完之后，刀口的外面还残留着朱砂的颜色。可见刀刻的痕迹与第一道工序——书丹的痕迹已不完全相符了，有的可能没到位，有的可能过头了，这是第一次失真。再好的刻工也不能与书丹时完全一样。在留传下来的碑刻中，刻得最好的是唐太宗的《温泉铭》，现在见到的敦煌本《温泉铭》，笔锋及其转折简直就和用笔写的一样，我在《论书绝句》中曾这样称赞它："细处入于毫芒，肥处弥见浓郁，展观之际，但觉一方黑漆版上用白粉书写而水边未干也。"但这样的精品终究是极少数，从道理上讲，刀刻的效果总不能把笔写的效果全部表现出来，比如不管是蘸墨也好，蘸朱砂也好，色泽的浓淡、笔画的干湿以至笔势的顿挫淋漓就是刀工所不能表现的。用笔写的时候可能会出现"燥锋"和"飞白"，即墨色比较干时，笔道会随运笔的方向出现空白，这就不好刻了。没办法，所以定武本的《兰亭序》就只好在这地方刻两条细道，表明此处是由燥锋所出现的飞白，其实原字的飞白并不止两道。我曾拿唐人写经中的精品来和唐碑加以比较，明显感到写经的笔毫使转、墨痕浓淡一一可按，但碑经刻拓，则锋颖无存。两相此较，才悟出古人笔法、墨法的奥妙。又曾看到智永的《千字文》真迹，其墨迹的光亮至今还非常鲜明，这是碑帖无论如何也表现不出的。

第三道工序是拓碑，拓时先用湿纸铺在碑上，然后垫上毡子往下按，这样，碑上凹下的笔画就在纸背上被按成凸出的笔画了，再在上面刷上墨，凹下的地方因沾不上墨，所以就成为黑纸白字了。但按的时候力量不会绝对匀，力量不到、按得不瓷实的地方就会使拓出来的笔道变细。这是第二次失真。刷墨的时候也不会绝对的均匀，再加上墨如果比较湿，或者纸比较湿，就会洇到凹下去的部分，这样笔画的粗细与形状也会与原字不同，这是第三次失真。

第四道工序是把纸揭下来装裱。裱时要将纸抻平，这样一来笔道又会被抻开，这是第四次失真。碑帖留传的时间过长会破旧损坏，需要重裱，这是第五次失真。

而更糟糕的是有的碑也会损坏，如毁于战火、毁于雷电，或者被拓的次数过多而将碑面损坏，于是只好根据现有的拓片重新翻刻。拓片已经失真，根据失真的东西翻刻岂能不再次失真？这是第六次失真。当然，好的翻刻本也有。如乾隆年间无锡秦家，根据宋拓本翻刻《九成宫》，在当时可以卖到一百两银子一本。因为当时的科举考试非常重视书法，当时书法的标准为"黑大光圆"，于是人们就不惜重金来买好碑帖。

试想，轮到你手中的碑帖不知已失真多少次。最好刻的真书尚且如此，不用说更富于使转变化的行书与草书了，如果你还认为古人最初写的真书、行书、草书本来就如此，甚至把走形失真之处也揣测成是古人力求毫锋饱满、中画坚实，于是一味地亦步亦趋、死板模仿，以至有意求拙，以充古趣，岂不过于胶柱鼓瑟？

碑如此，帖亦如此。好的帖讲究用枣木板，硬，不易走形损坏。帖刻的工艺也有好有坏。有著名的宋代的《淳化阁帖》，本身刻得很粗糙，但宋徽宗的以《淳化阁帖》为底本的《大观帖》却刻得十分精致，几乎和写的一样。但它们的制作工艺与碑大致相同，故而再好也无法表现墨色的浓淡、干湿，并存在多次失真的情况。总而言之，不管碑也好，帖也好，我们千万别以为古人最初的墨迹即如此，否则就会把失真与差误的地方也当成真谛与优长加以学习了。其结果只能像我在《论书绝句》中所云："传习但凭石刻，学人模拟，如为桃梗土偶写照，举动毫无，何论神态？"

这里需顺便指出的是，有人对碑与帖的关系又产生了一些无意或有意的误解，如认为碑上的字是高级的，帖上的字是低级的；写碑是根底，写帖是补充。比如康有为就特别提倡"尊碑"，他所著的《广艺舟双楫》中就专有一章谈这方面的内容。他写字也专学《石门铭》。还有人从而又生发出所谓的"碑学"与"帖学"，好像加上一个"学"字，就成为一种专门的学问了。这是无稽之谈。对于初学写字的人来说，碑由于字比较大而清楚，且楷书居多，学起来容易掌握；帖行草居多，经常有连笔和干笔带来的空白，对连字的基本形状结构都还不很分明的人来说，自然更难掌握。就这层关系而言，临碑确实是根底，但有了一定的基础后，二者就无所谓谁高谁低了。究竟是临碑还是临帖，全看自己的爱好。再说，碑里面因刻工技术的高低、刻工水平的好坏，也有优劣之分。如柳公权的《神策军碑》刻得非常好，虽然干湿浓淡无法表现，但笔画字形刻得极其精致周到；但同是柳公权的《玄秘塔》就刻得相对粗糙。又如颜真卿，楷书大字首推《告身帖》，所谓"告身"就相当于今日的委任状，按情理说，颜真卿不可能为自己写委任状，故此帖肯定是学他书法且学得极其神似的人所写，但此帖的风格与颜真卿的《颜家庙碑》《郭家庙碑》等都属一类，但我们随便拿一本宋拓的碑，远远不如《告身帖》看得这样分明真切。所以真假暂且不论，但从学习写法来看，《告身帖》要优于一般的碑。又如古代有所谓的"向拓本"，所谓"向拓"是指用透明的油纸或腊纸蒙在原迹上向着光亮处，将它用双钩法将原迹的字钩出来，再填上墨。唐人已有这种方法，宋人也用这种方法，但不如唐摹得精细。有的唐摹本相当的好，如《万岁通天帖》和神龙本的《兰亭序》，连碑中不能表现的墨色的浓淡干湿都能有所表现。但这都属于"帖"类，谁又能说它比碑低级呢？

我虽然始终强调"师笔不师刀"——强调临摹墨迹比临摹碑帖要好，并在上文列举了碑帖的那么多问题，但并不是一概地反对临摹碑帖。因为一来好的墨迹原件终究不是所有人都能见到的，当年乾隆皇帝曾拿出过一次秘藏的王羲之的《快雪时晴帖》给大臣看，大臣无不感到受宠若惊。大臣尚且如此，何况一般的平民百姓？二来即使有了好的墨本真迹，谁又舍得成天地摩挲把玩？三来好的刻本终究能表现出原边的基本面貌，尤其是字样的美观，结构的美观，终不可被某些局部的失真所掩。但我们一定先要明白碑帖与原迹的区别。正如我在《论书绝句》中所云："余非谓石刻必不可临，唯心目能辨刀与毫者，始足以言临刻本。否则见口技演员学百禽之语，遂谓其人之语言本来如此，不亦堪发大噱乎？"如果你看过一些好的墨迹本并能在石碑帖时发挥想象，"透过刀锋看笔锋"——透过碑版上的刀锋依稀想见那使转淋漓的笔锋，那就更好了。那就如我在《论书绝句》中所说："如观灯影中之李夫人，竟可破帏而出矣。"——当年汉武帝非常思念死去的李夫人，方士云能致将李夫人的魂魄来，届时汉武帝果然在帏帐的灯影中见到李夫人——只要我们能将本来死板的碑帖借助感性的想象，把它看活，将它尽量变成一幅活的墨迹就成了。

以上所说都是以现代影印术尚未出现为前提的。古时人们得不到真迹做范本，怎么办呢？最好的办法是找钩摹的向拓本。但这也很难得，所以对一般人来说只好凭借好的刻本，再等而下之，就只好凭借翻刻本了。有的人称好的刻本为"下真迹一等"，这已是夸奖的话了，陶祖光甚至更夸张地说好的拓本可"上真迹一等"，因为真迹已死无对证，无从查找了。但在现代精良的影印术发明之后，好的影印本确实可"上真迹一等"，因为一来它确实和原边一模一样，包括墨色的浓淡干湿、枯笔的飞白效果与原件毫无二致，这一点是"向拓本"无法比拟的。二来便于使用，你可以将它置于案头随时把玩，不必担心它的损坏，因此它的收藏价值虽不如真迹，但实用价值确实大于真迹。我家长年挂着影印的米元章和王铎的作品，要是真迹，我舍得随便挂吗？因此现代影印术的发明，真是书法爱好者的一大福音，它为我们轻而易举地提供了最理想的范本，这可是古人梦寐难求的啊。

二、何谓碑、何谓帖

"碑"字从"石"、从"卑"，原指坟前的矮石桩，最初上面还有一个窟窿，原用于下葬时系棺椁用，也可以用来系葬礼时的牺牲品，如猪羊之类。后来在上面刻上墓主的名字，碑石也变得越来越大，碑文也变得越来越多，内容也越来越丰富，不但可以用来记载死者的有关情况，而且凡纪念功德的纪念性文字都可以书碑。汉代就有著名的《石门颂》，北魏时有《石门铭》，记载褒斜一带的有关情况。到唐代，开始多求名人书写，甚至皇帝自己写。唐太宗就写过两个碑，一为《温泉铭》，歌颂他洗澡的温泉如何好，如何有利于健康，此碑早已不存，现有敦煌的孤本残帖；一为《晋祠铭》，纪念周成王分封其幼弟叔虞于唐之事，晋祠即指叔虞的庙。后来李唐王朝之所以称"唐"，是因为他们自视为叔虞的后代，所以《晋祠铭》兼有歌颂大唐王朝立国之意。唐高宗效法其父，写过《李积碑》，武则天则为其面首张昌宗写过《升仙太子碑》，硬说他是仙人王乔王子晋的后身，立于河南缑山。此碑现在还有，碑旁已砌上砖墙加以保护。

碑的歌颂纪念性质决定它多以郑重的字体来书写，这样也便于读碑的人都看得清。汉时多用隶书，唐时多用楷书。我们今天见到的虞世南、欧阳询、柳公权、颜真卿的碑无一例外，全是用楷书来写，字又大又清楚，所以便于成为后来学习楷书的范本。只有皇帝例外，他们至高无上的地位可以不受这一限制，爱怎么写就怎么写，所以唐太宗、唐高宗就用行书写，武则天甚至用草书写，草得有些字都很难辨认。

帖，最初指古人随手写的"字帖子"，也称"帖子"，实际上就相当于今天所说的便条、字条、条子，所以写起来比较随便，字往往很少，有的就一两行，如著名的《快雪时晴帖》就三行。《淳化阁帖》中有很多这样的作品。用于拜见主人时，称"名帖""投名帖"，最初是折起来，因而也称"折子"，里面就写一行字，说明自己的姓名、身份，后来变成单片的，称"单帖"。我见过清朝人的单帖，官越大，头衔越多的，字反而越小，官越小的字反而越大。外边还可以用一个皮夹子装着，称"护书"，由跟班的拿着。到了被拜访人的家，由跟班的拿出来，交给门房，门房收下后，举着到二门，朝上房喊"某大人（或某老爷）到"。主人听到后说声"请"。然后门房回来也向客人说声"请"，便可以领着他去见主人了。如果是下级呈递上级的公文，则称"手本"，按一定宽度折成一小本。还有信，其实也属于帖，比如现在留传的王羲之的几种帖，大部分都是他当时写的信，《快雪时晴帖》实际上也是信。有时写给大官的信，大官可能在信后随手批几句批语，有如皇帝在大臣的奏折上批上"知道了"云云，那也属于帖。《书谱》曾记载，王献之曾郑重其事地给谢安写过一封信，并自认谢安"想必存录"，但没想到谢安只是于原信上"批尾答之"，令王献之大为失望。在古人看来，这些都属于帖。《兰亭序》虽然比较长，但它仍属帖，因为它是文稿子，上面还有改动涂抹的痕迹。因此我们可以给帖下一个广泛的定义：凡碑之外的、随手写的都可称帖。后来这些帖不管用钩摹的办法，还是刻板的办法保留、留传下来，人们仍然称它为"帖"。有人说竖石叫碑，横石叫帖，这并不准确，其实，墓前的横石也叫碑。

既然是便条的性质，所以写起来就比较随便，不仅文辞很简单，所用的字体也多属行书或草书。当然，帖中也有用较正规的字体的，如王羲之的《快雪时晴帖》，正像碑中也偶尔有用行草的。因此碑与帖的区别，主要是当初用途的不同与由此而来的所选用的字体的不同。碑是竖立在醒目的地方供人看的，它唯恐别人看不清，所以字往往选用又大又清楚的楷书、隶书；帖多数是一个人写给另一个人的，只要两人之间能看懂即可，所以字体可以随便。在秘而不宣时（这种情况是很多的，如有人在信中附上一句"阅后付丙"——阅后请烧掉，就是明证），恨不得写出的字除对方外，谁也看不懂，不懂得像密码一样才好。

现在有人从碑中和帖中字体的不同引出"碑学""帖学"这一概念，这其实并不准确。如果我们研究碑和帖是怎样来的，又是怎样发展变化的，里面有多少种类，汉碑是怎么回事，魏碑是怎么回事，称为"碑学""帖学"尚可，但如果把研究碑上的字称为"碑学"，把研究帖上的字称为"帖学"，就不准确了。还有人把研究"写经"上的字称为"经学""经体"，这就更不准确了，经学哪里是指这个？不管是研究碑上的字，还是研究帖上的字，或是研究写经上的字，都是书法学。我们不能把碑上的字与帖上的字，或写经上的字截然分开，然后一个称"碑学"，一个称"帖学"，一个称"经学"，这容易引起歧义。

三、对碑帖及临写碑帖时的一些误解

在第一讲中我已指出由握笔等书写方法的误解而造成的书写时的一些错误，这里我想再着重谈谈由对碑帖的误解而造成的错误。这些错误大致又分两类。

第一类是由于不知道碑帖的失真而造成的对碑帖死板机械的临摹。

比如，你如果不知道墨迹本来是很圆润的笔画，只是经刀刻以后才变成方笔，于是不加分辨地机械模仿，把笔画都写成"方头体"，甚至把它当成古意和高雅来刻意追求，这就错了。有人还因此把没拓秃的魏碑称为"方笔派"，把拓秃了的魏碑称"圆笔派"，这就更属无稽之谈了，他们不知道像《龙门造像》中的那些方笔其实都是刀刻的结果。龙门那里的石头很硬，不好刻，比如要刻一横，只能两头各一刀，上下各一刀，它自然成为方的了，古人用毛锥笔是写不出来那么方的笔书的。清末的陶濬宣（心耘）就专写这种方笔字。还有张裕钊（廉卿）写横折时，都让它成为外方内圆的，真难为他怎么转的笔，我把它戏称为"烟灰缸体"。碑帖中确实有这样的字体，但外边的方是刀刻所致，里边的圆可能是刀口旁边有剥落所致。他不知道这一点而去机械地模仿就很无谓了。更令人遗憾的是，有些人还专门学张裕钊的这种写法，他的一些学生，有中国的，也有日本的，就专跟他学这种写法，至今已流传两三代了。我还曾遇到过这样一件事。一天，一位自称老书法爱好者的人驾临寒舍，称他收藏有最好的欧帖，并终生临摹不已，边说边打开一摞包里的碑帖。我一看真为他惋惜，他自认为最好的这些碑帖，实际不过是专出《三字经》《百家姓》《千字文》（合称"三、百、千"）之类的"打磨厂"（北京的一个地名，内有一些印制碑帖、年画、红模子的小作坊）一级的东西，粗糙得很，笔道都是明显的刀刻的方头，字形都已明显变形。试想，以此为范本用功一生，还自谓得到了欧体的精华，岂不可惜？

又比如有的碑上的字，字口旁有缺损剥落，于是拓下来的字便会在字口旁出现一些多余的部分。有的人不明白这是怎么回事，便在临摹时在笔道旁故意顿挫出一些刺状的虚道，我戏称它为"海参体"。又如碑上的细笔道在拓时因用力不匀或用墨过浓，都容易拓断，有人认为古人在写时原本如此，在临摹时也跟着故意断。这种断笔、残笔在小楷的碑帖中更易出现。因为原本刻的字就小，笔道就浅，拓多了自然更易模糊。如宋人刻过很多附会为王羲之的小楷帖，像《黄庭经》《乐毅论》《东方画赞》等。这些帖中，"人"字一捺的上尖往往拓不上，于是变成了"八"字，"十"字一横的左半部分拓不上，于是变成了"卜"字。我小时曾看到兄弟俩一起面对面地坐在桌子的两旁认真临帖，都用我前边说过的自认为颇具古意的"猪蹄法"握笔，而且每写到碑上出现拓残的断笔时，哥儿俩就互相提醒，嘴里还念念有词，"断，断"，显然是把它当成一种古人有意为之的特殊笔法加以模仿。当时我还小，不知怎么回事，只觉得很奇怪，后来弄清楚怎么回事后，觉得这兄弟俩真可笑。其实，不用说一般人了，就连很多书法家亦如此，比如明代的祝允明、王宠等就有意这样写，因此他们的字往往有这样的断笔。

第二类是概念上的错误。有些人因看到碑上的字多是方笔，为了刻意仿效它，就制造出一些莫名其妙的书写理论和书写方法，以期达到这样的效果。还有人因看到碑上的字多是方笔，便误认为所有的字都应如此，不如此就连是否是真的都值得怀疑了。

如清朝的包世臣，在其所著的《艺舟双楫》中记载，他曾从黄小仲[黄景仁（字仲则）之子]那里听说过一个关于用笔的很高深的理论，"始艮终乾"，当他想进一步向他请教何谓"始艮终乾"时，他则笑而不答，以示高深。其实这是一种想把笔画写成方笔的用笔方法。如果我们把一横看成是三间坐北朝南的大北房，古人心里的地图是上南下北，那么按照八卦的排列，它的西北角叫乾，正北叫坎，东北角叫艮，正东叫震，东南角叫巽，正南叫离，西南角叫坤，正西叫兑。所谓"始艮终乾"指从东北角艮位下笔，往上一提，然后描到东南角的巽位，然后平着从中间拉到西边，把笔提到西南角的坤位，最后将笔落到西北角的乾位，这样一来就能把笔画描成方的了。这不叫写字，这叫描方块儿，比"海参体"更等而下之了。总之，想要硬用毛锥笔写方笔字，必定会出现很多怪现象。

又如清朝还有一个叫李文田的人，专门学写碑。他曾在浙江做考官，在回来路过扬州时，为汪中所藏的《兰亭序》作了一大段跋。其中心观点是，《兰亭序》不是王羲之所写，理由是晋朝人的碑中没有这样的字。他不知道晋朝的碑本来就不可能有这样的行书字，因为那时碑上的字都是工工整整的，一直到唐朝欧、柳等人莫不如此，只有皇帝老儿的碑才偶尔有行书字。不用说古人的碑了，就是现在人在门上贴一个"闲人免进"的条，也要写得工工整整的才行，才能达到让人看清从而不进的目的，否则，写得太潦草，岂不是还要在旁边加上释文？换言之，他们不懂得书写的形状和书写的用途是有密切关系的。我们知道汉朝郑重的字都用隶书，而现在看到的出土的汉代永元年间的兵器簿全是草书，敦煌发现的汉简中，有关军事的也全是草书。为什么？因为军中讲究快，为了这个目的，所以就要选用与之相适应的字体。直到今天亦如此，比如报头为了美观醒目，可以用各种字体，但到了里面的正文，必定还用最易辨认的宋体或楷体。《兰亭序》本来是书稿，它当然会选用行书字，而不用当时工工整整的正体。正像我们今天随便写一个便条，谁会把它描成通行于书报上的宋体字呢？因而岂能用碑中没有这样的字就说《兰亭序》是假的呢？他还用《世说新语》所引的注与《兰亭序》有出入为据，来论证《兰亭序》为假，殊不知古人以引文作注本来可以撮其原文之大意，他不说所引简略，而反过来怀疑原文，更是无知。

这种观点后来又得到某些人的发挥，他们看到南京出土的晋朝的《王兴之墓志》等都是方块笔，认为《兰亭序》都应该是这样的才对。还说如果真有《兰亭序》，其笔法必定带有"隶意"才对。如果没有"隶意"，必定是假的。殊不知这些碑的方笔画都是刀刻出来的效果，当然会是刀斩斧齐，但拿毛锥笔去写，无论如何是写不出这样的效果的。再说唐人管楷书就叫"今体隶书"，《唐六典》中就有这样的记载。唐朝的《舍利函铭》的跋中就有"赵超越隶书"之语，而所用之字，今是标准的楷书。虽然都叫隶书，但汉隶与唐楷（唐人称"今体隶书"）是名同实异的。李文田要求晋朝的行书要有汉碑隶书的笔意，这也是一种误解。我们不能死板地理解这些名词，应该根据具体情况去正确理解。比如张芝曾写过这样的话："草草不及草书。"这里的草书实际应是起草的意思，如果把它理解为草体书，说我来不及了，不能写草书了，只能一笔一画给你工整地写楷书，这合逻辑吗？又比如某人小时挺胖，大家都管他叫"胖子"，但到大了，他不胖了，我们能说他不是那个人了吗？同样的道理，如果还把这里的"隶"理解为蚕头雁尾式的笔画，硬要从《九成宫》甚至《兰亭序》中去找这种隶意，找不到就瞎附会，看到哪一笔比较平，就说那就是隶意，岂不可笑？

对书法专业师生的谈话（一）

我今天看了咱们这些位同学的作品，真好，我心里感觉到实在是兴奋。

现在有一种风气，字写得跟印版似的。明朝傅山傅青主先生，他说写字与其写得柔媚，取悦于人，不如干脆写得拙、写得丑、写得笨。他这个话是有感慨的，那个柔媚、秀气、好看的字指的是什么？就是写白折子、大卷子那种字，写得规规矩矩的。到了清朝就有四个字：黑、大、光、圆。墨要黑，字要大，要有亮光，要圆润，那就叫作"馆阁体"，就是写得跟印刷体一样的字。据说，有人请功夫深的人写个名片，写完了他不满意，再写一个，一个人把他前后写的两个摞起来一照，一个样，可见，他那手已经成了印刷机了。这种字就谈不上什么性格、风采了。事实上，这个傅青主先生是说，宁可写得丑恶，也比他那个像印刷体一样的字强得多，是这个意思，并不是让人都有意写得丑恶。

现在还有一派，说字要写得涂涂改改。有人学习颜真卿《争座位帖》《祭侄文稿》，都是涂涂改改的，这个《祭侄文稿》的墨迹咱们现在还有，他那个涂改不是有意的，是个底稿，他觉得这个字不好，换一个字，所以就涂改了。这个字从唐朝到现在一千多年了，大家还看他的用笔。那么，有人就写一张字，故意给涂了、改了，就挂起来。我们要是给人写一封信，涂涂改改，让人家不认得，对人家是不敬，人家会说，你让我看，又涂成那个样子，我看不明白那是什么意思，所以，这还有一个让人能接受的问题，让人觉得心里踏实，人家看得起我。

我恭恭敬敬地写，并不一定表明写得跟印版一样，所以傅青主说，宁丑不要太媚，这个是由于有感慨才说的。我今天看诸位的字很满意，为什么？头一点我都认得写的是什么，这一点非常重要。文字代表一个民族的语言、民族的文化，我们得写得正规，写得让人家看见都能认得，这才能弘扬我们的文化，沟通我们的思想。我写得了，你不认得，那就不是中国的文字，这个事情我觉得很重要。所以我今天看到咱们学校的风气，我觉得非常好。

　　现在还有人说，我们要创新。现在一天一天地在过去，就说现在十点钟吧，待一会儿就不是今天的十点钟了，那么，待一会儿的那个时间就是新的二十三号的时间。那么就是说，你要不前进、不创新，那不可能。我就在这儿坐着，一个钟头以后就不是一个钟头以前的我了，这个谁也扭转不了。有人说，我们要创新，他们那样写，我偏不那么写：这个纸我得横着写，这一个窄条的字，我都写出圈去……其实，你不那么写，它也在变。今天二十三号，到了晚上十二点以后，假定我还没有睡觉，那会儿已经不是二十三号了。万事万物都在变，今天的老百姓跟"文革"时的老百姓生活大不一样了，我们的时代，我们的环境，我们的领导，都在变。我这字写出来人家都不认得，我就新了？那更糟糕，我这话说得有点不像话：写那种字，你们都不认得，就是我认得，那这个人比谁都糟糕！

　　我小时候学写字，老师、同学都说魏碑最好、最高，笔画都是刀斩斧切。有个说法叫作"始艮终乾"，"始艮"，打这儿起，再"终乾"，到那儿止，这笔这么样一来，往上一提，这么一抹，再到这部位，干什么？把笔画写方了，据说古人的字笔画都是方的。我怎么写，人瞧都笑，说你这不是写字，是描字。所以说，这样写出来的字并不好看。后来，才明白这种笔画都是有意做成方的。就拿我们现在的报纸来说，也都是这样，横画末端有一个三角，怎么回事？这笔一顿，它出一个大疙瘩，刻的时候就自然出一个三角了。竖画上头这么一个斜坡，也是这么回事，他那个方也是不得已切出来的。那么，我写不方，老师同学们都说，你这种写法不对，都得方。怎么写才能方？我就使劲揉这个笔，可怎么也写不方，笔是圆的，它怎么能写得方呢？所以我就写过一首诗，开玩笑，我说："救贫力不能，下策始卖字。碑刻临习勤，莫会刀锋意。及见古墨迹，略识书之秘。笔圆结体严，观者嗤以鼻。""救贫力不能"，穷，没钱，得想法子。"下策始卖字"，卖字可以救点穷，画个扇面，写个小条儿，攒到几幅，卖出去，拿着两块钱，就钻到对面书店去买本书回来。"碑刻临习勤,莫会刀锋意",我临那碑都是方笔的,临得越多,就越不知道这方的笔画是怎么写出来的,其实,刀刻和笔写本来就是两回事。"及见古墨迹,略识书之秘",看见古代的那个墨迹这才明白,古人写字并不那么方,于是才知道古人那个笔的意思。"笔圆结体严",毛锥它本来是圆的,我们没用那扁片的笔写字,用扁片的笔写天然就是方的,而这圆锥形的笔它怎么也方不了。至于结体是怎么回事,下面我们再说。"观者嗤以鼻",这叫什么?这笔都是方的,你为什么写成圆的?"哼"的一下子嗤之以鼻。我不跟他抬杠,你就老方着去,我不管。但我这种说法也有人相信,在座的各位也许觉得还有点道理。

关于这个字的结体,它有什么办法呢?我实验过,古人结字是符合黄金分割律的……这儿没黑板,将来我们再说,有本书里有这个。(秦永龙老师:您的"黄金律结字法"我们在课堂上给同学介绍过。)我不是在这儿卖弄我的发明权,我是偶然这么对出来的。有个外国电视片,全是介绍黄金分割律:我这儿插支钢笔,打这儿起是八,打这儿起是五;朝鲜族的妇女,裙子很高,系在这儿,底下是八,上边是五……这样的事多极了。为什么?它好看,所以我就想,有些办法是我们可以慢慢琢磨出来的。这个呢,我碰上了,蒙上了,我今天敢于在这儿再卖弄一次,因为同志们用过,觉得可以推行。

还有一个事,就是这个"文"。我们要写一首古诗、一段文章,总要稍微地了解这个文章的字句到哪儿可以截止。比如说,四句诗,我们要是写三句,念的人就觉得怎么像短了一句。有的碑帖的字是碎的,连不上;那么我们临的时候怎么办呢?就写上"临某碑残字",说明是"残字",读的人也就不要求它连贯了。所以,秦先生说,咱们从师范大学书法艺术班出来,人家一看,这是有中国文学、文化的根基的。

我今天想到什么就说什么,耽误大家很多时间,实在抱歉。以后有机会我要准备一点东西,请大家指正。

对书法专业师生的谈话（二）

今天，我既然到这儿来，就有责任说几句话，所以就说几句，我到这儿来特别兴奋。

我们不管学什么，都得有个过程。不能说小孩刚生下几个月，就瞧飞行员怎么开飞机，他脑子也不会理解那飞机怎么开，他就算有想要飞起来这种想法，我不晓得，几个月的小孩，两三岁、四五岁的小孩他就能够开飞机？我觉得不管是学习什么，它都有一个步骤。我们上楼梯，打第一层一直到多少层，他也得由第一步迈起。我们学写字也是如此，我们不能说一写就超过古代，超过仓颉。那仓颉什么样，谁也没见过，仓颉写的字什么样，也不知道，我就要超过仓颉，那倒很省事，瞎抹一阵子，仓颉也不认得。所以我觉得现在大家踏踏实实、由浅入深，我看着不管是一年级，还是几年级，这些同志写的字实在让我惊讶。

昨天我看赵孟頫写的《三清殿记》，那前边的碑额，这么大一个篆字，我瞧咱们这儿写得都比赵孟頫那《三清殿记》的碑额好。为什么？他写这么大的楷书，就拿那毛笔随便写一个篆书的碑额。所以看见这个碑额我们不能说："你看看，我比赵孟頫写得好。"那也不实际，他没在意，就写得差一点，这种情况也有。这可以鼓励我们，赵孟頫那么高明的书家，也有写得差一点的时候。所以我们自己更增加鼓励，我觉得这一点是我们值得自己安慰、值得自信的。由这个基础再往上多迈一步，那就好得很了。你们秦老师一步一步跟着我看展览，我眼睛有黄斑，看不清。我今天出来一忙，把那个放大镜落在家里了，但是大致还可以看出这个字来。这样子呢，我觉得第一步十分满意，第二步使我很兴奋。那么我们现在就在秦老师指导下继续努力，这不是我有意来这儿发动大家高兴，我不是这意思。

那么自己有这个基础，有这个环境，有这样的老师，有这样的样本、碑帖，大家更应该好好努力。从前一个无锡姓秦的有一本欧阳询的《九成宫碑》，他就找人细致地翻刻了一本，翻刻的《九成宫碑》，明摆着是翻刻的，却叫"秦刻本"，这个碑卖一百两银子。那时，一个教书的人，在地主官僚家里教小孩，一个月二两银子那就很了不起了。再高级，一个月要是四两银子，那就很不错了，是一个很肥的待遇了。那么，那时候一百两银子买一个翻刻本。后来我看见秦家这个底本，也值不了多少钱，当时就了不起了。一百两银子能买一个翻刻本，为什么？他就是想摹拟、临写。所以，我们现在有墨迹、照相，《九成宫碑》比那个"秦刻本"还要好得多得多，所以我们现在学写字，那个工具，笔、墨汁都很好。我眼睛虽不好，写大个的字还摸着写。人家找我写四个字，比如人家找我写"正大光明"四个字，我得写好多张，从中挑一张，因为这眼睛不行了。

今天我心里非常兴奋，我就愿意把我的情感表达出来：

第一，不用着急。现在有些青年——那不是青年了，写得很不错了，他也做到什么博士生导师这样的教授了，他们本来写得很规矩的，但还想再进一步，想创新，写了些自创的"书风"，拿去展览。我并不是贬低别人，这意思就是说，有些位书家有一种心情是好的——我想一步就迈过他——这个志愿是非常好的，但他采取的办法不是说按部就班。人家一天写成的，我三天写成总会比他好。如果不是这样，说我马上想一个怪办法，就超过他，想超过别人、超过前人。社会都是后人超越前人，这是毫无疑问的，问题在于你怎么超，你用什么方法超。你超了之后，今天我所管理的老百姓他们的生活是不是就比上代生活强。可是做父母的，做祖父母的，做师表的，都是想你马上就超过前人。还是那句话，意思、志愿都好，但是他不想北京这儿有句俗话，叫"胖子不是一口吃的"。别人吃四两米饭，我一个人一顿就要吃八两。好，吃！勉强塞下去，胃坏了，这事多极了。从前在辅仁大学，有个小伙子吃刀切馒头，人家吃三个、四个，他跟人家比赛，一顿吃了二十一个。坏了，手术拉开一瞧，胃撑裂了。把那些没消化的馒头掏出来，把胃又缝上，危险极了。要没有这样医学的手术，他非死不可，没有那么样"努力加餐饭"的。"努力加餐饭"是好事，但是没有说努力撑着吃馒头的，吃了二十一个，结果撑裂了胃。现在我不晓得有多少人就想：他吃二十一个，我能吃四十二个。你有那么大的胃吗？所以我觉得，我们志愿高是好事，也是应该有的，青年人没有志愿，没有前景，这不行的，问题是我们应该想想怎么样才能办得到。那飞机也不是一个人站在地上胳膊当膀子就那么飞起来的，它也得有许许多多科学的条件、零件组成。我看见过一个气球拉着一个小船一样的东西在天上飞，我是民国元年生人，我几岁的时候看见天上有这种气球带着一个筐子，一个人飞起来，那也不晓得是试飞呀还是什么，后来就成为飞机。所以，这种情形是逐步的，一步一步飞起来的。我还坐过一回英国飞到法国的那个协和式客机，八小时的路程在空中飞三小时就到了，快得厉害。可见快是有，但它还是有一定的手段、一定的方法、一定的科学的条件。所以现在我就想，我们要想一步迈出去，要先想怎么迈。比如人家长得个儿高、腿长，有九级的楼梯，他三步就上去了。我要一步一步地迈九步，我没有那么高的个儿，也没那么长的腿，那就没法子。所以我现在敬赠诸位同志一句话：欲速则不达。

　　现在同学们写的我很满意，我也写不了了，可是你们自己不要满意。自己今天写的跟昨天写的比有进步，这是值得满意的，但是不要以为我这就完全好了。我也有过这时候，写着写着就不满意了，这是为什么？我昨天写得比这好，我今天写的还不如昨天的呢！有没有这时候？诸位如果有这种时候，不要灰心，这正是自己眼力高于手的力量，这个时候不要灰心，凡是今天写的有不如昨天的地方的人，我向你祝贺，你是要有进步了。你发现毛病可以自己修改，所以自己写着写着进步了，满意，高兴。写着写着退步了，也不要灰心，那个退步正是进步的一个前兆。从前看不出怎么不好，今天眼睛有进步了，才发现昨天写得不好。我有些想法一时也说不尽，以后有机会，诸位愿意，我们再找时间，再找地方，咱们随便再聊一聊。

　　我也碰过钉子，自己觉得笔不好使，纸不好使，帖不好使，瞧瞧我写欧阳询这么不好，换一个，换颜真卿。我写篆书这么不好，再写个隶书……换是可以，但是你不要因为写不好，就怀疑那个帖不好。或者换一个帖，或者换一支笔，换一种纸，这都不是好办法。那么怎么样才能换，自己要有个尺寸。我写这个比如说写了十遍，再换一个写试一试，那行，写第二种不合适，再拿起第一种写，这个情形的变化很多很多。所以自己当时觉得好、觉得不好也不足为凭，那么随时有新的想法、新的看法，这个时候可以换，但是不要灰心，扔掉的那个帖也可以拿过来再写一回，那就有所不同了。这是我自己的一个曾经遇到过的情况，我愿意说一下，不要以为现在我怎么超不过他。

现在有些人写出字来仓颉也不认得。我那儿有一本书，今天没拿过来。一个英国人向我征集几张字借去展览，在大英博物馆里展览，展完了还给我。他还印了别的几篇，里头有个人是画连环画的。这个人画得很有意思，他拿一张纸，拿像扁刷的笔这么一抹，那个字仓颉也不认得，不知是什么，他也不认得。那么这样就是中国字？我觉得就不好。让西洋人觉得，中国人就这样，中国字就这样。这是骗西方人不认得中国字，这个行动，一旦西方人知道中国字怎么写了，是一个什么心情，什么看法？所以说这是骗子，是欺骗我们。人家说这是创新，我们不去管它。不是我保守，连中国人都不认得，那能叫中国字吗？这个本子就放在我家楼下，待会儿拿来让大家看看。拿扁的板刷，这么一笔，那么一笔，不认得，外国人不认识中国字，但也知道哪个是写得好的中国字。现在西方拼命想学中国语言，想认中国字，趁他不认得，我就胡写，这不行的，早晚会被戳穿的。

我觉得今天的路不好走，等过些天，天晴了，我还要继续看同学们的展览。我们现在正在前途无量的一个时间里，一个年龄，一个精神，所以说这个时候不要着急，说我一步就迈过他去。迈过他去是准的，我们的社会比古代的社会不知道迈了多少步了，但却不是一步所能迈到的。

论书绝句一百首[1]（节选）

引 言

此论书绝句一百首，前二十首为二十余岁时作，后八十首为五十岁后陆续所作。初有简注，仅代标题。诗皆信手所拈，几同儿戏。朋友传抄，以为谈助，徒增愧怍耳。

数年前，香港《大公报》《艺林》副刊分期登载，注欲加详，乃为各注数百字。刊载既竣，复蒙商务印书馆香港分馆合印成册，是可感也。

其中所论，有重复，有矛盾，亦有忍俊不禁而杂以嘲嬉者。或以此病相告，乃自解嘲曰：重复者，为表叮咛，所以显其重要性也；矛盾者，以示周全，所以避免片面性也；嘲嬉者，为破岑寂，所以增其趣味性也。强词夺理，其为有痂嗜之读者所见谅乎？

今逢再版，因略加修订，附此小言。平生师友暨敬爱之读者，幸垂明教！

三

大地将沉万国鱼，昭陵玉匣劫灰余。
先茔松柏俱零落，肠断羲之丧乱书。
王羲之《丧乱帖》。
帖首云："丧乱之极，先墓再离荼毒。"此首作时，当抗战之际，

---

[1] 1985年岁暮，启功自识于北京师范大学宿舍之浮光掠影楼，时年周七十有三。

神州沦陷，故有此语。"离"同罹。唐摹王帖，本本源源，有根有据者，首推《万岁通天帖》，其次则日本所传《丧乱帖》及《孔侍中帖》。此时《万岁通天帖》硬黄原卷尚未发现，故只论及此帖。《丧乱帖》传入日本，远在唐代，当是留学僧、遣唐使所携归者。卷中有"延历敕定"印记，可证其摹时必在公元8世纪以前。此帖与《孔侍中帖》在当时或属一卷，后为人所割分，以其摹法相类也。《丧乱帖》笔法跌宕，气势雄奇，出入顿挫，锋棱俱在，可以窥知当时所用笔毫之健。阁帖传摹诸帖中，有与此帖体势相近者，而用笔觚棱转折，则一概泯没。昔人谓，不见唐摹，不足以言知书，信然。

四

　　底从骏骨辨媸妍，定武椎轮且不传。
　　赖有唐摹存血脉，神龙小印白麻笺。
　　王羲之等若干人在会稽山阴兰亭水边修禊赋诗事，早有文献记载，《兰亭序帖》，乃当日诸人赋诗卷前之序。流传至唐太宗时，命拓书人分别钩摹，成为副本。摹手有工有拙，且有直接钩摹或间接钩摹之不同，因而艺术效果往往悬殊。今日故宫博物院所藏有神龙半印之本，清代题为冯承素摹本，笔法转折，最见神采。且于原迹墨色浓淡不同处，亦忠实摹出，在今日所存种种兰亭摹本中，应推最善之本。

　　钩摹向拓，精细费工，在唐代已属难得之珍品，至宋代更不易得。于是有人摹以刻石，其石在定武军州，遂称为定武本，北宋人以其易得，于是求购收藏，遂成名帖。实则只存梗概，无复神采。试与唐摹并观，如棋着之判死活，优劣立见矣。至清代李文田习见碑版字体刻法，而疑禊序，不过见橐驼谓马肿背耳。

八

　　烂漫生疏两未妨，神全原不在矜庄。
　　龙跳虎卧温泉帖，妙有三分不妥当。（当字平读）

唐太宗书碑有二，曾自以二碑拓本赐外国使臣，其得意可知。《温泉铭》早佚，《晋祠铭》尚存，但历代捶拓，已颓唐无复神采。《真绛帖》中摹刻《温泉铭》铭词一段，标题曰《秀岳铭》，盖据首句"岩岩秀岳"为题，并不知其为《温泉铭》。是潘师旦所见，已是残本。此《真绛帖》今存者已稀，清代南海吴荣光旧藏者，现在北京故宫博物院。吴氏曾摹入《筠清馆帖》，距绛帖又隔一尘矣。

敦煌本《温泉铭》最前数行亦残失，幸以下无损。米芾"庄若对越，俊如跳掷"之喻，正可借喻。

书法至唐，可谓瓜熟蒂落，六朝蜕变，至此完成。不但书艺之美，即摹刻之工，亦非六朝所及。此碑中点画，细处入于毫芒，肥处弥见浓郁，展观之际，但觉一方黑漆版上用白粉书写而水迹未干也。

其字结体每有不妥处，譬如文用僻字，诗押险韵，不衫不履，转见风采焉。

十三

臣书刷字墨淋漓，舒卷烟云势最奇。
更有神通知不尽，蜀缣游戏到乌丝。
米芾。

宋徽宗以当时各书人问米芾，芾历加评骘。问以："卿书如何？"对曰："臣书刷字。"观此"刷"之一字，其笔法意趣，不难领略。且不仅可以想象其笔尽其力，而墨在毫中，挤于纸上，浓淡重轻，亦依稀若见。襄阳漫仕不独书艺之精，即此语妙，固不在六朝人下矣。

宝晋斋帖刻米临右军七帖，后有米友仁跋云："此字有云烟卷舒翔动之气，非善双钩者所能得其妙，精刻石者所能形容其一二也。"右军原帖，亦刻于宝晋斋帖中，比而观之，知小米之言不虚也。

昔东坡称米氏"清雄绝俗之文，超妙入神之字"，米起而自辩云，"尚有知不尽处"，遂自夸学道所得。癫语、戏语，自不待深究，其书之妙，则诚有知不能尽而言不能尽者也。

论艺札记

关于法书墨迹和碑帖

一

谈起这方面的事，首先碰到书法问题。

中国的汉字，虽然有表形、表声、表意种种不同的构成部分，但总的是可以姑且叫作"方块字"，辨认起来，仍是以这整块形状为主。因此这种形状的语言符号的书写，便随着中国（包括汉族和用汉字的各族人民）的文化发展而日趋美化。所以凡用这种字体的民族，都在使用过程中把写法美化放在一个重要位置。

这个道理并不奇怪，即使使用拼音符号的字种，也没见有以特别写得不好看为前提的，同时生活习惯不同的民族之间，他们文化传统不同，不能相比，也不必硬比。比方西洋人不用筷子吃饭，而筷子并没失去它在用它的民族中的作用和地位。又如不是手写的字，像木刻板本或铅字印模，尚且有整齐、清晰、美观这些最起码的要求。就像纯粹用声音的口头语言，也还要求字音语调的和谐。我们人类没有一天离得开文字，它是人类文化的标识，是社会生活中一个重要的交际工具，和服装、建筑、器具等一样，有它辉煌的历史，并且人类对它有美化的迫切要求。

当然，只为了追求字体的美观，以致妨碍书写的速度及文字及时表达思想的效用，是"因噎废食"，是应该反对的。同时所谓书法美的标准，虽在我们今天的观点下，也可能有某些好恶的不齐，但是那些不调和的笔画和使人认不清的字形，总归不会受人欢迎。难道专写过分难辨的字，使读稿或排字的人花费过多的猜度时间，可以算得艺术的高手吗？

有人说汉字正在改革简化，逐渐走上拼音化的道路，人们都习用钢笔，还谈什么书法！其实这是不相悖触的。研究成为文化遗产和历史资料的古人书写遗迹，和文字改革固不相妨，而且将来每字即便简化到一点一画，以及只用机器记录，恐怕在点画之间未尝没有美丑的区别，何况简体或拼音符号还不见得都是一个点儿或一个零落的笔道儿呢？

以前确也有些人把书法说得过分神秘：什么晋法、唐法，什么神品、逸品，以及许多奇怪的比喻（当然如果作为一种专门技术的分析或评判的术语，那另是一回事，只是以此要求或教导一切使用汉字的人，是不必要的），在学习方法上提倡机械的临摹或唯心的标准，在搜集范本、辨别时代上的烦琐考证，这种种现象使人迷惑，甚至引人厌恶。从前有人称碑帖拓本为"黑老虎"，这个语词的含义，是不难寻味的。但我们不能因此迁怒而无视法书墨迹和碑帖本身的真正价值。相反的，对于如何批判地接受这宗遗产，在书写上怎样美化我们祖国的汉字，在研究上怎样充分利用这些遗物，并给它们以恰当的评价，则是非常重要的。

二

对于书法这宗遗产的精华，在今天如何汲取的问题，不是简单篇幅所能详论，现在试就墨迹和碑帖谈一下它们的艺术方面、文献方面的价值和功用。

法书墨迹和碑帖的区别何在？法书这个称呼，是前代对于有名的好字迹而言。墨迹是统指直接书写（包括双钩、临、摹等）的笔迹，有些写得并不完全好而由于其他条件被保存的。以上算一类。碑帖是指石刻和它们的拓本。这两种，在我们的文化史上都具有悠久传统和丰富的数量。

先从墨迹方面来看：

殷墟出土的甲骨和玉器上就已有朱、墨写的字，殷代既已有文字，保存下来，并不奇怪，可惊的是那些字的笔画圆润而有弹性，墨痕因之也有轻重，分明必须是一种精制的毛笔才能写出的。笔画力量的控制、结构疏密的安排，都显示出写者具有深湛的锻炼和丰富的经验。可见当时书法已经绝不仅仅是记事的简单号码，而是有美化要求的。战国帛书、竹简的字迹,更见到书写技术的发展。至于汉代墨迹,近年出土更多,我们从竹简、陶器以及纸张上看到各种不同用途、不同风格的字迹:精美工整的"名片"("春君"等简)、仓皇中的草写军书、陶制明器上公文律令式的题字、简册上抄写的古书籍(《论语》《急就章》等)等。笔势和字体都表现不同的精神,使我们很亲切地看到汉代人一部分生活风貌。

　　汉以后的墨迹,从埋藏中发现得更多。先就地上留传的法书真迹来看:从晋、唐到明、清,各代各家的作品,真是五光十色。书法的美妙,自然是它们的共同条件之一,而通过各件作品,不但可以看到写者以及他所写给的对方的形象,还可以提供我们了解古代社会生活多方面的资料。至于因不同的用途而书写成不同的字体,不同的时代有不同的书风,更可以作考古和文物鉴别上许多有力的证据。

　　举故宫博物院现存的藏品为例:像张伯驹先生捐献的一批古法书里的陆机《平复帖》,以前人不太细认那些字,几乎视同一件半磨灭的古董,现在看来,他开篇就说:"彦先羸瘵,恐难平复。"陆机的那位好友贺循的病况消息,仿佛今天刚刚报到我们耳边,而在读过《文赋》的人,更不难联想到这位大文豪兼理论家在当时是怎样起草他那些不朽作品的。王珣的《伯远帖》、王献之的《中秋帖》,在当时不过是一封普通的信札,简单的程度,仿佛现在所写的一般"便条",但是写得那样讲究,一个个的字都像是有血有肉有个性的人物。这种书札写法的传统,直到近代还没有完全失掉。较后的像五代杨凝式的《夏热帖》和宋代苏轼、米芾,元代赵孟頫等名家所写的手札,不但件件精美,即在留传的他们的作品中,都占绝大数量。这种手札历代所以多被人保存,原因当然很多,其一便是书法的赏玩。

　　文学作家亲笔写的作品,我们读着分外能多体会到他们的思想感情。从唐杜牧的《张好好诗》,宋范仲淹的《道服赞》,林逋、苏轼、王诜等的自书诗词里看到他们是如何严肃而愉快地书写自己的作品。黄庭坚的《诸上座帖》,是一卷禅宗的语录,虽然是狂草所书,但那不同于潦草乱涂,而是纸作氍毹,笔为舞女,在那里跳着富有旋律的舞蹈。南宋陆游自书诗,从自跋里看到他谦辞中隐约的得意心情,字迹的情调也是那么轻松流利,诵读这卷真迹时,便觉得像是作者亲手从旁指点一样。这又不仅止书法精美一端了。再像张即之寸大楷字的写经，赵孟頫写的大字碑文或长篇小楷，动辄成千累万的字，则首尾一致，精神贯注，也看见他们的写字功夫，甚至可以恭维一下他们的劳动态度。

　　至于双钩临摹，虽不是原来的真迹，但钩摹忠实的仍有很高的价值。像王羲之的《兰亭序》，原本早已不存，而故宫博物院所藏有"神龙"半印的那卷，便是唐人摹本中最好的一个。无论"行气""笔势"的自然生动，就连墨色都填出浓淡的分别。大家都知道王羲之原稿添了"崇山"二字，涂了"良可"二字，还改了"外、于今、哀、也、作"六字为"因、向之、痛、夫、文"，现在从这个摹本上又见到"每览昔人兴感之由"的"每"字原来是个"一"字，就是"每"字中间的一大横画，这笔用的重墨，而用淡墨加上其他各笔。在文章的语言上，"一览"确是不如"每览"所包括的时间广阔、口气灵活而感情深厚。所以说，明明是复制品，也有它们的价值。同时著名作家的手稿，虽然涂改得狼藉满纸，却能透露他们构思的过程。甚至有人说，越是草稿，书写越不矜持，字迹越富有自然的美。所以纵然涂抹纵横的字纸，也不宜随便轻视，而要有所区别。

　　怎么说书法上能看出书者的个性呢？即如"十年一觉扬州梦，赢得青楼薄幸名"的杜牧，笔迹也是那么流动；而能使"西贼闻之惊破胆"的范仲淹，笔迹便是那么端重；佯狂自晦的杨疯子（凝式），从笔迹上也看到他"抑塞磊落"的心情；玩世不恭的米颠（芾），最擅长运用毛笔的机能，自称为"刷字"，笔法变化多端，而且写着写着，高兴起来便画个插图，如《珊瑚帖》的笔架。这把戏他还不止搞过一次，相传他给蔡京写信告帮求助，说自己一家行旅艰难，只有一只小船，随着便画一只小船，还加说明是"如许大"，使得蔡京啼笑皆非。至于林逋字清疏瘦劲，苏轼字丰腴开朗，而结构上又深深表现出巧妙的机智，这等等例子，真是数不完的。尤其是人民所景仰的伟大人物，他们的片纸只字，即使写得并不精工，也都成了巍峨的纪念塔。像元代农民保存文天祥字的故事，便是一个例证。

三

谈到碑帖，碑、帖同是石刻，而有区别。分别并不在石头的横竖形式，而在它们的性质和用途。刻碑（包括墓志等）的目的主要是把文辞内容告诉观者，比如名人的事迹、名胜的沿革，以及政令、禁约等。这上边书法的讲求，是为起美化、装饰甚至引人阅读、保存作用的。帖则是把著名的书迹摹刻留传的一种复制品。凡碑帖石刻里当然并不完全是够好的字，从前"金石家"收藏多是讲求资料，"鉴赏家"收藏多是讲求字迹、拓工。我们现在则应该兼容并包，一齐重视。

首先从书法看，古碑中像唐宋以来著名的刻本，多半是名手所写，而唐以前的则署名的较少，但字法的精美多彩，却是"各有千秋"。帖更是为书法而刻的，所以碑帖的价值，字迹的美好先占一个重要地位。

其次刻法、拓法的精工，也值得注意，看从汉碑到唐碑原石的刀口，是那么精确，看唐拓《温泉铭》几乎可以使人错认为白粉所写的真迹。古代一般的碑志还是直接写在石上，至于把纸上的字移刻到石上去就更难了，从油纸双钩起，到拓出、装裱止，要经过至少七道手续，但我们拿唐代僧怀仁集王羲之字的《圣教序》、宋代的《大观帖》、明代的《真赏斋帖》《快雪堂帖》等来和某些见到墨迹的字比较，都是非常忠实，有的甚至除了墨色浓淡无法传出外，其余几乎没有两样。这是我们文化史、雕刻史、工艺史上成就的一个组成部分，是不应该忽视的。

碑帖的文献性（或说资料性）是更大的。用"石经"校经，用碑志证史、补史，以及校文、补文的，前代早已有人注意做过，但所做的还远远不够。何况后来继续发现得愈来愈多！例如：唐欧阳询写的《九成宫醴泉铭》的"高阁周建，长廊四起"的"四"字，所传的古拓本都残损了下半，上边还有一个泐痕，很像"穴字头"。（翻造伪本，虽有全字，而不被人相信。）于是有人怀疑也许是"突起"吧？我也觉得有些道理。最近张明善先生捐献给国家一册最早拓本，那"四"字完整无缺，回想起来，所猜十分可笑，"长廊"焉能"突起"呢？这和唐摹兰亭的"每"字正有同类的价值（而这本笔画精神的丰满更是说不尽的），古拓本是如何的可贵！

再次像唐李邕写的《岳麓山寺碑》，到了清代，虽然有剥落，而存字并不太少。清修《全唐文》把它收入，但字数竟自漏了若干。所以一本普通常见的碑，也有校订的用处。又如其他许多文学家，像庾信、贺知章、樊宗师等所撰的墓志铭，也都有发现，有的和集本有异文，有的便是集外文，如果把无论名家或非名家的文章一同抄录起来，那么"全各代文"不知要多出多少！还有名家所写的，也有新发现，在书法方面，即非名家所写，也常多有可观的。即便是不好的，又何尝不可作研究书法字体沿革的资料呢！

至于从碑志中参究史事的记录，更是非常重要，也多到不胜枚举，姑且提一两个：欧阳修作《五代史》不敢为其立传的"韩瞪眼"（通），到了元代修《宋史》才被表彰，列入"周三臣传"，而他们夫妇的墓志近年出土，还完好无缺。这位并不知名的撰文人，真使欧阳公向他负愧。又如"旗亭画壁"的诗人王之涣，到今天诗只剩了六首，事迹也茫无可考，已经不幸了。而旗亭这一次吐气的事，又还被明胡应麟加以否定，现在从他的墓志里得到有关诗人当日诗名和遭遇的丰富材料。

至于帖类里，更是收罗了无数名家、多种风格的字迹。从书法方面看，自是丰富多彩。尤其许多书迹的原本已经不存，只靠帖来留下个影子。再从它的文献性（或说资料性）方面，也是足以惊人的。宋代的《钟鼎款识》帖，刻了许多古金文，《甲秀堂帖》缩摹了《石鼓文》，保存了古代的金石文字资料。又如宋《淳熙秘阁续帖》所刻的李白自写的诗，龙蛇飞舞，使我们更得印证了诗人的性格。白居易给刘禹锡的长信，也是集外的重要文章。《凤墅帖》里刻有岳飞的信札，是可信的真笔。其他名人的集外诗文，或不同性质的社会史、艺术史的资料更是丰富，只看我们从什么角度去利用罢了。我常想：假如把历代的墨迹和石刻的书札合拢起来，还不用看书法，即仅仅抄文，加以研究，已经不知有多少珍奇宝贵的矿藏了。

从墨迹上可以看到书写的时代特征，碑帖上的字迹自然也不例外，同时刻法上也有各时代的风气。两方面结合起来看，条件更加充足，这在对文物的时代鉴定上是极为重要的一个环节。比如试拿敦煌写本看，各朝代都有其特点，即仅以唐代一朝，初、盛、中、晚也不难分别。现在常听到从画风上研究敦煌画的各个时代，这自然重要，其实如果把画上题字的书法特点来结合印证，结论的精确性自必更会增强的。再缩小到每个人的笔迹，如果认清他的个性，不管什么字、什么体，也能辨别。要不，为什么签字在法律上会生效呢？

四

  总起来说，书法的技艺、法书墨迹、碑帖的原石和拓本这一大宗遗产，是非常丰富而重要的，研究整理的工作在我们的文化事业中关系也是很大。我个人不成熟的看法，以为这方面大家应做、可做而且待做的，至少有三点：

  （一）书法的考查，分析它的发展源流，影印重要墨迹、碑帖，以供参考。

  （二）文字变迁的研究。整理记录各代、各体以至各个字的发展变迁，编成专书。

  （三）文献资料的整理。将所有的法书墨迹（包括出土的古文件）、碑帖（包括甲骨、金文）逐步地从编目、录文，达到摄影、出版。

  当然这绝非一朝一夕和一人所能做到的事，但是问题不在能不能，而在做不做。现在对于书法有研究的人，是减多增少，而碑帖拓本逃出"花炮作坊"渐向不同的各地图书文物的库房集中，这是非常可喜的。但跟着发生的便是利用上如何方便的问题，当然今天在人民的库房中根本上绝不会"岁久化为尘"，只是能使得向科学进军的小卒们不致于望着有用的资料发生"盈盈一水间，脉脉不得语"的感觉，那就更好了！

《平复帖》说并释文

西晋陆机《平复帖》，纸本，草书九行，前有白绢签，墨笔书"□□（晋平）原内史吴郡陆机士衡书"，笔法风格与《万岁通天帖》中每家帖前小字标题相似，知此签是唐人所题。又有月白色绢签，泥金笔书"□（晋）陆机《平复帖》"，是宋徽宗所题，下押双龙小玺，其他三个角上，各有"政和""宣和"小玺。拖尾骑缝处还有"政和"连珠玺，知此即宣和内府所藏，《宣和书谱》卷十四著录的陆机真迹（明代人有以为写者是陆云，甚至推为张芝的，俱无确据，不复论）。

陆机（261—303），字士衡，三国时东吴吴郡人，吴丞相陆逊之孙，大司马陆抗之子。史称他："少有异才，文章冠世。"（《晋书》卷五十四本传）年二十，吴被晋灭，家居勤学十年，与其弟陆云被称为"二俊"。后入洛阳（西晋的首都），参加司马氏的政权，又受成都王司马颖的重用，为平原内史，又加后将军、河北大都督。为司马颖讨司马乂，兵败，受谗，与弟陆云同被司马颖所杀。著述甚多，今传有《陆士衡文集》。善书，为文名所掩。

唐宋以来，讲草、真、行书书法的，都上溯到晋人，而晋代名家的真迹，至唐代所存已逐渐稀少，流传的已杂有摹本。宋代书画鉴赏大家米芾曾说："阅书白首，无魏遗墨，故断自西晋。"而他所见的真迹，只是李玮家所收十四帖中的张华、王濬、王戎、陆机和臣詹奏章晋武帝批答等几帖（见《书史》卷上，《宝章待访录》所记较略，此从《书史》）。其中陆机一帖，即这件《平复帖》。宣和时，十四帖已经拆散不全。明张丑《清河书画舫》子集引《宣和书谱》说："陆机《平复帖》，作于晋武帝初年，前王右军《兰亭宴集叙》大约百有余岁。今世张、钟书法，都非两贤真迹，则此帖当属最古也。"（今本《宣和书谱》无此条，如非版本不同，便是张丑误记。）宋岳珂《宝真斋法书赞》卷二十跋《米元章临晋武帝大水帖》说："西晋字，在今岂可复得！"明董其昌跋说："右军以前，元常以后，唯存此数行，为希代宝。"其实明代所存，不但钟帖已无真迹，即二王帖，亦全剩下唐摹本了。按先秦和汉代的简牍墨迹，宋以前虽也偶有出土的，但数量不多，不久又全毁坏。可以说，在近代汉、晋和战国的简牍大量出土以前，数百年的时间，人们所能见到最古的、并非摹本的墨迹，只有这九行字。而在今日统观所有西晋以上的墨迹，其中确知出于名家之手的，也只有这九行。若以今存古代名家法书论，这帖还是年代最早的一件，以今存西晋名家法书论，这帖又是最真实可靠的一件。

　　这一帖称得起是流传有绪的。米芾《书史》记载检校太师李玮收得晋贤十四帖，原装一大卷，卷中有"开元"印和王涯、太平公主等人的藏印，卷前有"梁秀收阅古书"印，后有"殷浩"印。米芾说梁、殷都是"唐末鉴赏之家"，可知这一大卷的收集合装是在唐末。今《平复帖》第九行下半空处（八行"寇乱"二字之左）有"殷浩"朱文印，因而可知就是李玮所收的那一大卷中的陆机一帖。论起这《平复帖》的收藏者，就现在所知，最先的应推殷浩和梁秀。再据《书史》所记，那一大卷宋初在王溥家，传至其孙王贻永，转归李玮。后入宣和内府。但《宣和书谱》所载，并未完全包括那一大卷中的帖，可知大卷的拆散，是在李玮收藏的时候。此后靖康之难，宣和所藏尽失，《平复帖》踪迹不明。到元代曾经张斯立、杨肯堂、郭天锡、马昫等鉴赏，题有观款（见吴其贞《书画记》卷四）。还经陈绎曾鉴赏（见《清河书画舫》子集）。明代万历年间归韩世能，经董其昌题跋，传至其子韩逢禧。转归张丑，著录于《清河书画舫》《真迹日录》二集、《南阳法书表》各书。清初归葛君常，这时元人观款被割去。又归王际之。又归冯铨（见吴其贞《书画记》卷四）。转归梁清标，刻入《秋碧堂帖》。又归安岐。后入乾隆内府，进给太后，陈设在慈宁宫宝座旁（见《盼云轩帖》刻成亲王题秋碧堂本《平复帖》）。太后逝世后，颁赐遗念，这帖归了成亲王永瑆，刻入《诒晋斋摹古帖》，并有记载的诗文（见《诒晋斋集》卷一、卷五、卷八），但未写入卷中。后辗转流传于诸王府，三十年前由溥儒先生手转归张伯驹先生。1956 年归故宫博物院。卷中各家藏印俱在，流传经过，历历可考。详见《文物参考资料》1957 年第一期王世襄先生《西晋陆机〈平复帖〉流传考略》。

这一帖是用秃笔写的草字。《宣和书谱》标为章草，它与二王以来一般所谓的今草固然不同，但与旧题皇象写的《急就篇》和旧题索靖写的《月仪帖》一类的所谓章草也不同，而与出土的一部分汉晋简牍非常相近。张丑《真晋斋记》（载在《真迹日录》二集）中只释了"羸难平复病虑观自躯体闵荣寇乱"十四字。安岐也说："其文苦不尽识。"（《墨缘汇观》"法书"卷上）我在前二十年也曾释过十四字以外的一些字，但仍不尽准确（近年有的国外出版物也用了那旧释文，随之沿误了一些字）。后得见真迹，细看剥落所剩的处处残笔，大致可以读懂全文。其中有些字必须加以说明，如：

第三行首二字略残，第二字存右半"隹"，当是"唯"字。第五字"为"起笔转处残损。末一"耳"字收笔甚长，摇曳而下。

第四行首字失上半，或是"吴"，或是"左"。

第五行"详"下一字从"足"从"寺"，是"跱"字，"详"是安详，"跱"是竦"跱"。

第六行首"成"字，中直剥断。"美"字或释"异"。

第七行首字是"爱"，按《淳化阁帖》卷三庾翼帖"爱"字下半转折同此。又《急就篇》中"争"字之首，笔作圆势，可证爱字的"爪"头。"执"即"势"字。"恒"字"忄"旁残损，尚存竖笔上端。

第八行首字右上残留横笔的左端。右下"刀"中二横亦长出，知是"稱"（称）字。第三字张丑释"闵"，但"门"头过小，"文"字过大，且首笔回转至中心顿结，实非"闵"字。按《急就篇》"夏"字及出土楼兰简牍之"五月二日济白"残纸一帖中"夏暮"的"夏"字，俱同此。第四字右半残损，存一小竖的上端，当是"伯"字。

第九行首字残存右半，半圆形内尚存一点，知是"问"字。

详观帖文，乃是谈论三个人，首先谈到多病的彦先。按陆机兄弟二人的朋友有三个人同字彦先（陆云与平原、与杨彦明书中也屡次谈到彦先，而且是多病的。见《陆士龙文集》卷八、卷十）：一是顾荣，一是贺循，一是全彦先（见《文选》卷廿四，陆机诗李善注）。其中只有贺循多病，《晋书》卷六十八《贺循传》记述他羸病情况极详，可知这里指的是贺循。说他能够活到这时，已经可庆；又有儿子侍奉，可以无忧了。其次谈到吴子杨，他前曾到陆家做客，但没受到重视，这时临将西行，又来相见，威仪举动，较前大有不同了，陆机也觉得应该对他有所称誉。但所给的评论，仍仅只是"躯体之美"，可见当时讲究"容止"的风气和作用，也可见所谓"藻鉴"的分寸。最后谈到夏伯荣，则因寇乱阻隔，没有消息。如果这帖确是写于晋武帝初年，那时陆机尚未入洛，在南方作书，则子杨的西行当是往荆襄一带去了。

这一帖是晋代大文学家陆机的集外文，是研究文字变迁和书法沿革的重要参考品，更是晋代人品评人物的生动史料。

1961年9月，1964年修改

附录：《平复帖》释文彦先羸瘵，恐难平复。往属初病，虑不止此，此已为庆。承使囗（唯）男，幸为复失前忧耳。囗（吴）子杨往初来主，吾不能尽。临西复来，威仪详跱，举动成观，自躯体之美也。思识囗量之迈前，执（势）所恒有，宜囗称之。夏囗（伯）荣寇乱之际，闻问不悉。

《兰亭帖》考

东晋永和九年（353）三月三日，大文学家、大书家王羲之和他的朋友、子弟们在山阴（今绍兴县）的兰亭举行了一次"修禊"盛会，大家当场赋诗，王羲之作了一篇序，即著名的《兰亭序》。这篇文章，历代传诵，成为名篇。王羲之当日所写的底稿，书法精美，即著名的《兰亭帖》，又是书法史上的一件名作。原迹已给唐太宗殉了葬，现存的重要复制品有两类：一是宋代定武地方出现的石刻本，一是唐代摹写本。

宋代有许多人对于《兰亭帖》的复制作者提出种种揣测，对于定武石刻本的真伪也纷纷辩论。到了清末，有人索性认为文和字都不是王羲之的作品。

这篇《〈兰亭帖〉考》是试图把一些旧说加以整理归纳，并对存在的问题进行一些分析，然后从现存的唐代摹本上考察原迹的真面目，以备读文章和学书法者作研究参考的资料。不够成熟，希望获得指正。

一

论真行书法，以王羲之为祖师，《兰亭序》又是王羲之生平的杰作，自南朝以来，久已成为法书的冠冕。这个帖的流传过程中，曾伴有种种传说，而今世最流行的概念，大略如下：唐太宗遣萧翼从僧辩才赚得真迹，当时摹拓临写的人，有欧阳询和褚遂良。欧临得真，遂以上石，世称定武本，算作正宗；褚临多参己意，算作别派。这种观念，流行数百年，几成固定的历史常识。但一经钩核诸说，比观众本，则千头万绪，不可究诘，而上述的观点，殊属无稽。如细节详校来谈，非数十万字不能尽，兹姑举要点来论，论点相同的材料，仅举其一例。

甲、唐太宗获得前的流传经过：一、原在梁御府，经乱流出，为僧智永所得，又入陈御府。隋平陈，归晋王（炀帝），僧智果从王借拓不还，传给他的弟子辩才（见唐刘𫗧《隋唐嘉话》卷下）。二、真迹在王氏家，传王羲之七代孙僧智永，智永传他的弟子僧辩才（见唐张彦远《法书要录》卷三载唐何延之《兰亭记》）。三、"元草为隋末时五羊一僧所藏"（宋俞松《兰亭续考》卷一引宋郑价跋。《兰亭续考》以下简称《俞续考》）。

乙、唐太宗赚取的经过：一、"太宗为秦王日……使萧翼就越州求得。"（《隋唐嘉话》卷下）二、唐太宗遣御史萧翼伪装商客，与辩才往还，乘隙窃去（见《兰亭记》，赵彦卫《云麓漫钞》卷六引《唐野史》事略同）。三、"武德四年欧阳询就越州访求得之，始入秦王府"（宋钱易《南部新书》卷四）。

丙、隋唐时的摹拓临写：按双钩廓填叫作响拓，罩纸影写叫作摹，面对真迹仿写叫作临，其义原不相同。而古代文献，对于《兰亭帖》的摹本，三样常自混淆，现在也各从原文，合并举之。一、智果有拓本（见《隋唐嘉话》卷下）。二、赵模等四人有拓本。何延之云："太宗命供奉拓书人赵模、韩道政、冯承素、诸葛贞等四人各拓数本。"（《兰亭记》）三、褚遂良有临写本。张彦远云："贞观年，河南公褚遂良中禁西堂临写之际便录出。"（《法书要录》卷三载褚遂良《王羲之书目》后跋，"录出"者，指羲之各帖之文，其中有《兰亭序》）四、唐翰林书人刘秦妹临本。窦泉云："兰亭貌夺真迹。"（《法书要录》卷六载《述书赋》卷下）五、麻道嵩有拓本。钱易云："麻道嵩奉教拓二本……嵩私拓一本。"（《南部新书》卷四）六、汤普彻等有拓本。武平一云："（太宗）尝令汤普彻等拓《兰亭》赐梁公房玄龄已下八人。"（《法书要录》卷三载唐武平一《徐氏法书记》）七、欧、虞、褚有临拓本。何延之云："欧、虞、褚诸公皆临拓相尚。"（《兰亭记》）八、陆柬之有临拓本。李之仪云："一时书如欧、虞、褚、陆辈，人皆临拓相尚。"（宋桑世昌《兰亭考》卷五引宋李之仪跋，按"陆"指陆柬之。桑世昌《兰亭考》以下简称《桑考》）九、智永有临本。吴说云："《兰亭修禊前叙》，世传隋僧智永临写，后叙唐僧怀仁素麻笺所书，凡成一轴。"（《桑考》卷五引宋吴说跋）十、王承规有模本。米友仁云："汪氏所藏《三米兰亭》……殆王承规模也。"（《桑考》卷五引宋米友仁跋）另有太平公主借拓之说，乃是误传，不具列[1]。后世仿习临摹和辗转传拓的，也不详举。

　　以上甲、乙、丙三项中多属得自传说和揣度意必之论，并列出来，以见他们的矛盾分歧。宋以后人的话，更无足举了。

　　丁、隋唐刻本：一、智永临写刻石本。《桑考》云："隋僧智永亦临写刻石，间以章草，虽功用不伦，粗仿佛其势，本亦稀绝。"（《桑考》卷五，未注出处。又卷七引宋蔡安强跋谓智永本为正观中摹刻）二、唐勒石本。《桑考》云："天禧中，相国僧元霭曾进唐勒石本一卷，卷尾文皇署'勅'字，傍勒'僧权'二字，体法既臻，镌刻尤工。"（《桑考》卷五，未注出处）三、唐刻版本。米芾云："泗州山南杜氏……收唐刻版本《兰亭》。"（《桑考》卷五引宋米芾跋）四、褚庭诲临本。黄庭坚云："褚庭诲所临极肥，而洛阳张景元剧地得阙石极瘦，定武本则肥不剩肉，瘦不露骨，犹可想见其风。三石刻皆有佳处。"（《桑考》卷六引宋黄庭坚跋）这都是宋人所指为隋唐刻本的，并未注明根据，大概也多意必之见。至于后世辗转摹刻，或追加古人题署，或全出伪造的，更无足述。而所谓开皇本的，实在也属这类东西，所以不举。

　　戊、定武本问题：定武石刻，宋人说得极多，细节互有出入，其大略如下。石晋末，契丹自中原辇石北去，流落于定州，宋庆历中被李学究得到。李死后，被州帅得着，留在官库里。熙宁中薛向帅定州，他的

---

[1] 关于借拓之说，《唐会要》卷三十五："《兰亭》一本，相传云将入昭陵。又一本长安神龙之际，太平安乐公主奏借出入（外）拓写，因此遂失所在。"宋董逌《广川书跋》卷六云："《兰亭序》在唐贞观中旧有二本，其一入昭陵，其一当神龙中，太平公主借出拓摹，遂亡。"按太平公主借拓的事，见韦述所记，《会要》及董逌所谓又一本的，大概是另一个摹本，或是由于误读韦述的话。《法书要录》卷四载唐韦述《叙书录》云："自太宗贞观中，搜访王右军等真迹……凡得真行二百九十纸，装为七十卷，草书二千纸，装为八十卷……其后《兰亭》一时相传云将入昭陵玄宫。长安神龙之际，太平安乐公主奏借出外拓写《乐毅论》，因此遂失所在。"盖其行七十卷，草书八十卷，是总述全数。其后拈出二种：一时相传将入昭陵的，是《兰亭》帖；奏借出外拓写而失的，是《乐毅论》。俱因其亡失而特加记述的。

儿子薛绍彭翻刻一本，换去原石。大观中，原石自薛家进入御府。(《桑考》卷三引宋赵桎、荣芑、何蘧等跋，卷六引宋沈揆、洪迈等跋。)

这块石刻，宋人认为是唐代所刻，赵桎云："此文自唐明皇(《桑考》云："是'文皇'之误。")得真迹，刻之学士院。"(《桑考》卷三引赵桎定武本)周勋引《墨薮》云："唐太宗得右军《兰亭叙》真迹，使赵模拓，以十本赐方镇，惟定武用玉石刻之。文宗朝舒元舆作《牡丹赋》刻之碑阴。事见《墨薮》，世号定武本。"(《桑考》卷六引宋周勋跋。功按"明皇"为"文皇"之误，已见赵桎跋，显宗当即玄宗，宋人讳玄所改者。)

定武石刻出自何人模勒，约有以下种种说法：一、出于赵模(见周勋跋)。二、出于王承规(见郑价跋)。三、出于欧阳询。李之仪云："兰亭石刻，流传最多，尝有类今所传者，参订独定州本为佳，似是以当时所临本模勒，其位置近类欧阳询，疑是询笔。"(《桑考》卷五引李之仪跋) 又楼钥云："今世以定武本为第一，又出欧阳率更所临。"(《桑考》卷五引宋楼钥跋) 又何蘧云："唐太宗诏供奉临《兰亭序》，惟率更令欧阳询所拓本夺真，勒石留之禁中，他本付之于外，一时贵尚，争相打拓，禁中石本，人不可得，石独完善。"(宋曾宏父《石刻铺叙》卷下引何子楚跋，子楚，蘧之字。) 四、出于褚遂良。米友仁云："昨见一本于苏国老家，后有褚遂良检校字，世传石刻，诸好事家极多，悉以定本为冠，此盖是也。"(《桑考》卷五引宋米友仁跋) 又宋唐卿云："唐贞观中……诏内供奉摹写赐功臣，时褚遂良在定武，再模于石。"(《俞续考》卷一引宋宋唐卿跋) 五、出于智永。荣芑云："定武《兰亭叙》，凡三本，其一李学究本，传为陈僧法极字智永所模。"(《桑考》卷七引荣芑跋) 六、出于怀仁。米友仁云："定本，怀仁模思差拙。"(《桑考》卷五引米友仁跋)

从以上诸说看来，定武本是何人所模，也矛盾纷歧，莫衷一是，所谓某人临摹，某人勒石，同是臆测罢了。

定武石本，宋人已有翻刻伪造的，它的真伪的区别，自宋人到清翁方纲的《苏米斋兰亭考》，辨析已详，现在不加重述。而历代翻刻定武本，复杂支离，不可究诘，现也不论。

已、褚临本问题：《兰亭》隋唐摹拓临写的各种传说，已如上述，综而观之，不下十人。北宋时，指唐摹本为褚笔之说，流行渐多。米芾对于刻本，很少提到定武本，对于摹本，常题为褚笔。例如他对于王文惠本，非常郑重地题称："有唐中书令河南公褚遂良，字登善，临晋右将军王羲之《兰亭宴集序》。"好似有十足的根据似的。但那帖上原无褚款，所据只是笔有褚法就完了。他说："浪字无异于书名。"（见《宝晋英光集》卷七）浪字书名，是指"良"字。当时好事者也多喜好寻求褚摹，米芾又有诗句云："彦远记模不记褚，《要录》班班记名氏。后生有得苦求奇，寻购褚模惊一世。寄言好事但赏佳，俗说纷纷哪有是。"（见《宝晋英光集》卷三）则又否定了褚摹之说，米氏多故弄狡狯，不足深辨。但从这里可见当时以无名摹本为褚笔，已成为一种风气了。

自此以后，凡定武本之外唐摹各本，逐渐地聚集而归列褚遂良一人名下。至翁方纲《苏米斋兰亭考》（以下简称《翁考》）卷二《神龙兰亭考》说："乃若就今所行褚临本言之，则此所号称神龙本者，尚是褚临之可信者矣。何以言之？计今日所称褚临本，曰神龙本，曰苏太简本，曰张金界奴本，曰颖上本，曰郁冈斋、知止阁、快雪堂、海宁陈氏家所刻领字从山本，皆云褚临之支系也。"又说："要以定武为欧临本，神龙为褚临本，自是确不可易之说。"功按化零为整，这时总算到了极端。欧褚这两个偶像，虽然早已塑成，但是"同龛香火"，至此才算是"功德圆满"！

综观以上资料，我们得知，围绕《兰亭》一帖，流行若干故事传说，而定武一石，至宋又成为《兰亭帖》的定型，自宋人至翁方纲，辨析点画，细到毫芒，而搜集拓本的，动辄至百数十种。但是一经勾稽，便看到矛盾百出。到了清末李文田氏，便连这篇序文和这帖上的字，都提出了怀疑，原因与这有一定的关系。现在剥去种种可疑的说法和明显附会无关重要的事，概括地说来，大略如下：

王羲之书《兰亭宴集诗序》草稿，唐初进入御府，有许多书手进行拓摹临写。后来真迹殉葬昭陵，世间只流传摹临之本。北宋时发现一个石刻本在定武，摹刻较当时所见的其他刻本为精，就被当时的文人所宝惜，而唐代摹临之本，也和定武石刻本并行于世。定武本由于屡经捶拓的缘故，笔锋渐秃，字形也近于板重；而摹临的墨迹本，笔锋转折，表现较易,字形较定武石刻近于流动;后人揣度,便以定武石刻为欧临,其他为褚临。《兰亭》的情况,如此而已。

我又曾疑宋代所传唐人钩摹墨迹本,自然比今天所存的要多得多,以传真而言,摹本也容易胜过石刻,何以诸家聚讼,单独在定武一石呢?岂是这一石刻果然超过一切摹本吗?后来考察,唐人摹本中的上品,宋人本来也都宝重,但唐摹各本中,亦有精粗之别。即看《桑考》所记,知道粗摹墨迹本有时还不如精刻石本,并且摹本数量又少,而定武摹刻精工,又胜过当时流传的其他的刻本,再说拓本等于印刷品,流传也容易广泛,能够满足学者的需求,这大概也是定武本所以声誉独高的缘故吧!

现在唐摹墨迹本和定武原石本还有保存下来的,而影印既精,毫芒可鉴,比较观察,又见宋人论述所未及的几项问题,以材料论,古代所存固然比今天的多,但以校核考订的条件论,则今天的方便,实远胜于古代,《兰亭》的聚讼,结案或将不远了。

二

清末顺德李文田氏对于《兰亭》的文章和字迹,都提出怀疑的意见,见于所跋汪中旧藏定武本[1]之后,跋云:

唐人称《兰亭》,自刘悚《隋唐嘉话》始矣。嗣此何延之撰《兰亭记》,述萧翼赚《兰亭》事如目睹,今此记在《太平广记》中。第鄙意以为定武石刻未必晋人书,以今见晋碑,皆未能有此一种笔意,此南朝梁、陈以后之迹也。按《世说新语·企羡篇》刘孝标注引王右军此文,称曰《临河序》,今无其题目,则唐以后所见之《兰亭》,非梁以前《兰亭》也。可疑一也。

《世说》云:人以右军《兰亭》拟石季伦《金谷》,右军甚有欣色,是序文本拟《金谷序》也。今考《金谷序》文甚短,与《世说》注所引《临河序》篇幅相应,而定武本自"夫人之相与"以下多无数字,此必

---

[1] 汪中藏的定武本实是宋人翻刻的。有文明书局影印本。

隋唐间人知晋人喜述老庄而妄增之，不知其与《金谷序》不相合，可疑二也。

即谓《世说》注所引或经删节，原不能比照右军文集之详，然"录其所述"之下。《世说》注多四十二字，注家有删节右军文集之理，无增添右军文集之理，此又其与右军本集不相应之一确证也。可疑三也。

有此三疑，则梁以前之《兰亭》与唐以后之《兰亭》，文尚难信，何有于字。且古称右军善书，曰"龙跳天门，虎卧凤阙"，曰"银钩铁画"。故世无右军之书则已，苟或有之，必其与《爨宝子》《爨龙颜》相近而后可，以东晋前书与汉魏隶书相似，时代为之，不得作梁、陈以后体也。

功按这派怀疑之论，在清末影响很广，因为当时汉、晋和北朝碑版的发现，一天天地多起来，而古代简牍墨迹的发现还少，谈金石的，常据碑版的字怀疑行草各帖的字。各帖里固然并非绝无伪托的，况且翻刻失真的也很多，但不能执其一端，便一概怀疑所有各帖。现在先从《世说》注文说起。

《世说新语·企羡篇》一条云：

王右军得人以《兰亭集序》方《金谷诗序》，又以已敌石崇，甚有欣色。

刘峻注云：

王羲之《临河叙》曰：永和九年，岁在癸丑，暮春之初，会于会稽山阴之兰亭，修禊事也。群贤毕至，少长咸集。此地有崇山峻岭，茂林修竹。又有清流激湍，映带左右，引以为流觞曲水，列坐其次。是日也，天朗气清，惠风和畅，娱目骋怀，信可乐也。故列序时人，录其所述。右将军司马太原孙承公等二十六人，赋诗如左，前余姚令会稽谢胜等十五人，不能赋诗，罚酒各三斗。

今传《兰亭帖》二十八行，三百余字，乃王羲之的草稿，草稿未必先写题目，这是常事，也是常识。况且《世说》本文称之为《兰亭集序》，注文称之为《临河叙》，已自不同，能够说刘义庆和刘峻所见的本子不同吗？

至于当时人用它比方《金谷序》的原因，必有根据的条件，《世说》略而未详。但绝不见得只是以字数相近，便足使右军"甚有欣色"。譬如今天说某人可比诸葛亮，理由是因为他体重若干斤、衣服若干尺和诸葛亮有相同处，岂不是笑话！《世说》曰"人"曰"方"是别人的品评比况。李跋改"方"为"拟"，以为右军撰文，本来即欲模拟《金谷序》，真可以说差之毫厘，谬以千里了。且诗文草创，常非一次而成，草稿每有第一稿、第二稿以至若干次稿的分别。古人文集中所载，与草稿不相应和墨迹或石刻不相应的极多。且注家有对于引文删节的，也有节取他文或自加按语补充说明的。以当时的右军文集言，序后附录诸诗，诗前有说明的话四十二字，亦或有之，刘注多这四十二字，原不奇怪。何况右军文集《隋志》著录是九卷，今本只二卷，可见亡佚很多，刘峻所见的本子有这四十多字，极属可能。又汇录《兰亭诗》多有传本，俱注明某某若干人成诗若干首，某某若干人诗不成，罚酒若干。刘注或据此等传本而综括记述，也很可能。总之序文草稿（《兰亭帖》）对于全部修禊盛会的文件，仅仅是一部分，今本文集又不是全豹，注家又常有删有补，在这三种情况下来比较它的异同，《兰亭帖》和《世说》注的不相应，自是必然的事。抓住这一种现象来怀疑《兰亭序》文章草稿，在逻辑上，殊难成立。

以上是本证。再看旁证：三代吉金，一人同作数器，或一器底盖同有铭文，其文互有同异的很多；韩愈的文章，集本与石刻不同的也很多；欧阳修《集古录》，集本与墨迹本不同也很多，并且今天所见墨迹各篇俱无篇题；苏轼《定惠院寓居月夜偶出》诗二首，流传有草稿本，前无题目，第二首末较集中亦少二句，盖非最后的定稿。翁方纲曾考之，见《复初斋文集》卷二十九，这都是金石家、文学家所习知的事，博学的李文田氏，何至不解此例？于是再读李跋，见末记此为浙江试竣北还时所书。因忆当日科举考试，虽草稿也必须写题目，稿文必与誊正相应，否则以违式论，甚至科以舞弊的罪名。我才恍然明白李氏这时的头脑中，正纠缠于这类科场条例，并且还要拿来发落王右军罢了！

至于书法，简札和碑版，各有其体。正像同在一个碑上，碑额与碑文字体也常有分别，因为它们的作用不同。并且同属晋代碑版，也不全作《二爨》的字体。如果必方整才算银钩铁画，那么周秦金石、汉魏碑版俱不相副，因为它们还有圆转的地方。不得已，只有所谓欧体宋版书和宋体铅字，才合李氏的标准。且今西陲陆续发现汉晋简牍墨迹，其中晋人简牍，行草为多，就是真书，也与碑版异势，并且也不作《二爨》之体，越发可以证明，其用不同，体即有别。且出土简牍中，行书体格，与《兰亭》一路有极相近的，而笔法结字的美观，却多不如《兰亭》，才知道王羲之所以独出作祖的缘故，正是因为他的真、行、草书，变化多方，或刚或柔，各适其宜。简单地说，即是在当时书法中，革新美化，有开创之功而已。后来"崇古"的人，常常以"古"为"美"，认为风格质朴的高于姿态华丽的，这是偏见，已不待言。而韩愈诗说："羲之俗书趁姿媚。"虽然意在讽讥，却实在说出了真相，如果韩愈和王羲之同时，而当面说出这话，恐怕王羲之正要引为知己的。

李跋称何延之记"事如目睹"，并且特别提出它收于《太平广记》中，意谓这篇《兰亭记》是小说家言，不足为据，遂并疑《兰亭帖》为伪。不知小说即使增饰故实，和《兰亭帖》的真伪是无关的。正如同不能因为疑虬髯客、霍小玉的事情是否史实，便说唐太宗、李益并无其人。

三

世传《兰亭帖》摹本刻本，多如牛毛，大约说来，不出五类：一、唐人摹拓本。意在存真，具有复制原本的作用。二、前人临写本。出于临写，字形行款相同，而细节不求一一吻合。三、定武石刻本。四、传刻本。传刻唐摹或复刻定武，意在复制传播，非同蓄意作伪。五、伪造本。随便拼凑，妄加古人题署，或翻刻，或临拓，任意标题，源流无可据，笔法无足取，百怪千奇，指不胜屈，更无足论了！

功见闻寡陋，所见的《兰亭》尚不下百数十种，足见传本之多。现就所见的几件真定武本和唐临、唐摹本，略记梗概于后。

一、定武本

甲、柯九思本

故宫藏，曾见原卷。五字已损，纸多磨伤，字口较模糊。隔水有康里巎巎、虞集题记，后有王繗、忠侯之系、公达、鲜于枢、赵孟頫、黄石翁、袁桷、邓文原、王文治诸跋。有影印本。

乙、独孤本

原装册页，经火烧存残片若干，今已流入日本。我见到西充白氏影印本。这帖五字已损，赵孟頫得于僧独孤长老的。帖存三片，字口亦较模糊。后有吴说、朱敦儒、鲜于枢、钱选跋，赵孟頫十三跋并临《兰亭》一本，又柯九思、翁方纲、成亲王、荣郡王诸家跋。册中时有小字注释藏印之文，乃黄钺所写。

丙、吴炳本

仁和许乃普氏旧藏，今已流入日本。我见到影印本。五字未损，拓墨稍重，时侵字口，还有后人涂墨的地方（如"悲也"改"悲夫"字，"也"字的钩；"斯作"改"斯文"，"作"字痕迹俱涂失）。后有宋人学黄庭坚笔体的录李后主评语一段，又有王容、吴炳、危素、熊梦祥、张绅、倪瓒、王彝、张适、沈周、王文治、英和、姚元之、崇恩、吴郁生、陈景陶、褚德彝诸跋。

其他如真落水本确闻还在某藏家手中，惜不详何人何地。文明书局影印一落水本，是裴景福氏所藏，本帖、题跋、藏印，完全是假的（其他伪本极多，不再详辨。这本名气甚大，故特提出）。

二、唐临本

甲、黄绢本

高士奇、梁章钜旧藏，今已流入日本。我见到影印本。其帖绢本，"领"字上加"山"字，笔画较丰腴，有唐人风格而不甚精彩，字形不拘成式[1]（如"群"字权脚之类），是临写的，非摹拓的。后有米芾跋，称为王文惠故物。首曰"右唐中书令河南公"云云，末曰"壬年八月廿六日宝晋斋舫手装"。款曰"襄阳米芾审定真迹秘玩"。再后有莫云卿、王世贞、周天球、文嘉、俞允文、徐益孙、王穉登、沈威、翁方纲、梁章钜等跋。

故宫藏宋游似所题宋拓褚临《兰亭》卷，经明晋府、清卞永誉、安岐递藏。原帖后连米跋，即是此段。但《兰亭》正文与此黄绢本不同。且"领"字并不从"山"。装潢隔水纸上有游似跋尾墨迹，云："右

---

1 定武成式中尚有"崇"字"山"下三点一事，按各摹临本"崇"字"山"下只有一横，并无一本作三点的，可知定武"山"下的左二点俱是泐痕。

褚河南所摹与丙帙第三同，但工有功拙，远过前本尔。"下押"景仁"印，又有"赵氏孟林"印。可知黄绢之卷，殆后人凑配所成，不是米跋的那件原物。

乙、张金界奴本

故宫藏，曾屡观原卷。《戏鸿堂》《秋碧堂》等帖曾刻之。乾隆时刻《兰亭八柱帖》，列此为第一柱。原卷白麻纸本，墨色晦暗，笔势时见钝滞的地方，大略近于定武本，细节如"群"脚权笔等，又不尽依成式。帖尾有小字一行曰："臣张金界奴上进。"后有扬益、宋濂、董其昌、徐尚实、张弼、蒋山卿、杨明时、朱之蕃、王衡、王应侯、杨宛、陈继儒、杨嘉祚诸家跋，前有乾隆题识。董跋云："似虞永兴所临。"梁清标遂凿实题签曰："唐虞永兴临《禊帖》。"此后《石渠宝笈》著录和《八柱》刻石，直到故宫影印本，俱标称为虞临了。《翁考》云："至于颍上、张金界奴诸本，则皆后人稍知书法笔墨者，别自重摹。"其说可算精识。我颇疑它是宋人依定武本临写者。如"激"字，定武本中间从"身"，神龙本从"旁"，此本从"身"，亦与定武本同[1]。

丙、褚临本

故宫藏，曾屡观原卷。此帖乾隆时刻入《三希堂帖》，又刻入《兰亭八柱帖》为第二柱。原卷淡黄纸本，前后隔水有旧题"褚模王羲之《兰亭帖》"一行，帖后有米芾题"永和九年暮春月"七言古诗一首。后有"天圣丙寅年正月二十五日重装"一款，乃苏耆所题，又范仲淹、王尧臣、米黻、刘泾诸家观款（以上五题共在一纸）。再后龚开、朱葵、杨载、白珽、仇几、张泽之、程嗣翁等题（以上各题共纸一段）。再后陈敬宗、卞永誉、卞岩跋。前有乾隆题识。此帖字与米诗笔法相同，纸也一律，实是米氏自临自题的。此诗载《宝晋英光集》卷三，题为"题永徽中所模《兰亭叙》"，末有"彦远记模不记褚"等句，知米芾并不认为这帖是褚临本。后人题为褚本，是并未了解米诗的意思。

《翁考》卷四云："此一卷乃三事也。其前《兰亭帖》及米元章七言诗为一事，此则米老自临《褚兰亭》。而自题诗于后。虽其帖前有苏

---

[1] 张金界奴，宛平人，张九思之子。元文宗建奎章阁时任为都主管工事，又曾任提调织染杂造人匠，其父子事迹见虞集所撰神道碑。金界奴即如僧家奴之类。王芑孙《题秋碧望兰亭》曾为详考，见《惕甫未定稿》卷二十五。

氏印，然亦不能专据矣。此自为一事也。其中间天圣丙寅苏耆一题及范、王、米、刘四段，此五题自为一事，是乃真苏太简家《兰亭》之原跋也。至其后龚开等跋以后又为一事，则不知某家所藏《兰亭帖》之后尾也。"翁氏剖析，可称允当。他所见的是一个油素钩本，参以安岐《书画记》所记的。今谛观原卷，帖前"太简"一印，四边纸缝掀起，盖后人将原纸挖一小洞，别剪这印，衬入贴补。年久糊脱，渐至掀起。曾见古书画中常有名人收藏印甚至作者名号印都是挖嵌的，就在影印本里也可以看出。这都是古董家作伪伎俩。至于《兰亭帖》中"快然"作"快（快慢之快）然"，米诗中"昭陵"作"昭凌"（从两点水旁），都分明是误字[1]，或者是米迹的重摹本。

其他宋代摹刻唐人临摹（或称褚临、褚摹）的《兰亭帖》，也有时见到善本，但流传未广，不再记述。至于明清汇帖中摹刻《兰亭》的更多，也不复一一详论。颖上本名虽较高，实亦唐临本中粗率一路的，《翁考》中已先论及了。

三、唐摹本

所谓摹拓的，是以传真为目的。必要点画位置、笔法使转以及墨色浓淡、破锋贼毫，一一具备，像唐摹《万岁通天帖》那样，才算精工。今存《兰亭帖》唐摹诸本中，只有神龙半印本足以当得起。

神龙本，故宫藏，曾屡观原卷。白麻纸本，前隔水有旧题"唐模《兰亭》"四字，郭天锡跋说这帖定是冯承素等所摹，项元汴便凿实以为冯临，《石渠宝笈》《三希堂帖》《兰亭八柱》第三柱，俱相沿称为冯临。帖的前后纸边处各有"神龙"二字小印之半。又有"副骓书府"印（这是南宋末驸马杨镇的藏印）。后有许将至石苍舒等观款八段；再后永阳清叟、赵孟𫖯题；郭天锡跋赞；鲜于枢题诗；邓文原、吴炳、王守诚、李廷相、文嘉、项元汴跋。前有乾隆题识。

这帖的笔法秾织得体，流美甜润，迥非其他诸本所能及。破锋和剥落的痕迹，俱忠实地摹出。有破锋的是："岁""群""毕""觞""静""同""然""不""矣""死"各字；有剥痕成断笔的是："足""仰"（此字并有针孔形）、"游""可""兴""揽"各字；有贼毫的是

---

[1] "快然自足"的"快"字，《晋书》《王羲之传》已作快慢的"快"，但帖本无论墨迹或石刻，俱作从中央之"央"的"怏"，知《晋书》是传写或版本有误。

"趑"字；而"每揽"的"每"字中间一横画，与前各字同用重墨，再用淡墨写其余各笔。原来原迹为"一揽昔人兴感之由，若合一契"，后改"一揽"为"每揽"。这是从来讲《兰亭帖》的人都没有见到的。

并且这"每"字在行中距其上的"哉"及其下的"揽"字，俱甚逼仄，这是因为原为"一"字，其空间自窄。定武本则上下从容，不见逼仄的现象。可知定武不但加了直阑，即行中各字距离亦俱调整匀净了。若非见唐摹善本，此秘何从得见！（影印本墨色俱重，改迹已不能见。）唯怀仁《圣教序》中"闲"字、"迹"字，俱集自《兰亭》，而俱有破锋，神龙本中却没有，可知神龙本也还不是毫无遗漏的。

这一卷的行款，前四行间隔颇疏，中幅稍匀，末五行最密，但是帖尾本来并非没有余纸，可知不是因为摹写所用的纸短，而是王羲之的原稿纸短，近边处表现了挤写的形状。又摹纸二幅，也是至"欣"字合缝，这可见不但笔法存原形，并且行式也保存了起草的常态。若定武本界画条格，四平八稳，则这种情状，不复能见了。至于茧纸原迹的样子，今已不可得见，摹拓本哪个最为得真，也无从比较，但是从摹本的忠实程度方面来看，神龙本既然这样精密，可知它距离原本当不甚远。郭天锡以为定是于《兰亭》真迹上双钩所摹，实不是驾空之谈，情理俱在，真是有目共睹的。自世人以定武本为《兰亭》标准的观念既成之后，凡定武所未能传出的笔法细节，都以为是褚临失真所致。今观"每"字的改笔，即属定武本所无，而不能说是褚临所改的，那些成见，可以不攻自破了。

这一卷明代藏于乌镇王济家，四明丰坊从王家钩摹，使章正甫刻石于乌镇，见文嘉跋中（卷中有"吴兴"及"王济赏鉴过物"诸印）。其石后归四明天一阁，近代尚存，拓本流传甚多，当是丰氏携归故乡的。摹刻很精，但附加了"贞观""开元""褚氏""米芾"等许多古印，行式又调剂停匀，俱是美中不足。《翁考》纠缠于《兰亭》流传及太平公主借拓诸问题，至以翻本《星凤楼帖》所刻无印章的神龙本为正，都是由于丰氏这一刻本妆点伪印所误。今见原卷，丰氏的秘密才被揭穿（翁方纲之说又见《涉闻梓旧》所刻《苏斋题跋》卷下，他说翻本《星凤楼帖》的无印神龙本圆润在范氏石本之上，这是因翻本笔锋已秃，遂似圆润，比观自可见）。这卷由王氏归项元汴家，项氏之子德弘曾刻石,见朱彝尊跋(《曝书亭集》卷四十六)。未见拓本。

　　文嘉跋中,更推重荆溪吴氏所藏唐摹本,其帖有苏易简题"有若像夫子"一诗,并宋人诸跋,清初吴升尚见到,载在《大观录》。是明清尚存,并且确知是一个善本,可与神龙本并论的。不知原帖今天是否尚在人间？倘得汇合而比校,则《兰亭帖》的问题或者可以没有余蕴了。

旧题张旭草书古诗帖辨

　　法书名画，既具有史料价值，更具有艺术价值。由于受人喜爱，可供玩赏，被列入"古玩"项目，又成了"可居"的"奇货"。在旧社会中，上自帝王，下至商贾，为它都曾巧取豪夺，弄虚作假。于是出现过许多离奇可笑的情节、卑鄙可耻的行径。

　　即以伪造古名家书画一事而言，已经是千变万化，谲诈多端。这里只举一件古代法书的公案谈谈，前人作伪，后人造谣，真可谓"匪夷所思"了！

　　有一个古代狂草体字卷，是在五色笺纸上写的。五色笺纸，每幅大约平均一尺余，各染红、黄、蓝、绿等等不同的颜色，当然也有白色的。所见到的，早自唐朝、近至清朝的"高丽笺"，都有这类制法的。这个卷子即用几幅这种各色纸接连而成的。写的是庾信的诗二首和谢灵运的赞二首。原来还有唐人绝句二首，今已不存。也不晓得原来全卷共用了多少幅纸，共写了多少首诗，也没保留下写者的姓名。

　　卷中用的字体是"狂草"，十分纠绕，猛然看去，有的字几乎不能辨识，纸色又每幅互不相同，作伪的人就钻了这个空子。

　　为了便于说明，这里将现存的四幅按本文的顺序和写本的行款，分幅录在下边，并加上标点：

　　第一幅：东明九芝盖，北烛五云车。飘飖入倒景，出没上烟霞。春泉下玉溜，青鸟下金华。汉帝看桃核，齐侯问棘（枣）花。应逐上元酒，同来访蔡家。

　　第二幅：北阙临丹水，南宫生绛云。龙泥印玉简（策），大火炼真文。上元风雨散，中天哥（歌）吹分。虚驾千寻上，空香万里闻。谢灵运王子晋赞淑质非不丽，难之以万年。

　　第三幅：子晋赞：淑质非不丽，难之以百年。储宫非不贵，岂若上登天。王子复清旷，区中实哗嚣。喧既见浮丘公，与尔共纷翻。

第四幅：岩下一老公，四五少年赞：衡山采药人，路迷粮亦绝。回息岩下坐，正见相对说。一老四五少，仙隐不别可？其书非世教，其人必贤哲。

作伪者把上边所录的那第二幅中末一个"王"字改成"书"字。他的办法是把"王"字的第一小横挖掉，于是上边只剩了竖笔，与上文"运"字末笔斜对，便像个草写的"书"字。恰巧这一行是一篇的题目，写得略低一些，更像是一行写者的名款。再把这一幅放在卷末，便成了一卷有"谢灵运书"四字款识的真迹了。

这个"王"字为止的卷子，宋代曾经刻石，明代项元汴跋中说：

余又尝见宋嘉祐年不全拓墨本，亦以为临川内史谢康乐所书。

卷中项跋已失，汪砢玉《珊瑚网》卷一曾录有全文。又丰坊在跋中也说：

右草书诗赞，有宣和钤缝诸印……世有石本，末云"谢灵运书"。《书谱》[1]所载"古诗帖"是也……石刻自"子晋赞"后阙十九行，仅于"谢灵运王"而止，却读"王"为"书"字，又伪作沈传师跋于后。

按现在全文的顺序，"王"字以后还有二十一行，不是十九行，这未必是丰坊计算错误，据项元汴说：

可惜装褙错序，细寻绎之，方能成章。

那么丰坊所说的行数，是根据怎样的裱本，已无从察考。只知道现在这一卷，比北宋石刻本多出若干行。它是怎样分合的？王世贞在《王弇州四部稿》卷一五四《艺苑卮言》中说：

陕西刻谢灵运书，非也，乃中载谢灵运诗耳。内尚有唐人两绝句，亦非全文。真迹在荡口华氏，凡四十年购古迹而始全，以为延津之合。属丰道生鉴定，谓为贺知章，无的据。然道俊之甚，上可以拟知章，下亦不失周越也。

华夏字中甫，号东沙子，是当时有名的"收藏家"，丰坊字道生，号人叔，又称人翁，是当时著名的文人，做过南京吏部考功主事，精于鉴别书画，华家许多古书画，都经过他评定的。从王世贞的话里可以明

1　《书谱》指《宣和书谱》。

白，全卷在北宋时拆散，一部分冒充了谢灵运，其余部分零碎流传。华夏费了四十年的工夫，才算凑全，但那两首残缺的唐人绝句，华夏仍然没有买到。不难理解，华夏购买时，仍是谢灵运的名义，买到后丰坊为他鉴定，才提出怀疑的。卖给华夏的人，如果露出那二首唐人绝句，便无法再充谢书，所以始终没有再出现。华夏购得后，王世贞未必再见。至于是否王世贞误认庾、谢诸诗为唐人句呢？按卷中现存四首诗，第一首十句，其他三首各八句，并无绝句。又都是全文，并无残缺。王世贞的知识那样广博，也不会把六朝人的一些十句和八句的诗误认为唐人绝句。根据这些理由，可以断定是失去两首残缺的唐人绝句。

这卷草书在北宋刻石之后，曾经宋徽宗赵佶收藏，《宣和书谱》卷十六说：

谢灵运，陈郡阳夏人……今御府所藏草书一：《古诗帖》。

从现存的四幅纸上看，宋徽宗的双龙圆印的左半在"东明"一行的右纸边，知为宣和原装的第一幅。"政和""宣和"二印的右半在"共纷翻"一行的左纸边，知为宣和原装的末一幅。可见宣和时所装的一卷已不是以"王"字收尾的了。这可能是宣和有续收的，也可能宣和装裱时次序还没有调整。总之，自北宋嘉佑到明代嘉靖时，都被认为是谢灵运的字迹。

以上是作伪、搞乱、冒充的情况。

下面谈董其昌的鉴定问题。

在这卷中首先看出破绽的是丰坊，他发现了卷中四首诗的来源，他说：

按徐坚《初学记》载二诗二赞，与此卷正合。

又说：

考南北二史，灵运以晋孝武太元十三年生，宋文帝元嘉十年卒。庾信则生于梁武之世，而卒于隋文开皇之初，其距灵运之没，将八十年，岂有谢乃豫写庾诗之理。

当时又有人疑是唐太宗李世民写的，丰坊说：

或疑唐太宗书，亦非也。按徐坚《初学记》……则开元中坚暨韦述等奉诏纂述，其去贞观，又将百年，岂有文皇豫录记中语乎？

这已足够雄辩的了。他还和《初学记》校了异文，只是没谈到"玄水"写作"丹水"的问题而已。

古代诗文书画失名的很多，世人偏好勉强寻求姓名，常常造成凭空臆测。丰坊在这方面也未能例外，他说：

唐人如欧、孙、旭、素，皆不类此，唯贺知章《千文》《孝经》及"敬和""上日"等帖，气势仿佛。知章以草得名……弃官入道，在天宝二年，是时《初学记》已行，疑其雅好神仙，目其书而辄录之也。又周公谨《云烟过眼集》[1]载赵兰坡与懃所藏有知章《古诗帖》，岂即是欤？

他历举欧阳询、孙过庭、张旭、怀素的书法与此卷相较，最后只觉得贺知章最有可能，恰巧周密的《云烟过眼录》中曾记得有贺知章的《古诗帖》，使他揣测的理由又多了一点。但他的态度不失为存疑的，口气不失为商量的。但"好事家"的收藏目的，并不是为科学研究，而是要标奇炫富。尤其贵远贱近，宁可要古而伪，不肯要近而真。丰坊的揣测，当然不合那个富翁华夏的意图，藏家于是提出并不存在的证据，使得丰坊随即收回了自己的意见，说：

然东沙子谓卷有神龙等印甚多，今皆刮灭……抑东沙子以唐初诸印证之，而卷后亦无兰坡、草窗等题识，则余又未敢必其为贺书矣。俟博雅者定之。

这些话虽是为搪塞华夏而说的，但他并没有翻回头来肯定谢书之说。丰坊这篇跋尾自己写了一通，后又有学文徵明字体的人用小楷重录一通，略有删节，末尾题"鄞丰道生撰并书"。

这卷后来归了项元汴，元汴死后传到他的儿子项玄度手里，又请董其昌题，董其昌首先说：

唐张长史书庾开府步虚词，谢客[2]王子晋、衡山老人赞，有悬崖坠石急雨旋风之势，与所书"烟条""宛谿诗"同一笔法。颜尚书、藏真[3]皆师之，真名迹也。

这段劈空而来，就认为是张旭所写，随后才举出"烟条""宛谿"二帖的笔法相同。但二帖今已失传，从记载上知道，并无名款，前人也只是看笔法像张旭而已。董其昌又说：

1　"集"是"录"的误字。

2　"客"是谢灵运的小字。

3　藏真，即怀素。

> 自宋以来，皆命之谢客……丰考功、文待诏皆墨池董狐，亦相承袭。

后边在这问题上他又说：

> 丰人翁乃不深考，而以《宣和书谱》为证。

这真是瞪着眼睛说瞎话！丰坊的跋，两通俱在，哪里有他举的这样情形呢？又文征明为华夏画《真赏斋图》、写《真赏斋赋》和跋《万岁通天帖》时，都已是八十多岁了，书法风格与这段抄写丰跋的秀嫩一类不同。即使是文征明的亲笔，他不过是替丰坊抄写，并非他自己写鉴定意见，与"承袭"谢书之说的事无关。董其昌又说：

> 顾《庾集》自非僻书，谢客能预书庾诗耶？

他只举《庾开府集》，如果不是为泯灭丰坊发现四诗见于《初学记》的功劳，便是他以为《初学记》是僻书了。他还为名款问题掩饰说：

> 或疑卷尾无长史名款，然唐人书如欧、虞、褚、陆，自碑帖外，都无名款，今《汝南志》《梦奠帖》等，历历可验。世人收北宋画，政不需名款乃别识也。

按欧阳询、虞世南、褚遂良都有写的碑刻流传，陆柬之就没有碑刻流传下来。陆写的帖，《淳化阁帖》中所刻的和传称陆写的《文赋》《兰亭诗》，也都无款。"自碑帖外"这四字所指的人，并不能包括陆柬之。他还不敢提出"烟条"二帖为什么便是衡量张旭真迹的标准，而另以其他无款的字画解释，实因这二帖也是仅仅从风格上被判断为张书的。他这样来讲，便连二帖也遮盖过去了。

董其昌又说：

> 夫四声始于沈约，狂草始于伯高，谢客皆未有之。

"始于"不等于"便是"，文字始于仓颉，但不能说凡是字迹都是仓颉写的。沈约撰《宋书》，特别在《谢灵运传》后发了一通议论，大讲浮声切响。可见谢灵运在声调上实是沈约的先导。这篇传后的论，也被萧统选入《文选》，董其昌即使没读过《宋书》，何至连《文选》也没读过？不难理解，他忙于诬蔑丰坊，急不择言，便连比《庾开府集》更常见、更非僻书的《文选》也忘记了。

董其昌后来在他摹刻出版的《戏鸿堂帖》卷七中刻了这卷草书，后边自跋，再加自我吹嘘说：

> 项玄度出示谢客真迹，余乍展卷即定为张旭。卷末有丰考功跋，持

谢书甚坚。余谓玄度曰：四声定于沈约，狂草始于伯高[1]，谢客时都无是也。且东明二诗乃庾开府《步虚词》，谢客安得预书之乎？玄度曰：此陶弘景所谓元常老骨再蒙荣造者矣。遂为改跋，文繁不具载。

这是节录卷中的跋，又加上项玄度当面捧场的话，以自增重。跋在原卷后，由于收藏家多半秘不示人，见到的人还不多。即使一见，也不容易比较两人的跋语而看出问题。刻在帖上，更由得他随意捏造，观者也无从印证。

宋朝作伪的人，研究"王"字可当"书"字用，究竟还费了许多心；挖去小横，改成草写的"书"字，究竟还费了许多力。在宋代受骗的不过是一个皇帝赵佶，在明代受骗的不过是一个富翁华夏。至于董其昌则不然，不费任何心力，摇笔一题，便能抹杀眼前的事实，欺骗当时和后世亿万的读者。董其昌在书画上曾有他一定的见识，原是不可否认的。但在这卷的问题上，却未免过于卑劣了吧！

有人问，这桩辗转欺骗的公案既已判明，还有这卷字迹本身究竟是什么时候人所写的？算不算张旭真迹？我的回答如下：按古代排列五行方位和颜色，是东方甲乙木，青色；南方丙丁火，赤色；西方庚辛金，白色；北方壬癸水，黑色；中央戊己土，黄色。庾信原句"北阙临玄水，南宫生绛云"，玄即黑，绛即红，北方黑水，南方红云，一一相对。宋真宗自称梦见他的始祖名叫"玄朗"，命令天下讳这两字，凡"玄"改为"元"或"真"，"朗"改为"明"，或缺其点画。这事发表在大中祥符五年十月戊午。（见宋李攸《宋朝事实》卷七）所见宋人临文所写，除了按照规定改写之外也有改写其他字的，如绍兴御书院所写《千字文》，改"朗曜"为"晃曜"，即其一例。这里"玄水"写作"丹水"，分明是由于避改，也就不管方位颜色以及南北同红的重复。那么这卷的书写时间，下限不会超过宣和入藏，《宣和书谱》编订的时间，而上限则不会超过大中祥符五年十月戊午。

这卷原本，今藏辽宁省博物馆，已有各种精印本流传于世，董其昌从今也难将一人手，掩尽天下目了！

---

[1] 伯高，即张旭。

黄子久《秋山图》之真伪

　　书画之鉴别与评赏，有精确与粗率之别。人于早岁，所见名作不广，有时好恶任心，判断真伪优劣，往往与晚岁有所不同。亦有年耄目昏，记忆衰减，所鉴所评，转不如壮年之敏锐者，此又当分别论之也。

　　艺苑久传黄子久《秋山图》公案，扑朔迷离，几疑名画真有幻化，其实不过王烟客早岁所见与晚岁不同而已。

　　恽南田《瓯香馆集画跋》中有《记秋山图始末》一文，笔致生动，俨然唐人传奇。大意谓：王烟客受董香光之教，得知《秋山图》为黄子久画第一，非《浮岚》《夏山》诸图所堪伯仲。其图藏于京口张修羽家，烟客持香光书往访，主人张乐治具，备宾主之礼，乃出其图。烟客骇心洞目，观乐忘声，当食忘味，神色无主。欲以金币相易，主人不许。烟客旋入都，后出使还，路过京口，再求观之，主人拒而不纳。复求香光作书，遣人往求，终不可得。入清后，烟客与王石谷言之，嘱为物色。事为贵戚王长安所闻，使人购求，其时张氏已更三世，其孙某以所藏彝鼎法书及《秋山图》售于长安。长安在苏州招烟客、石谷往观，见其图虽是子久真迹，但不如曩时烟客所言之奇妙。长安见彼神色犹豫，恐其非真。后王圆照至，石谷先为喻意，遂赞叹不绝口，长安始为释然。南田于篇末曰："嗟夫！奉尝（按指烟客，南田书"常"为"尝"，避明讳也）曩所观者岂梦耶？神物变化耶？抑尚埋藏耶？或有龟玉之毁耶？其家无他本，人间无流传，天下事颠错不可知。"又曰："王郎（按指石谷）为予述此，且订异日同访《秋山》真本，或当有如萧翼之遇辩才者。"

　　此文原稿曾刻于《宝恽室帖》。墨迹近年复经影印流传，非独书法精妙，谛观其删改之迹，实足见当时结撰之匠心。其中文词修润甚多，略举其重要关节数处。一、记烟客再访《秋山》而主人不纳之事曰："因知向所殷勤,在推宗伯(按指香光)之余也。"改为"奉尝徘徊淹久而去",意在不欲见人轻烟客也。二、记王长安得画事曰:"王氏果欲得之,客知指,亟闻于藏画之家。于是京门张氏悉取所藏并持一峰(子久别号)《秋山图》来,王氏大悦,与值去。"改为:"王氏果欲得之,并命客渡江物色之。于是张之孙某悉取所藏彝鼎法书并一峰《秋山图》来,王氏大悦,延置上座,出家姬合乐享之,尽获张氏彝鼎法书名迹,以千金为寿。"以见王氏得图之郑重也。三、记烟客、石谷之相会也,曰:"会奉尝与石谷要期同会于金闾(按即指苏州),石谷先至。"改为:"王氏挟图趋金闾,遣使招娄东二王公来会,时石谷先至。"以见烟客、圆照之来,非由自至,实出于王氏之招也。四、记烟客之至苏州也,曰"先呼石谷与语",上增"奉尝舟中"四字,以见非至王氏之门始相晤语,此与前条俱增高烟客之身份也。五、记石谷之预示圆照也,曰:"又顷王圆照郡伯亦至,石谷亟先谕意郡伯,郡伯诺,乃入。大呼《秋山图》来,披指灵妙,赞叹缡缡不绝口,谓王氏非厚福不能得奇宝。"其中涂去"石谷"至"乃入"十三字,而于"谓"字上增一"戏"字,既省赘笔,且免平浅率直之病。六、篇末记王氏之不寤也,曰"王氏诸人至死不寤"涂去"死"字,旁注"今"字。此皆足见南田选词命意之精细也。

至于烟客初见《秋山图》之年月,文中并未确记,但云:"抵京师,亡何出使,南还道京口。"按《王烟客先生集》中《自述》及程穆衡《娄东耆旧传》等所记,烟客平生屡使诸藩,不易定此事为何年。唯烟客于崇祯四年(1631)以服阕赴京补官,北行舟中访《秋山图》题云"往在京口张修羽家见大痴设色《秋山》"云云,见《王奉尝题跋》。则知初见必在是年之前。估计距此时最近之一次出使,则在天启七年(1627),烟客以尚宝卿使闽,是年仅三十六岁,其赴京途中见画,又前于此。如在更早之某次出使,则烟客之年更稚矣。王长安名永宁,为吴三桂婿。撤藩事在康熙十二年(1673),此后则王长安死矣。南田云:"奉尝亦阅沧桑,且三十年,未知此图存否?""三十年"者,自顺治元年至康熙十二年也。"且三十年"者,不足三十年也。观画殆在撤藩前一二年乎?原稿初作"且五六十年",点去"六"字,改"五"成"三",亦见南田笔下之精密。张修羽名觐宸,字仲钦,丹徒人,修羽其别号也。所藏法书名画甚富。其子名孝思，字则之，世传古书画常见其藏印。其孙何名，不可得详。

又阮葵生《茶余客话》卷八，记吴门拙政园为平西王婿王永宁所有。又云："滇黔逆作，永宁惧而先死。"知观画在拙政园，王长安乃闻变而死者也。

综观此事，烟客初见图不晚于三十六岁，人之见地，早晚年易有不同。且先入香光之言，藏者乍示旋收，求而不得，弥增向慕。及晚年再见，遂同嚼蜡。事理如此，无足怪者。南田以传奇之笔，宛转书之，实以借寓沧桑之感，非专为记图而作也。第论其图，则是真非伪，原稿记烟客之问石谷曰："王氏已得《秋山》乎？石谷诧曰未也。奉尝曰赝耶？曰是真一峰物。曰得矣，何诧为？曰昔者先生所说，历历不忘，今否否，乌睹所谓《秋山》哉！"南田于"是真一峰物"句改为"是亦一峰也"，语意偏轻，以副其篇末疑辞，且不显烟客昔言之夸。以文章论，固见无限烟波，而以笃实言，似有未至，固不能为贤者讳也。

山水画南北宗说辨

我们绘画发展的历史，现在还只是一堆材料。在得到科学的整理以前，由于史料的真伪混杂和历代批评家观点不同的议论影响，使得若干史实失掉了它的真相。为了我们的绘画史备妥科学性的材料基础，对于若干具体问题的分析和批判，对于伪史料的廓清，我想都是首先不可少的步骤。在各项伪史料中比较流行久、影响大的，山水画"南北宗"的谬说要算是一个。

这个谬说的捏造者是晚明时的董其昌，他硬把自唐以来的山水画很简单地分成"南""北"两个大支派。他不管那些画家创作上的思想、风格、技法和形式是否有那样的关系，便硬把他们说成是在这"南""北"两大支派中各有一脉相承的系统，并且抬出唐代的王维和李思训当这"两派"的"祖师"，最后还下了一个"南宗"好、"北宗"不好的结论。

董其昌这一没有科学根据的谰言，由于他的门徒众多，在当时起了直接传播的作用，后世又受了间接的影响。经过三百多年，"南宗""北宗"已经成了一个"口头禅"。固然，已成习惯的一个名词，未尝不可以作为一个符号来代表一种内容，但是不足以包括内容的符号，还是不正确的啊！这个"南北宗"的谬说，在近三十几年来，虽然有人提出过考订，揭穿它的谬误，但究竟不如它流行的时间长、方面广、进度深，因此，在今天还不时地看见或听到它在创作方面和批评方面起着至少是被借作不恰当的符号作用，更不用说仍然受它蒙蔽而相信其内容的了。所以这件"公案"到现在还是有重新提出批判的必要。

一、"南北宗"说的谬误

"南北宗"说是什么内容呢？董其昌说：

禅家有南北二宗，唐时始分；画之南北宗，亦唐时分也。但其人非南北耳。北宗则李思训父子（思训、昭道）着色山水，流传而为宋之赵幹、（赵）伯驹、（赵）伯骕，以至马（远）、夏（圭）辈；南宗则王摩诘（维）始用渲淡，一变勾斫之法，其传为张璪、荆（浩）、关（仝）、郭忠恕、董（源）、巨（然）、米家父子（芾、友仁），以至元之四大家。亦如六祖（慧能）之后有马驹、云门，临济儿孙之盛，而北宗（神秀一派）微矣。要之摩诘，所谓"云峰石迹，迥出天机，笔思纵横，参乎造化"者。东坡赞吴道子、王维壁画亦云："吾于维也无间然。"知言哉！

这段话也收在题为莫是龙著的《画说》中，但细考起来，实在还是董其昌的作品，所以"南北宗"说的创始人，应该是董其昌。董其昌又说：

文人画自王右丞始，其后董源、巨然、李成、范宽为嫡子。李龙眠、王晋卿、米南宫及虎儿皆从董、巨得来。直至元四大家——黄子久、王叔明、倪元镇、吴仲圭皆其正传。吾朝文、沈，则又远接衣钵。若马、夏及李唐、刘松年又是大李将军之派，非吾曹所当学也。

陈继儒是董其昌的同乡，是他的清客，他们互相捧场。《清河书画舫》中引他的一段言论说：

山水画自唐始变，盖有两宗：李之传为宋王诜、郭熙、张择端、赵伯驹、伯骕，以及于李唐、刘松年、马远、夏圭皆李派；王之传为荆浩、关仝、李成、李公麟、范宽、董源、巨然，以及于燕肃、赵令穰、元四大家皆王派。李派板细乏士气，王派虚和萧散，此又慧能之禅，非神秀所及也。至郑虔、卢鸿一、张志和、郭忠恕、大小米、马和之、高克恭、倪瓒辈，又如方外不食烟火人，另具一骨相者。

比董、陈稍晚的沈颢，是沈周的族人，称沈周为"石祖"。和董家也有交谊，称董其昌为"年伯"（见《曝画记余》）。他在这个问题上，完全附和董的说法。他的《画麈》中"分宗"条说：

禅与画俱有南北宗，分亦同时，气运复相敌也。南宗则王摩诘，裁构淳秀，出韵幽淡，为文人开山，若荆、关、宏、璪、董、巨、二米、子久、叔明、松雪、梅叟、迂翁，以至明兴沈、文，慧灯无尽。北则李思训风骨奇峭，挥扫躁硬，为行家建幢。若赵幹、伯驹、伯骕、马远、夏圭，以至戴文进、吴小仙、张平山辈，日就狐禅，衣钵尘土。

归纳他们的说法，有下面几个要点：一、山水画和禅宗一样，在唐时就分了"南北二宗"；二、"南宗"用"渲淡"法，以王维为首，"北宗"用着色法，以李思训为首；三、"南宗"和"北宗"各有一系列的徒子徒孙，都是一脉相传的；四、"南宗"是"文人画"，是好的，董其昌以为他们自己应当学，"北宗"是"行家"，是不好的，他们不应当学。

按照他们的说法推求起来，便发现每一点都有矛盾。尤其"宗"或"派"的问题，今天我们研究绘画史，应不应按旧法子去那么分，即使分，应该拿些什么原则作标准？现在只为了揭发董说的荒谬，即使根据唐、宋、元人所称的"派别"旧说——偏重于师徒传授和技法风格方面——来比较分析，便已经使董其昌那么简单的只有"南北"两个派的分法不攻自破了。至于更进一步把唐宋以来的山水画风重新细致地整理分析，那不是本篇范围所能包括的了。现在分别谈谈那四点矛盾：

第一，我们在明末以前，直溯到唐代的各项史料中，绝对没看见过唐代山水分"南北两宗"的说法，唐张彦远《历代名画记》中"叙师资传授南北时代"与董其昌所谈山水画上的问题无关。更没见有拿禅家的"南北宗"比附画派的痕迹。

第二，王维和李思训对面提出，各称一派祖师的说法，晚明以前的史料中也从没见过。相反地，在唐宋的批评家笔下，王维画的地位还是并不稳定的。固然有许多推崇王维的议论——王维也确有许多可推崇的优点——同时含有贬意的也很不少。即使那些推崇的议论中，也没把他提高到"祖师"的地位。我们且看那些反面意见：唐朱景玄《唐朝名画录》把王维放在吴道子、张璪、李思训之下。《历代名画记》以为"山水之变"始于吴道子，成于李思训、昭道父子，对于王维只提出"重深"二字的评语。到了宋朝，像郭若虚《图画见闻志》以及《宣和画谱》等，都特别推重李成，以为是"古今第一"，说他比前人成就大，具有发展进化的观念，不但没把王维当作"祖师"，更没说李成是他的"嫡子"。王维和李思训在宋代被同时提出的时候，往往是和其他的画家一起谈起，并且常是认为不如李成的。

我们承认王维和李思训的画在唐代各有他们的地位，也承认王维画中可能富有诗意，如前人所说的"画中有诗"。但他们都不是什么"祖师"，更不是"对台戏"的主角。

至于作风问题，"渲淡"究竟怎么讲，始终是一个概念迷离的词。从"一变勾斫之法"和"着色山水"对称的线索来看，好像是指用水墨轻淡渲染的方法，与勾勒轮廓填以重色的画法不同。我们承认唐代可能已有这样所谓渲淡的画法，可是王维是否唯一用这一法的人，或创这一法的人，以及用这一法最高明的人，都成问题。张彦远说王维"重深"，米友仁说王维的画"皆如刻画不足学"，更是董其昌自己所引用过的话，都和"渲淡"的概念矛盾。董其昌记载过董羽的《晴峦萧寺图》，说"大青绿全法王维"。又《山居图》旧题是李思训作，董其昌把它改题为王维，说："图中松针石脉，无宋以后人法，定为摩诘无疑。向传为大李将军，而拈出为辋川者，自余始。"又《出峡图》最初有人题签说是小李将军，后有人以为是王维，陆深见《宣和画谱》著录有李升的《出峡图》，因为李升学李思训，也有"小李将军"的诨号，又定它为李升画（见《佩文斋书画谱》引陆深的题跋）。我们且不问他们审定的根据如何，至少王和李的作风是曾经被人认为有共同点而且是容易混淆的，以致董其昌可以从李思训的名下给王维拨过几件成品。如果两派作风截然不同，前人何以能那样随便牵混，董其昌又何以能顺手拨回呢；旧书冒名改题的很多，我却从来没见过把徐文长画改题仇十洲的！

第三，董其昌、陈继儒、沈颢所列传授系统中的人物，互有出入，陈继儒还提出了"另具骨相"的一派，这证明他们的论据并不那么一致，但在排斥"北宗"问题上却是相同的。另一方面，他们所提的"两派"传授系统那样一脉相承也不合实际。前面谈过唐人说张璪画品高于王维，怎能算王维的"嫡子"？再看宋元各项史料，知道关仝、李成、范宽是学荆浩，荆浩是学吴道子和项容的，所谓"采二子之长，成一家之体"分明载在《图画见闻志》，与王维并无关系。董、巨、二米又是一个系统。即一个系统之间也还各有自己的风格和相异点。郭若虚又记董源画风有像王维的,也还有像李思训的。并且《宣和画谱》更特别提到他学李思训的成功,又怎能专算王维的"嫡子"呢？再看他们所列李思训一派,只赵伯驹、伯骕学李氏画法见于《画鉴》,虽属异代"私淑",风格上还可说是接近,至于赵幹、张择端、刘、李、马、夏,在宋元史料中都没见有源出二李的说法。夏文彦《图绘宝鉴》记宋高宗题李唐的《长夏江寺》虽有过"李唐可比唐李思训"的话,但"可比"和"师承"在词义上是不能混为一谈的。相反地,《图绘宝鉴》又说夏圭"雪景全学范宽",说张择端"别成家数"。即以董其昌自己的话来看,他说夏圭画"若灭若没,寓二米墨戏于笔端"。陈继儒也随着说:"夏圭师李唐、米元晖拖泥带水皴。"（见《画学心印》）董又说:"米家父子宗董、巨,稍删其繁复,独画云仍用李将军钩笔,如伯驹、伯骕辈。"又说:"见晋卿瀛山图,笔法似李营丘,而设色似李思训。"至于影印本很多的那幅《寒林重汀图》,董其昌在横额上大书道:"魏府收藏董源画天下第一",我们再看故宫影印的赵幹《江行初雪图》,树石笔法,正和那"天下第一"的董源画极端相近。这些矛盾,董其昌又当怎样解嘲呢？仅仅从这几个例子上来看,他们所列的传授系统,已经可以不攻自破了。

第四,董其昌也曾"学"过或希望"学"他所谓"北宗"的画法,不但没有实践他自己所提出的"不当学"的口号,而且还一再向旁人号召。他说:"柳则赵千里,松则马和之,枯树则李成,此千古不易。"又说:"石法用大李将军《秋江待渡图》。"又说:"赵令穰、伯驹、承旨三家合并,虽妍而不甜；董源、米芾、高克恭三家合并,虽纵而有法。两家法门,如鸟双翼,吾将老焉。"他还说仿过赵伯驹的《春山读书图》。大李将军、赵伯驹,正是他所规定的"北派"吧！既"不当学",怎么他又想学呢？可见另有缘故,我们应该作进一步的探讨。

二、"南北二宗"的借喻关系

至于董其昌所说的"南北",他究竟想拿什么作标准呢？我们且看董其昌自己的说法："禅家有南北二宗，唐时始分；画之南北二宗，亦唐时分也。但人非南北耳。"好像他也知道南北二字易被人误解为画家籍贯问题，因此才加了一句"人非南北"的声明。虽然声明，但没解决问题。

综合明清以来各家对于"南北宗"的含义和界限的解释，不出两大类。一是从地域来分，一是从技法来分。第一类中常见的是以作者籍贯为据，这显然与"人非南北"相抵牾。或以所画景物的地区为据，这与董其昌等人所提出的原意也不相符，至少没见董其昌等人说到这层关系上。第二类在技法、风格上看"南北宗"，是从董其昌等人所提出的那些"渲淡""勾斫""板细""虚和"等概念来推求的。研究古代绘画的发展和它们的派别，技法、风格原是可用的一部分线索。但是这些误信"南北宗"谬说而拿技法、风格来解释它的，却是在"两大支派"的前提下着手，替这个前提"圆谎"，于是矛盾百出。最明显的马远、夏圭和赵伯驹、伯骕的作品，摆在面前，他们的技法风格无论怎样说也不可能归成一个"宗派"——"北宗"的。我们把误解和猜测的说法抛开，再看董其昌标出"南北"二字的原意是什么？他分明是以禅家作比喻的，那么禅家的"南北宗"又是怎样一回事呢？

禅宗的故事是这样的：菩提达摩来到中国，传到第五代，便是弘忍。弘忍有两个徒弟，一个是神秀，一个是慧能。他们两人在"修道"的方法上主张不同。慧能主张"顿悟"，也就是重"天才"；神秀主张"渐修"，也就是重"功力"。神秀传教在北方，后人管他那"渐修"一派叫作"北宗"；慧能传教在南方，后人管他那"顿悟"一派叫"南宗"。

我们不是谈禅宗的"教义"怎样，也不是论他们"顿"和"渐"谁是谁非。只是说"南顿""北渐"这个禅宗典故是流行已久的，那么董其昌借来比喻他所"规定"的画派是非常可能的了。再看他论仇英画的一段话：

李昭道一派为赵伯驹、伯骕。精工之极，又有士气，后人仿之者，得其工不能得其雅。若元之丁野夫、钱舜举是已。盖五百年而有仇实父……实父作画时，耳不闻鼓吹阗骈之声，如隔壁钗钏戒顾，其术亦近苦矣。行年五十，方知此一派画殊不可习，譬之禅定，积劫方成菩萨；非如董、巨、二米三家，可一超直入如来地也。

他认为李、赵"一派"用功极"苦",拿"禅定"来比,是需要"渐修"而成的;董、巨、二米,是可以"一超直入",即可以"顿悟"的。那么拿禅宗典故比喻画派的原意便非常明白。他或者想到倘若即提出"顿派""渐派",又恐怕这词不现成,不被人所熟习,因此才借用"南北"的名称。但禅宗的"南北"名称是由人的南北而起,拿来比画派又易生误解,所以赶紧加上"人非南北耳"的声明,也更可以证明他本意不是想用禅家两派名称表面的概念,而是想通过这个名称"南北"借用其内在含义——"顿""渐"。当然学习方法和创作态度是否可能"顿悟",董所规定的"南宗"里那些人又是否果然都会"顿悟",全不值我们一辩,这里只是推测董其昌的主观意图罢了。

必须注意的是即使我们承认李、赵是一派,也不能即说他们和董、巨、二米有什么绝对的对立关系。李、赵派需要吃功力,董、巨、二米派也不见得便可以毫不用功,更不见得便像董其昌所说的那么容易模仿,容易立刻彻底理解——"一超直入"。但在董其昌的绘画作品中常见有"仿吾家北苑""仿米家云山"等类的题识,可见他主观上曾希望追求董、巨、二米诸家作品的气氛却是事实。

在清代画家议论中,触及禅家两宗问题的,只有方薰一人:"画分南北两宗,亦本禅宗南顿北渐之义,顿者根于性,渐者成于行也。"算是说着了董其昌的原意,但可惜过于简略,没有详尽地阐明。所以《山静居论画》虽很流行,而在这个问题的解释上,还没发生什么效果。

三、董其昌立说的动机

董其昌为什么要创这样的说法呢?从他的文章中看,他标榜"文人画"而提出王维,他谈到王维的《江山雪霁图》时说:

赵吴兴小幅,颇用金粉……余一见定为学王维……今年秋,闻王维有《江山雪霁》一卷,为冯宫庶所收,亟令友人走武林索观……以余有右丞画癖,勉应余请,清斋三日,展阅一过。宛然吴兴小幅笔意也。余用是自喜。且右丞云："宿世谬词客，前身应画师。"余未尝得睹其迹，但以想心取之，果得与真肖合，岂前身曾入右丞之室，而亲览其盘礴之致，故结习不昧乃尔耶？

这样的自我标榜，是何等可笑！再看他一方面想学"大李将军之派"，一方面又贬斥"大李将军之派"，为什么呢？翻开他的年侄沈颢的话看："李思训风骨奇峭，挥扫躁硬，为行家建幢。若……马远、夏圭，以至戴文进、吴小仙、张平山辈，日就狐禅，衣钵尘土。"原来马、夏是受了常学他们的戴文进一些人的连累。戴、吴等在技法上是当时相对"玩票"画家——"利家"而称的"行家"。我们知道当时学李、赵一派的仇英也是"行家"。那么缘故便在这里，许多凡被"行家"所学，很吃力而不易模仿的画派，不管他们作风实际是否相同，便在"不可学""不当学"的前提之下，把他们叫作个"北宗"来"并案办理"了。

"行家""利家"（或作"戾家""隶家"）即"内行""外行"的意思。在元明人关于艺术的论著中常常见到。董其昌虽然不能就算是"玩票"的，但我们拿他的"亲笔画"和戴进一派来比，真不免有些"利家"的嫌疑，何况还有身份问题存在呢！那么他抬出"文人"的招牌来为"利家"解嘲，是很容易理解的。当然，"行家"们作画也不一定不学董其昌所规定的那一批"南宗"的画家，即那些所谓"南宗"的宋元画家，在技法上又哪一个不"内行"呢？因此并不能单纯地拿"行""利"来解释或代替"南北宗"的观念。这里只说明董其昌、沈颢等人在当时的思想。

从身份上看，戴进等人是职业画家，在士大夫和工匠阶层之间，最高只能到皇帝的画院里做个待诏等职。文征明确是文人出身，相传他做翰林待诏时——还不是画院职务，尚且被些个大官僚讥诮说："我们的衙门里不要画匠。"那么真正画匠出身的画家们，又该如何被轻视啊！因此有人曾想拿"院体"来解释"北宗"，这自然也是片面的看法，不待细辨的。

董其昌等人创说的动机中还有一层地域观念的因素。詹景凤《东图玄览编》说："戴（进）画之高，亦在苍古而雅，不落俗工脚手，吴中乃专尚沈石田，而弃文进不道，则吴人好画之癖，非通方之论，亦习见然也。"又戴进一派的画上很少看见多的题跋或诗文,这可能是他们学宋代画格的习惯,也可能是他们的文学修养原来不高。明刻《顾氏画谱》有沈朝焕题戴进画:"吴中以诗字妆点画品,务以清丽媚人,而不臻古妙。至姗笑戴文进诸君为浙气。"这真是"一针见血"之论。因此,龚贤在他的《画诀》上所说"大斧劈是北派,戴文进、吴小仙、蒋三松多用之,吴人皆谓不入赏鉴",也成为有力的旁证。再看董其昌自己的话:

> 昔人评赵大年画谓得胸中着千卷书更佳……不行万里路,不读万卷书,看不得杜诗,画道亦尔。马远、夏圭辈不及元四大家,观王叔明、倪云林姑苏怀古诗可知矣。

应该读书是一回事,拿不会作诗压马夏,又是"诗字妆点"的另一证据。由于以上的种种证据,董其昌等人捏造"南北宗"说法的种种动机,便可以完全了然了。

总结来说,"南北宗"说是董其昌伪造的,是非科学的,动机是自私的。不但"南北宗"说法不能成立,即使"文人画"这个名词,也不能成立的。"行家"问题,可以算是促成董其昌创造伪说动机的一种原因,但绝对不能拿它来套下"南北宗"两个伪系统。不能把所有被称为"南宗"的画家都当作"利家"。我们必须把这臆造的"两个纵队"打碎,而具体地从作家和作品来重新作分析和整理的功夫。我们不否认王维或李思训在唐代绘画史上各有他们自己的地位,也不否认董其昌所规定的那一些所谓"南宗画家"在绘画史上有很多的贡献。不否认戴进、吴伟一派中有一定的公式化的庸俗一面,也不否认沈周、文征明等,甚至连董其昌也算上有他们优秀的一面(我们辨"南北宗"说,不是为站在戴进一边来打倒董其昌)。但是,这与董其昌的标榜完全不能混为一谈,而需要另作新的估价。

"南北宗"说和伴随着的传授系统既然弄清楚是晚明时人伪造的,但三百年来它所发生的影响却是真的。我们研究绘画史,不能承认王维、李思训的传授系统,但应承认董其昌谬说的传播事实。更要承认的是这个谬说传播以后,一些不重功力,借口"一超直入如来地"的庸俗的形式主义的倾向。

宗法这个东西,本是封建社会的意识形态之一,山水画的"南北宗"说，当然也是这种意识在艺术上的反映。我们从整个的艺术史上看，这一个"南北宗"伪说的问题，所占比重原不太大，但它已经有这些龌龊思想隐在它的背后，而表面上只是平平淡淡的"南北"二字，这是值得我们严重注意的。

1954年初稿，1980年重订

附录：

董其昌《论画》与《画说》之作者关系

《画说》十六条，刊入《宝颜堂秘笈》续函第二十帙，又明人刻《闲情小品》及《续说郭》卷三十五亦收之。俱题莫是龙撰。

但许多书籍、法帖、书画著录，以及所见许多董其昌的墨迹中，常有与这十六条中文词相同的条目，于是这十六条的作者究竟是谁，就有了问题。我曾校辑各条，逐一比对，以过于烦琐，不便详录。现在撮举大要，写在这里。

甲、把十六条合刊题为莫撰的，有前举三者；零星引举称为莫撰的，有《清河书画舫》等。

乙、书籍、法帖、书画著录及所见董氏墨迹中，收论画之语，属于董氏名义的，有十二种。每种中的条目，此多彼少，有与那十六条重复的，有不重的。彼此牵连，打成一片，那十六条混在其中。

属于董氏名义的有下列十一种：

一、"论画琐言"十一条（《续说郭》卷卅五）

二、"闲窗论画"十一条（《媚幽阁文娱》）

三、"闲窗论画"八条（墨迹，东莞容氏颂斋藏）

四、"闲窗论画"八条（陈邦彦临本）

五、"闲窗论画"三条（《石渠宝笈》三编第十九函第二册）

六、"董文敏论画卷"十五条（《吴越所见书画录》卷五）

七、"董玄宰论画"十九条（郁逢庆《书画题跋记》续纪卷十二）

八、"画旨"七条（贾钰刻《百石堂帖》摹董书墨迹）

九、"明董其昌论画"十一条（《石渠宝笈》三编第十三函第一册）

十、论画语三条（李若昌刻《盼云轩帖》摹董书墨迹）

十一、论画语二条（邵松年《古缘萃录》）

以上十一种共载论画之语不重者卅三条，其中包括《画说》十六条。颂斋藏本（陈邦彦临本略同）后有董氏自跋云"旧有论画一卷，久已失之。适君甫（陈本作"君敷"）录得不全本（陈本作"以录本视余"），更书一通"云云。

我初见明人刻的书中有"画说"，以为可信为莫作。尤其陈继儒和莫、董都有交谊，他刻的《宝颜堂秘笈》中有《画说》，题为莫撰，更觉可信。后来陆续见到以上这些材料，其中董氏一再声明旧稿遗失，所以重写，足见他是在有意更正《宝颜堂秘笈》等书。那么陈继儒究竟为什么如此的张冠李戴呢？情理大约是这样：莫是龙死在己亥以前，见董题《郭熙溪山秋霁卷》。己亥年董其昌四十五岁。大约陈继儒为了纪念亡友，一时又找不着莫氏遗著，便将董氏的十六条旧稿拿来充数。董氏在书画上本来多受莫氏的影响，这十六条的论点可能即是莫氏的唾余。及至刊出，董氏不愿割让，又不便正面声明更正，便用一再给人书写的办法来作消极的更正。这种连几条散碎笔记都不肯割让以成死友之名的品质，正不待"民抄"，已自可哂。有人评论说：车马衣裘可与朋友共者，以其为身外之物也；而诗句拙劣至如"一鹤声飞上天"，亦唯恐旁人窃去者，以其出于自家心血也。真可算一针见血！可惜的是大力争来的那些条中，最重要的"南北宗"说一条，却正是凭空编造、毫无根据的一条，岂不是枉费心机了吗？

金石书画漫谈

金石书画部分的内容比较多,这里只能作一个简括的介绍,谈谈个人的一点看法,研究方面的一点门径、一点线索。

伟大的中华民族文化,我认为好比一朵花,花蒂、花蕊、花瓣等都是它的重要组成部分。这个文化史讲座的各个方面,好比是花的各个部分,金、石、书、画也是其中的一个部分。

金、石、书、画,本不是同一性质、同一用途,但在整个的中华民族文化中,这四项都成为中华民族艺术的特征,也可说是中华民族艺术所特有的。以下按次序作一些简单的介绍。

一、金

金就是金属,包括钣、铁等。这里是指用铜、铁等金属所制的器皿、器物,特别是古代的铜器。它们不管是作为实用的或是祭祀的,都是铜及其合金所制的器物。这些在商、周,人们往往说"三代",就是夏、商、周。其实夏到现在还没有十分弄清楚,一般认为夏文化是相当于龙山文化这一系,但夏的文化究竟是什么程度,还不甚清楚。所以"三代"文化,有把握的只能指商、周。古代把商、周的铜器叫作"吉金",就是好的金、吉祥的金。这种冶炼方法在当时已很发达,已能制造合金。制造出来的器皿,很多都有刻铸的文字。现在一般说的"金"是指金文,又叫"钟鼎文"。

商、周时代,诸侯贵族常常大批地制作铜器,上面刻铸铭文,现在陆续出土的不少。有时一个人只能铸一个器，有时又可一次铸好几个器。当时参与这种劳动的人民，大部分就是当时的奴隶。他们创作了千变万化的器形、妆饰图案，雕铸了种种文字铭记（记载谁在哪年为什么事情而制作这器）。这些器物，从商周以后长期沉埋在地下。许慎有"郡国亦往往于山川得鼎彝"的话，可见汉朝时已有出土的。

　　这种陆续的出土，到清朝末年，成为研究的大宗。拓本、实物，日呈纷纭，使人眼花缭乱，非常丰富多彩。到了现在，对于这方面的研究探讨就更加繁荣，方法也更加科学。从前的收藏家，不是官僚就是有钱人，他们的收藏，往往秘不示人。偶然有拓本流传出来，也不是人人可得而见之的。现在印刷术方便了，从器形到文字，大家都能看到，具有研究的条件，所以研究日见深入。发掘的方式，也愈有经验，愈加科学。从前出土的器物，辗转于古董商人与收藏家之间。它是哪里出土的？不知道。甚至一个器的盖子在一个人手里，而器本身则到另一个人手里。这种情况很多。一批出土有多少铜器？也不知道，都零零星星地散出去了。这在研究上是很费事的，因为缺乏许多辅助证据。许多奸商为了贪图得利，多卖钱，还卖到外国去。我们现在从发掘到整理、考定、印刷、编辑，都是有系统的，对于研究者有莫大的方便。可以取各个角度：器形、花纹、文字，以至它的历史背景、制作的人物、各诸侯封国的地理等，或者是有人想学写古篆字，也可以用来作范本。例如从制作来说，往往一个人所制的不止一件，我们只要看到各器上都有同一个人的名字，便可知道它们是属于同一个人制作的一套器物。这样，我们对于古代历史、古代人的各方面（包括生活习惯），就能有更清楚、更详细、更豁亮的了解。近年来在陕西发掘了许多成套成批的窖藏青铜器，大多是同一人或同一家族的，这样研究起来就很方便了。

　　从宋代到清代，大都把这类器物叫作"古董"，也叫"古玩"，是文人鉴赏的玩物。即或考证点文字，也是瞎猜。我们当然不能否认他们的考证功劳，但那是极其有限，远远不够的，还有许多错误。稍进一步的，把它们当作艺术品。西洋人、日本人买去中国的古铜器，研究它们的花纹。中国人也有研究花纹的。这种情形，始于20世纪20年代左右，这仍是停留在局部的研究，偶然有几个器皿做点比较。谈到全面地着手研究，我们不能不佩服近代的容庚（容希白）先生，他对于铜器研究的功劳是很大的。他著有《商周彝器通考》，连器形、花纹带铭文都加以研究；还著有《金文编》，把青铜器上的字按类按《说文》字序编排，例如不同器皿上的"天"字，都放在一块儿。这是近代真正下大气力全面地介绍和研究青铜器及金文的。此外，罗振玉的《三代吉金文存》，也是很重要的资料。现在已有人着手重新把至今出土的商周铜器铭文加以统编，这就更加全面了，只是现在还没有出版。

对于文字的考释，能令人心服口服的，首推不久前故去的于思泊（省吾）先生。他的考释最为扎实，决不穿凿附会。他还用古文字考证古书，成就比清末孙诒让等人大得多了。到今天为止，容、于两先生的著作以及罗的《三代吉金文存》等，仍是我们研究铜器和金文的重要参考材料。随着条件的改善，今后在这方面的研究一定会愈来愈完备，愈来愈深入。

甲骨文也被附在金文之后，讲金石的书往往连带讲甲骨，不是附在前头就是附在后头。其实甲骨应和铜器同样看待，甲骨文是金文的前身。商代刻在甲骨和铜器上的文字，往往有很大的相似，所以甲骨也应放在我们现在谈"金"的范围。现在出版了《甲骨文合集》，非常完备，研究起来不愁没有材料，不会被人垄断了。但甲骨文我不懂，不能随便说，只能谈到这里。

二、石

金、石常常并称。事实上金、石的性质、作用并不完全一样。古代的石刻有各方面的用途，所以它的形式和内容也就不同，文字因时代的关系也不同。汉朝也有铜器，但那上面的文字和商周铜器的文字迥然不同，一看就是汉朝的东西。此外，花纹和刻法也各不相同（商周铜器上的字，大部分是铸的，少部分是刻的）。

大批石刻的出现，应该说是从汉朝开始的。汉朝以前有没有石刻？有的，譬如说《石鼓文》。石鼓甭管它是什么年代的，总是秦统一天下以前的产物。唐朝人说是周宣王时制作的，也有人说是北周即宇文周时候制作的。后来马衡先生经过全面考证，确定它是秦的刻石。这个秦，不是统一中国的秦朝，而是在西北地区统一中国以前的秦国。可是还有问题：秦什么公？这个公那个公，众说纷纭，到今天尚无定论。

汉以前的石刻，起码石鼓是比较完整的，有一个石鼓的文字已经脱落，但是拓本还保留着。近年在河北满城古代中山国的地区，发掘出古代中山王的墓，里头有中山王的铜器，外边有一块石头，上面有两行字，也是战国时的刻石，比石鼓晚一些，但也是汉朝以前的刻石。所以古代石刻应追溯到石鼓和中山王墓刻石。《三代吉金文存》后面附有一小块石刻，文字和铜器文字很相像。什么时候刻的？不知道。这块石头现在也不知道哪儿去了。

现在所谓的"石"，大致是指汉代及汉代以后的石刻。讲求、探讨的也比较多。汉朝的碑是比较多。其实，秦碑也有，只是不作碑形，常常是在山岩上磨平一块石头刻字。现在秦碑的原刻几乎没有，留传的大多是翻刻的。原石保留下来的只有《琅琊台刻石》，保存在历史博物馆，上面的每个字都已经模糊了。还有《泰山刻石》，只剩下了几个字，残石还在泰山的岱庙里摆着。其余的都已毁掉了，只有汉碑算是大宗。

什么是碑？碑本来是坟墓竖立的一种标志。碑石有大有小，记载着墓主人的生平事迹。后来推而广之，不光是为死者立碑，也应用到生人，譬如一个官员调离，当地有人立碑为他歌功颂德。事实上这种大块的碑，就是石头做的大块布告牌，譬如修一座庙，前面立一块碑，说明庙的缘起；皇帝办了一件事，臣下恭维，或者皇帝自吹自擂，也刻一块，岂不是布告牌？像秦始皇、唐明皇，都曾经在摩崖上让臣下给刻上大块歌功颂德的文章，比后世大张纸贴的布告结实得多，意在留传千古，但事实上后来有的让人凿掉了，有的是山崖崩塌了。当初立碑的本意不过是歌颂、吹捧死者、官员乃至皇帝，但后来意料之外地被人注意，得以保存留传的，却不在于它那歌功颂德的内容，而在于它书写的文字，在于它保存了许许多多的书法。他们吹捧的内容，已无人注意。有人见到石刻残损文字而惋惜。我说，字少了，美术品少了一部分是坏事，但文辞少了，念不全了，未必不是被吹捧者的幸事，因为他可以少出些丑。从前人制作拓本，往往是为了碑上头刻的字写得好，或者是时代早，宝贵得不得了。比如汉朝在华山立了一块碑，叫《华山庙碑》，在清朝末年只保留下来三本拓本，后来又发现了一本，这四本都价值连城，后面有许多人的题跋。这也不在于它的内容（当然也有人考证），而在于它的字。许多古碑也是如此。以前人对于碑只是着眼于先拓后拓，多一字少一字，稍后对碑形、花纹、制作乃至于刻工等方面，也加以研究。这与上述对于商周铜器的研究过程很有相似之处。

汉碑这种字，不管它刻得精不精，毕竟是用刀刻出来之后，用墨拓下来的，从前得到一本都很难。今天我们看到出土的多少万支竹木简，都是汉朝人的墨迹，直接用墨写的。这在书法艺术上、史料价值上，比起汉碑来又不相同了，这待下面再说。所以说，以前的人很可怜，看到一本墨拓，就那么几个字，多一笔少一笔，这里坏一块，那里不坏，争论个不休。这是因为时代和条件都有其局限，出土的东西也少。

还有一种叫墓志，也是一大宗。坟里头埋块石头，写上这人是谁，预备日后坟让人不知道是谁了，挖开一瞧，知道是谁，人家好给他埋上。这用意是很天真的，没想到后来人家正因为他坟里有墓志，就来挖他的坟，这种情形多得很。墓志有长条的，也有方块的，汉朝还没有这种东西，从南北朝一直到唐宋，都是很盛行的。墓志也和碑的性质一样，记载着死者的事迹，也属碑刻的性质。

再有一方面是"帖"。什么叫帖？本来很简单，指的是一张纸条儿或纸片儿，多是彼此的通信。现在还有便条儿，随便的纸条儿（今天的名片，也是纸条儿）。上边的字，写得比较随便，不像写碑那么郑重其事，确实另有趣味，大家比较重视，把这些有趣味的东西汇集起来。因为古代没有影印技术，只好钩摹下来刻在石头上或木板上，再用纸和墨拓下来，等于刻木板印书的办法，这种印刷品被人称作"帖"。事实上帖本来不是指墨拓的东西，而是指被刻的内容，即刻以前的原件（纸条儿）叫"帖"。好比这是一部书，叫作《诗经》或《左传》，不是说它这个书套子或部头叫《诗经》或《左传》，而是指它的文字内容。所以"帖"也是指的所摹刻的内容。这个意义扩大了，凡是墨拓的刻本，被人作为字样子来写，作为参考品的，都被称为"帖"。如有人说，"我这儿有一本帖"，打开一瞧，是个汉碑。为什么也把它叫作"帖"？因为它已经裁了条，裱成本，被人作为习字的范本，所以也被称作

"帖"。因此说，"帖"的意义已经扩大了，凡是墨刻的、石刻的、裱成本的，大家都管它叫作"帖"。

帖写的多半是行书，随便写的；而碑版多半是很规矩很郑重的。所以一般又管写行书一派的叫"帖学"，管写楷书一派的叫"碑学"。这种说法，我认为是不太科学的。

现在，印刷技术方便了，碑帖的印本也多起来了，这里无法多举例，因为太多了。要论起整部的书来，比较方便查阅的，有清末民初的杨惺吾（守敬）编的一本《寰宇贞石图》，把整篇整幅的碑文影印出来，可以使我们看到碑版的全貌，很有用处；但是它是缩小的，碑有一丈、八尺，它也只能印成这么一张纸片儿，而且碑版的数量及文字说明也不多。近代赵万里先生辑有一部《魏晋南北朝墓志考释》，都是墓志，既影印拓本，也考释文辞，是很好的。讨论石刻，有一部书也很重要，就是清朝末年叶昌炽所编的《语石》，它从各个角度、各个方面来论述石刻：多少种类、多少样子、多少用途、多少文字、多少书家……分量不多，但内容极其丰富，所遗憾的是没有附插图，要是每谈一个问题，每举一个例子，都附上插图，就方便多了。今天要是想给《语石》补插图，就有很大的困难，许多原石都已找不到了。我想将来会有人给它进行扩充的。《语石》这种书，现在的人不是不能做，因为现在所出土的汉魏六朝隋唐的碑和墓志极多，比当年叶昌炽所能看到的要多出若干倍，要是加以统编、细细研究，附上插图，那就太好了。最近上海要出一本"扩大石刻文字汇编"之类的书（名字还未定），不久出版，最为方便了。

叶昌炽在他的《语石》一书中说：我研究这些石刻，主要是为了它们的字写得好（大意）。字好，是碑存在的一个重要因素。立碑刻碑的人是为了歌颂他自己。人家保存这个碑，却是为了它写的字好。这是立碑、刻碑的人始料不及的。由此可见，书法艺术自有它独立的、不能磨减的艺术价值。

三、书

"书"本是文字符号。现在提的"书"不是从文字符号讲，也不是从文字学讲，而是从书法艺术讲。书法在中华民族有很深远的影响，由于汉字不仅被汉族，也被少数民族不同程度地使用着，所以，书法在中华民族文化中占很重要的位置。曾经有人提出，书法不是艺术，理由是西洋古代没有一个国家、一个民族把书法当艺术的。其实，中国特有而外国没有的东西太多了，难道都不算艺术了吗？如《红楼梦》是中国特有的，外国没有，就不算文学了吗？现在，这种观点逐渐纠正过来了。大家知道，书法是一种艺术，并且是广大人民喜闻乐见、非常爱好的艺术。

中国的汉字（各个有文字的民族都一样）一出现，写字的人就有要"写得好看"的要求和欲望。如甲骨文就是如此，不论单个字还是全篇字，结构章法都很好看。可见，自从有写字的行动以来，就伴随着艺术的要求、美观的要求。

秦汉以来的墨迹，近年出土的非常多。这里面丰富多彩，字形、笔法、风格，变化极多。从前只看到汉简，现在可以看到秦代的了。如湖北睡虎地的秦简，全是秦隶。从前人看见一本残缺不全的汉碑拓本，便视为珍宝。现在可以看见汉朝人的亲笔墨迹。日本人用过一个词，把墨迹叫作"肉迹"，即有血有肉，痛痒相关，我很欣赏这个词，经常借用。现在可以看到成千上万的秦汉人的"肉迹"，这是我们研究文学、研究书法、研究古代历史的莫大的幸福。

不论是秦隶还是汉隶，都是刚从篆体演变过来的，写起来单调而且费事。所以到了晋朝后，真书（又叫楷书、正书）开始定型。虽然各家写法不同，风格不同，但字形的结构形式是一致的。各种字体所运用的时间都不如真书时间久，真书至今仍在运用。为什么真书能运用这么久？因为这种字形在组织上有它的优越性。字形准确，写起来方便，转折自然，可连写，甚至多写一笔少写一笔也容易被人发现。真书写得萦连一点就是行书，再写得快一点就是草书。当然，草书另有一个来源，是从汉朝的章草演变而来的。但到东晋以后就与真书合流了，是用真书的笔法写草书，与用汉隶的笔法写章草不同。

真书行书的系统既是多有方便，所以千姿百态的作品不断出现，风格多种多样，出现了各种字体（艺术风格上被称为字体），比如颜体、柳体、欧体、褚体等。为什么以前没有？因为以前没有人专职写字、专以书法著名的，就连王羲之也不是专职写字的人。古代也没有"书法艺术家"这个称呼。当时许多碑都是刻碑的工人写的，到了唐朝才有文人写碑。唐太宗自己爱写字，自己写了两个碑《晋祠铭》《温泉铭》，还把这两个碑的拓本送外国使臣。当时的文人和名臣，如虞世南、欧阳询、褚遂良、薛稷、薛曜以及后来的颜真卿、柳公权等人都写碑。这样，书法的风格流派也逐渐增多了。其实，今天看见的敦煌、吐鲁番等地出土的文书、写经等，其水平真有远远超过写碑版的。唐朝一般人的文书里，行书的书法也有比《晋祠铭》好得多的，但那些皇帝、大官写出来的就被人重视。我们要知道，唐朝有许多无名的书法家的水平是很高的，写的字非常精美。晋唐留传下来的作品（不论是刻石还是墨迹）非常多，我们的眼福实在不浅。

　　附带说一下名称问题：古代称好的书法作品为"法书"，是说这件作品足以为法；书法、书道、书艺是指书写的方法，现在合二而一了，一律叫作"书法"。把写的字也叫作"书法"，省略了"作品"二字，可以说是"约定俗成"了。

　　如把"书"平列在"金""石""画"之间，那它的作用和用途就大多了，广多了。生活中的各个地方，没有与书法无关的，没有用不上书法的。也可以说，书法已经出现在任何地方，也发挥着极大的效用。从书法作品、实用的装饰品到书信往来，作为交际语言的记录工具，两人以至两国的信用证明（签字）都要用书法。书法活动既可以锻炼艺术情操，又可以调心养气，收到健身的效果。总而言之，今天看到书法有这样广大的爱好者，原因很简单，就是它和人们生活的关系十分密切。这种密切的关系又非常长久，北朝人曾经说过"尺牍书疏，千里面目"。给人写封信（尺牍）、写个条（书疏）等于相隔千里之远的两个人见面。现在有传真照相，可以寄照片，这是"千里面目"。但古代没有，看一封信，感到很亲切，如见其人。书法被人作为人格、形象的代表，自古以来就是这样。

　　有人常常问到什么是书法知识，说明需要抓紧编写学习书法的参考书。碑帖影印的很多了，但系统的讲解、分析是不很够的，怎么去写？大家很愿意了解。各家有各家的心得，这里就不多谈了。大家了解了书法的沿革，再多参考古代的碑帖，多看古代的墨迹，这样对书法的了解自然就会深刻，这样对写也有很多方便的地方。

四、画

　　画的起源，不用详谈。初民怎么画，只要看小孩怎么画就会明白。画很简单，可是有新鲜的趣味。看见什么就画什么，生活里面遇到什么，就随手画、刻到墙上，这是很自然的。值得特别注意的是，自从绘画成熟以后，形体逐渐地准确了，颜色也逐渐地丰富了。绘画成熟在什么时代？我们的估计往往是不对的。从近代科学考古发掘出的成果，可以看到这一点。画成熟的时代应该很早。古代的文化，从商周以来，不知经过多少毁灭性的破坏，使后世无法看到。商周的铜器的铸造方法，近代很多人奇怪，那时就有那么高的合金技术；透光镜（铜镜子，可以透出光照到墙上），经过多少人研究，现代才发现有两种方案，但古人用哪一种方案，至今也不清楚。这说明我们有许多的科学发明、科学成就随着毁灭性的破坏而消失了。古代的绘画更脆弱了。一种是画在墙上，以为墙是结实的，但随着墙的毁坏，画也没有了。画在帛上的也不延年。唐宋人没见过古代的绘画，只看过武梁祠画像，根据这些推测判断汉朝绘画，以为汉朝绘画就是这样的。这样推论的起点太低了。不止绘画一种，我们对古代文化不了解的太多了。近代发现了汉朝墓室里的壁画，大家的看法才有所改观，觉得从前的推测是错的。近年长沙马王堆出土了帛画，使人看到出丧幡上的帛画，精致极了，比武梁祠的画不知高出多少倍。假定帛画是一百分，武梁祠的画只能算不及格。人们看到马王堆的帛画，无不惊诧变色，这才知道古代绘画水平已达到什么地步。我们应该以这（西汉初年）作为起点，往上推溯商周绘画应该有什么样的成就。看到了马王堆出土的帛画以后，有人说，我们的绘画史应重新写，已写出的全错了。因为起点（最低点）定错了。

　　今天我们研究古代绘画，有这么丰富的材料，但我们必须有正确的看法，这才能进行研究。看法和起点要是错了，研究就得不到正确的结论。唐以前和唐人的好画，多画在墙壁上，大多数已随着建筑物的毁坏而无存了。幸亏西北有许多干燥的洞窟壁画。首先是敦煌，敦煌壁画给我们提供了极丰富的宝贵的材料。敦煌许多画在绸帛上的画被外国人掠夺走了。国内留传下来的只是一部分。现在西北出土的一些残缺的绢画，即使是零块，都是非常精美的。这些东西的保存，对今天探讨古代绘画的源流有很大的作用。现在有没有留传下来的古画算是唐代或唐以前的呢？有。但这些画事实上都是经过第二手摹下来的，很少有真正的唐朝人直接画了留下来的。即使画稿、形象是某名家的作品，但画上的墨迹也不是作者本人的。古代没有别的办法，幸亏摹下副本，否则今天一点影子也看不到了。

我们对待古画要持科学态度：哪些是可信的古代人直接画下来的，哪些是后代人的复制品。但许多古董商人，不是从学术出发，而是从价值观念出发，顺口说这是唐朝的，那是宋朝的，时代越早越贵，可以多卖钱。事实上与学术无关。我们参考画风，研究画派，看这些摹本、仿本、临本不是不可以，但要知道是什么时代人临的、仿的，如果听信大古董商的说法，把宋元的硬说成唐宋的，这样科学系统就乱了。譬如看京戏，如果真承认那位男演员扮女角即一个女子，一个花脸角色的演员本人真就长得脸上花红柳绿的，这便成了小孩或傻子了。

宋朝人的画，多半是室内装饰品，很大的大张挂在屋里，比画在墙上进了一步。元朝才多卷册小品，在桌上摆着，作为案头玩赏的东西。这如同戏剧底本由舞台到案头一样。原来剧本是舞台唱的，实用的，后来成为文人创作后摆在案头欣赏，并不是在舞台上演的。有许多只能在案头看，是舞台上唱不了的。我们明白了这个道理，知道哪是墙壁上的画，哪是案头上的画，这样才能探索宋元以来的画派、画风。大家总是谈论宋朝画如何，元朝画又怎么变，哪是匠人画，哪是画家画，哪是文人画，我们今天研究古代绘画的沿革，必须考虑到这一点：在墙上画是什么样子？画在绢上贴在墙上是什么样子？案头画的小品又是什么样子？这些问题必须弄清楚。

到了元朝以后出现一种文人画——案头的玩赏的小品（不管它多大张幅也是这个系统）。墙壁上的画，实际上和装饰画是一派。文人案头画是一派，对这一派也有许多争论，但它也有它的新趣味，不能一笔抹杀。这一种风格的影响有几百年。宋朝已经开始了！如苏东坡喜欢随便画点竹子、画树、画块石头。现在还有一件真迹,树画一个圈儿,底下是石头。按照画家的要求,这画画得非常外行,非常不及格,但这是真的。米芾画的《珊瑚笔架图》,笔道七扭八歪。这是文人游戏的笔墨。到了元朝才逐渐出现精美的文人画,影响一直到现在。这一派,这种创作方法,至今尚占很大的比重。

今天研究绘画确实方便多了,印刷品越来越精了,越来越多了。我们现在要想研究,有几点特别要注意。现在研究古代绘画,研究绘画沿革历史,必须从实物出发,得看到真正的原作(包括影印品),客观地比较,虚心地分析。只看书本上说的不行,只听别人讲的也不行,必须从实物出发,真正地客观地作了比较,我们才能得出正确的论断和新颖的见解。这种比较在古代,在从前印刷困难、地下出土的东西不多时是没有办法的。在今天,我们确实是方便多了。

现在研究古代的绘画,又出现了两种困难。一是出现了太窄的现象。我认为,研究绘画,研究绘画沿革,不论在中国在外国都出现了这样一个现象:研究一家,只抱住一家,翻来覆去地考证探索。须知这个画家不能独立存在,必须和当时的环境、当时的时代联系起来。"窄"还表现在只研究一家的一个方面,如一个画家又会画兰竹,又会画山水,又会画松树,却只是专门研究他画的竹子。这样就钻进了牛角尖而不自觉。另一方面,论据必须是真品。有许多是假的,是古董商人瞎吹的。你根据的真伪还不分,不能"去伪存真",又怎么能"去粗取精"呢?首先要辨别真伪。这里就出现一个问题,今天辨别真伪的标准,也被古董商人搅乱了。从明清以来就有这种情况:真画儿换假跋,真跋配假画儿,哪个名气大、哪个大、哪个早、哪个值钱就写哪个。后来研究者也常陷入古董商人的这个标准。如评论是纸本还是绢本,质地颜色洁白还是昏黑,黑了就用漂白粉拼命冲洗,画儿的笔墨都不清楚了,底子可白了,那也要。因为"纸白版新",这是古董商的标准。常见著录的书上说"这是上品",但笔墨画法并不高明。为什么是上品?就因为"纸白",其实那是用化学药品冲洗白的。又如完整还是破碎,中国藏还是外国藏等,有许多人认为是外国藏的就好,其实这是令人很痛心的事。我虽然也忝被列入了"鉴定家"的行列,但我"知物不知价"。"黑纸白版新'就好'""这个值钱多"……这些我一点儿也不懂,因为我没做过古董商人。

　　总之，今天研究绘画，必须根据可靠的、可信的资料，要辨别真伪；真到什么程度，是作者亲笔还是复制品？我们为研究一种风格，复制品也有价值。当然，从古董的价钱说，复制品与原作不同，但如从学术上讲，是有研究价值的。现在印刷品很多，有了彩色印刷，虽然比起原作还有差距，但无论如何比黑白的好多了。我们受近代科学的嘉惠，受近代科学之赐，研究绘画更方便了。

　　今天研究金石书画的条件已千倍万倍地优于前人，我们研究的便利比古人要大得多。只要我们的观点是正确的，从实物而不是从现象出发，博学、广问、慎思、明辨，自己有一定的立脚点而不随声附和，我们的成绩会是无限的。

书画鉴定三议

一、书画鉴定有一定的"模糊度"

古代名人书画有真伪问题，因之就有价值和价钱问题。我每遇到有人拿旧字画来找我看的时候，首先提出的问题，不是想知道它的优劣美恶，而常是先问真伪，再问值多少钱。在一般鉴定工作中，无论是公家的还是私人的，又有许多"世故人情"掺在其间。如果查查私人收藏著录，无论是历代哪个大收藏鉴定名家，从孙承泽、高士奇的书以至《石渠宝笈》，其中的漏洞破绽，已然不一而足；即新中国成立后人民的文物单位所有鉴定记录中，难道都没有矛盾、混乱、武断、模糊的问题吗？这方面的工作，我个人大多参加过，所以有可得而知的。但"求同存异""多闻阙疑"本是科学态度，是一切工作所不可免，并且是应该允许的。只是在今天，一切宝贵文物都是人民的公共财富，人民就都应知道所谓鉴定的方法。鉴定工作都有一定的"模糊度"，而这方面的工作者、研究者、学习者、典守者，都宜心中有数，就是说，知道有这个"度"，才是真正向人民负责。

鉴定方法，在近代确实有很大的进步。因为摄影印刷的进展，提供了鉴定的比较资料；科学摄影可以照出昏暗不清的部分，使被掩盖的款识重新显现，等等。研究者又在鉴定方法上更加细密，比起前代"鉴赏家"那套玄虚的理论、"望气"的办法，无疑进了几大步。但个人的爱好、师友的传习、地方的风尚、古代某种理论的影响、外国某种理论的比附，都是不可完全避免的。因之任何一位现今的鉴定家，如果要说没有丝毫的局限性，是不可能的。如说"我独无"，这句话恐怕就是不够科学的。记得清代梁章钜《制艺丛话》曾记一个考官出题为《盖有之矣》（见《论语》），考生作八股破题是："凡人莫不有盖"，考官见了大怒，批曰"我独无"。往下看起讲是："凡自言无盖者，其盖必大。"考官赶紧又将前边批语涂去。往下再看是："凡自言有盖者，其盖必多。"

这是清代科举考试中的实事，足见"我独无"三字是不宜随便说的！

有人会问：怎么才更科学，或说还有什么更好的科学方法？我个人觉得首先是辩证法的深入掌握，然后才可以更多地泯除成见，虚心地尊重科学。其次是电脑的发展，必然可以用到书画鉴定方法的研究上。例如用笔的压力、行笔习惯的侧重方向、字的行距、画的构图以及印章的校对等，如果通过电脑来比较，自比肉眼和人脑要准确得多。已知的还有用电脑测试种种图像的技术，更可使模糊的图像复原近真，这比前些年用红外线摄影又前进了一大步。再加上材料的凑集排比，可以看出其一家书画风格的形成过程，从笔力特点印证作者体力的强弱，以及他年寿的长短。至于纸绢的年代，我相信，将来必会有比"碳十四"测定年限更精密的办法，测出几百年中间的时间差异。人的经验又可与科学工具相辅相成。不妨说，人的经验是软件，或说软件是据人的经验制定的，而工具是硬件，若干不同的软件方案所得的结论，再经比较，那结论一定会更科学。从这个角度说，"肉眼一观""人脑一想"，是否"万无一失"，自是不言可喻的！

二、鉴定不只是"真伪"的判别

从古留传下来的书画，有许多情况，不只是"真""伪"两端所能概括的。如把真伪二字套到历代一切书画作品上，也是与情理不符合，逻辑不周延的。

譬如我们拿一张张三的照片说是李四，这是误指、误认；如说是张三，对了。再问是真张三吗，答说是的。这个"真"字、"是"字，就有问题了。照片是一张纸，真张三是个肉体，纸片怎能算真肉体？那么不怕废话，应该说是张三的真影、张三的真像等才算合理。书画的

"真""伪"者，也有若干成因。据此时想到的略举几例。

一、古法书复制品：古代称为"华本"。在没有摄影技术时，一件好法书，由后人用较透明的油纸、腊纸罩在原迹上勾画，摹法忠实；连纸上的破损痕迹都一一描出。这是古代的复制法，又称为"向拓"，并非有意冒充。后世有人得到摹本，称它为原迹，摹者并不负责的。

二、古画的摹本：宋人记载常见有华扬名画的事，但它不像法书那样把破损之处用细线勾出，因而辨认是不容易的。在今天如果遇到两件相同的宋画，其中必有一件是摹本，或者两件都是摹本。即使已知其中一件是摹本，那件也出宋人之手，也应以宋画的条件对待它。

三、无款的古画，妄加名款：何以没有款？原因可能很多，既然不存在了，谁也无法妄加推测。但常见有人追问："这到底是谁画的？"这个没有理由的问题，本不值得一答。古画却常因此造成冤案：所谓"好事者"或"有钱无眼"的地主老财们，没名的画他便不要，于是谋利的画商，就给画上乱加名款。及至加了名款后，别人看见款字和画法不相应，便"鉴定"它是一件假画。这种张冠李戴的画，如把一个"假"字简单地派到它头上，是不合逻辑的。

四、拼配：真画、真字配假跋，或假画、假字配真跋。有注重书画本身的人，商人即把真本假跋的卖给他；有注重题跋的人，商人即把伪本真跋的卖给他。还有挖掉小名头的本款，改题大名头的假款，如此等等。从故友张珩先生遗著《怎样鉴定书画》一书问世之后，陆续有好几位朋友撰写这方面的专著，各列例证，这里不必详举了。

五、直接作伪：彻头彻尾的硬造，就更不必说了。

六、代笔：这是最麻烦的问题，这种作品往往是半真半假的混合物。写字找人代笔，有的是完全不管代笔人风格是否相似，只有那个人的姓名就够了。最可笑的是旧时代官僚死了，门前竖立"铭旌"，中间写死者的官衔和姓名，旁边写另一个大官僚的官衔和姓名，下写"顿首拜题"，看那字迹，则是扁而齐的木刻字体，这是那个大官僚不会写的，就是他的代笔人什么文案秘书之类的人，也不会写，只有刻字工人才专能写它。这可算代笔的第一类。还有代笔人专门学习那位官僚或名家的风格，写出来，旁人是不易辨认的；且印章真确，作品实出那官僚或名家之家，甚至还有当时得者的题跋。这可算代笔的第二类，在鉴定结论上，已难处理。

至于画的代笔，比字的代笔更复杂。一件作品从头至尾都出代笔人，也还罢了；竟有本人画一部分，别人补一部分的，我曾见董其昌画的半成品，而未经补全的几开册页，各开都是半成品，我还曾看到过溥心畲先生在纸绢上画树木枝干、房屋间架、山石轮廓后即加款盖印的半成品，不待别人给补全就被人拿去了。可见（至少这两家）名人画迹中有两层重叠的混合物。

还有原纸霉烂了多处，重裱补纸之后，裱工"全补"（裱工专门术语，即用颜色染上残缺部分的纸地，使之一色，再仿着画者的笔墨，补足画上缺损的部分）。补缺处时，有时也牵连改动未损部分，以使笔法统一。这实际也是一种重叠的混合物。这可算代笔的第三类，在鉴定结论上更难处理。即以前边所举几例来看，"真伪"二字很难概括书画的一切问题，还有鉴定者的见闻、学问，各有不同，某甲熟悉某家某派，某乙就可能熟悉另一家一派。

还有人随着年龄的不同、经历的变化，眼光也会有所差异。例如恽南田记王烟客早年见到黄子久《秋山图》以为"骇心洞目"，乃至晚年再见，便觉索然无味，但那件画"是真一峰也"。如果烟客早年作鉴定记录，一定把它列入特级品，晚年作记录，恐要列入参考品了吧！我二十多岁时在秦仲文先生家看见一幅黄山谷原绢本设色山水，觉得是精彩绝伦，回家去心摹手追，真有望尘莫及之叹。后在四十余岁时又在秦先生家谈到这幅画，秦先生说："你现在看就不同了。"及至展观，我的失望神情又使秦先生不觉大笑。这和《秋山图》的事正是同一道理，属于年龄与眼力同步提高的例子。

另有一位老前辈，从前在鉴定家中间公推为泰山北斗，晚年收一幅清代人的画。在元代，有一个和这清人同名的画家，有人便在这幅清人画上伪造一段明代人的题，说是元代那个画家的作品。不但入藏，还把它影印出来。我和王畅安先生曾写文章提到它是清人所画而非元人的制作。这位老先生大怒。还有几位好友，在中年收过许多好书画，及至渐老，却把真品卖去，买了许多伪品。不难理解，只是年衰眼力亦退而已。

我听到刘盼遂先生谈过，王静安先生对学生所提出研究的结果或考证的问题时，常用不同的三个字为答：一是"弗晓得"，一是"弗的确"，一是"不见得"。王先生的学术水平，比我们这些所谓"鉴定家"们（笔者也不例外）的鉴定水平（学术种类不同，这里专指质量水平），恐怕谁也无法说低吧？我现在几乎可以说：凡有时肯说或敢说自己有"不清楚""没懂得""待研究"的人，必定是一位真正的伟大鉴定家。

三、鉴定中有"世故人情"

鉴定工作，本应是"铁面无私"的，从种种角度"侦破"，按极公正的情理"宣判"。但它究竟不同于自然科学，"一加二是三""氢二氧一是水"，即使嬴政、项羽出来，也无法推翻。而鉴定工作，则常有许许多多社会阻力，使得结论不正确、不公平。不正不公的，固然有时限于鉴者的认识，这里所指的是"屈心"作出的一些结论。因此我初步得出了八条：一皇威，二挟贵，三挟长，四护短，五尊贤，六远害，七忘形，八容众。前七项是造成不正不公的原因，后一种是工作者应自我警惕保持的态度。

一、皇威。是指古代皇帝所喜好所肯定的东西，谁也不敢否定。乾隆得了一卷仿得很不像样的黄子久《富春山居图》，作了许多诗，题了若干次。后来得到真本，不好转圜了，便命梁诗主在真本上题说它是伪本。这种瞪着眼睛说谎话的事，在历代最高权力的集中者皇帝口中，本不稀奇。但在真伪是非问题上，却是冤案。

康熙时陈邦彦学董其昌的字最逼真，康熙也最喜爱董字。一次康熙把各省官员"进呈"的许多董字拿出命陈邦彦看，问他这里边有哪些件是他仿写的，陈邦彦看了之后说他自己也分不出了，康熙大笑（见《庸闲斋笔记》）。自己临写过的乃至自己造的伪品，焉能自己都看不出。无疑，如果指出，那"进呈"人的"礼品价值"就会降低，陈和他也会结了冤家。说自己也看不出，又显得自己书法"乱真"。这个答案，一举两得，但这能算公平正确的吗？

二、挟贵。贵人有权有势有钱，谁也不便甚至不敢说"扫兴"的话，这种常情，不待详说。最有趣的一次，是笔者从前在一个官僚家中看画，他首先挂出一条既伪且劣的龚贤款名的画，他说："这一幅你们随便说假，我不心疼，因为我买得最便宜（价最低）。"大家一笑，也就心照不宣。下边再看多少件，都一律说是真品了。

三、挟长。前边谈到的那位前辈，误信伪题，把清人画认为元人画。王畅安先生和我惹他生气，他把我们叫去训斥，然后说："你们还淘气不淘气了？"这是管教小孩的用语，也足见这位老先生和我们的关系。我们回答："不淘气了。"老人一笑，这画也就是元人的了。

四、护短。一件书画，一人看为假，旁人说他真，还不要紧，至少表现说假者眼光高、要求严。如一人说真，旁人说假，则显得说真者眼力弱、水平低，常致大吵一番。如属真理所在的大问题，或有真凭实据的宝贝，即争一番，甚至像卞和抱玉刖足，也算值得，否则谁又愿惹闲气呢？

五、尊贤。有一件旧仿褚遂良体写的大字《阴符经》，有一位我们尊敬的老前辈从书法艺术上特别喜爱它。有人指出书艺虽高但未必然出于褚手。老先生反问："你说是谁写的呢？谁能写到这个样子呢？"这个问题答不出，这件的书写权便判归了褚遂良。

六、远害。旧社会常有富贵人买古书画，但不知真伪，商人借此卖给他假物，假物卖真价当然可赚大钱。买者请人鉴定，商人如果串通常给他鉴定的人，把假说真，这是骗局一类，可以不谈。难在公正的鉴定家，如果指出是伪物，买者"退货"，常常引鉴者的判断为证，这便与那个商人结了仇。曾有流氓掮客，声称找鉴者寻衅，所以多数鉴定者省得麻烦，便敷衍了事。从商人方面讲，旧社会的商人如买了假货，会遭到经理的责备甚至解雇；一般通情达理的顾客，也不随便闲评商店中的藏品。这种情况相通于文物单位，如果某个单位"掌眼"的是个集体，评论起来，顾忌不多；如果只有少数鉴家，极易伤及威信和尊严，弄成不愉快。

七、忘形。笔者一次在朋友家聚集看画，见到一件佳品，一时忘形地攘臂而呼："真的！"还和旁人强辩一番。我才凛然自省，向人道歉，认识到应该如何尊重群众！

八、容众。一次外地收到一册宋人书札，拿到北京故宫嘱为鉴定。

唐兰先生、徐邦达先生、刘九庵先生，还有几位年轻同志看了，意见不完全一致，共同研究，极为和谐。为了集思广益，把我找去。我提出些备参考的意见，他们几位以为理由可取，就定为真迹，请外地单位收购。最后唐先生说："你这一言，定则定矣。"不由得触到我那次目无群众的旧事，急忙加以说明，是大家的共同意见，并非我"一言堂"。我说："先生漏了一句：'定则定矣'之上还有'我辈数人'呢。"这两句原是陆法言《切韵序》中的话，唐先生是极熟悉的，于是仰面大笑，我也如释重负。颜鲁公说："齐桓公九合诸侯，一匡天下，葵丘之会，微有振矜，叛者九国。故曰行百里者半九十里，言晚节末路之难也。"这话何等沉痛，我辈可不戒哉！

　　以上诸例，都是有根有据的真人真事。仿章学诚《古文十弊》的例子，略述如此。坚持真理是社会主义的新道德，牵就世故是旧社会的残余意识。今天在还有贯彻新道德的余地的情况下，注意讲求，深入贯彻，仍是建设精神文明的一个重要环节，也是值得今天做鉴定工作的同志们共勉的！

谈诗书画的关系

首先说明,这里所说的诗是指汉诗,书指汉字的书法,画指中国画。

大约自从唐代郑虔以同时擅长诗书画被称为"三绝"以后,这便成了书画家多才多艺的美称,甚至成为对一个书画家的要求条件。但这仅只是说明三项艺术具备在某一作者身上,并不说明三者的内在关系。

古代又有人称赞唐代王维"诗中有画,画中有诗",以后又成了对诗、画评价的常用考语。这比泛称三绝的说法,当然是进了一步。现在拟从几个不同的角度,探索一下诗书画的关系。

一

"诗"的含义。最初不过是徒歌的谣谚或带乐的唱词,在古代由于它和人们的生活有着密切的关系,又发展到政治、外交的领域中,起着许多作用。再后某些具有政治野心、统治欲望的"理论家"硬把古代某些歌词解释成为含有"微言大义"的教条,那些记录下来的歌词又上升为儒家的"经典"。这是诗在中国古代曾被扣上过的几层帽子。

客观一些,从哲学、美学的角度论的"诗",又成了"美"的极高代称。一切山河大地、秋月春风、巍峨的建筑、优美的舞姿、悲欢离合的生活、壮烈牺牲的事迹等,都可以被加上"诗一般的"这句美誉。若从这个角度来论,则书与画也可被包罗进去。现在收束回来,只谈文学范畴的"诗"。

二

诗与书的关系。从广义来说，一个美好的书法作品，也有资格被加上"诗一般的"四字桂冠，现在从狭义讨论，我便认为诗与书的关系远远比不上诗与画的关系深厚。再缩小一步，我曾认为书法不能脱离文辞而独立存在，即使只写一个字，那一个字也必有它的意义。例如写一个"喜"字或一个"福"字，都代表着人们的愿望。一个"佛"字，在佛教传入以后，译经者用它来对梵音，不过是一个声音的符号，而纸上写的"佛"字，贴在墙上，就有人向它膜拜。所拜并非写的笔法墨法，而是这个字所代表的意义。所以我曾认为书法是文辞以至诗文的"载体"。近来有人设想把书法从文辞中脱离出来而独立存在，这应怎么办，我真是百思不得其法。

但转念，书法与文辞也不是随便抓来便可用的瓶瓶罐罐，可以任意盛任何东西。一个出土的瓷虎子，如果摆在案上插花，懂得古器物的人看来，究竟不雅。所以即使瓶瓶罐罐，也不是没有各自的用途。书法即使作为"载体"，也不是毫无条件的；文辞内容与书风，也不是毫无关联的。唐代孙过庭《书谱》说："写《乐毅》则情多怫郁，书《画赞》则意涉瑰奇，《黄庭经》则怡怿虚无，《太师箴》又纵横争折。暨乎兰亭兴集，思逸神超；私门诫誓，情拘志惨。所谓涉乐方笑，言哀已欢。"王羲之的这些帖上是否果然分别表现着这些种情绪，其中有无孙氏的主观想象，今已无从在千翻百刻的死帖中得到印证，但字迹与书写时的情绪会有关系，则是合乎情理的。这是讲写者的情绪对写出的风格有所影响。

还有所写的文辞与字迹风格也有适宜与否的问题。例如，用颜真卿肥厚的笔法、圆满的结字来写李商隐的"昨夜星辰昨夜风"之类的无题诗，或用褚遂良柔媚的笔法、俊俏的结字来写"杀气冲霄，儿郎虎豹"之类的花脸戏词，也使人觉得不是滋味。

归结来说，诗与书，有些关系，但不如诗与画的关系那么密切，也不如那么复杂。

三

　　书与画的关系问题。这是一个大马蜂窝，不可随便乱捅。因为稍稍一捅，即会引起无穷的争论。但题目所逼，又不能避而不谈，只好说说纯粹属于我个人的私见，并不想"执途人以强同"。

　　我个人认为"书画同源"这个成语最为"书画相关论"者所引据，但同"源"之后，当前的"流"还同不同呢？按神话说，人类同出于亚当、夏娃，源相同了。为什么后世还有国与国的争端，为什么还有种族的差别，为什么还要语言的翻译呢？可见"当流说流"是现实的态度，源不等于流，也无法代替流。

　　我认为写出的好字，是一个个富有弹力、血脉灵活、寓变化于规范中的图案，一行一篇又是成倍数、方数增加的复杂图案。写字的工具是毛笔，与作画的工具相同，在某些点画效果上有其共同之处。最明显的例如元代柯九思、吴镇，明清之间的龚贤、渐江等，他们画的竹叶、树枝、山石轮廓和皴法，都几乎完全与字迹的笔画调子相同，但这不等于书画本身的相同。

　　书与画，以艺术品种说，虽然殊途，但在人的生活中的作用，却有共同之处。一幅画供人欣赏，一幅字也无二致。我曾误认文化修养不深的人、不擅长写字的人必然只爱画不爱字，结果并不然。一幅好字吸引人，往往并不少于一幅好画。

　　书法在一个国家民族中，既具有"上下千年、纵横万里"的经历，直到今天还在受人爱好，必有它的特殊因素，又不但在使用这种文字的国家民族中如此，而且越来越多地受到并不使用这种文字的兄弟国家民族的艺术家们注意。为什么？这是个值得探索的问题。

　　我认为如果能找到书法艺术之所以能起如此作用，能有如此影响的原因，把这个"因"和画类同样的"因"相比才能得出它们的真正关系。这种"因"是两者关系的内核，它深于、广于工具、点画、形象、风格等外露的因素。所以我想与其说"书画同源"，不如说"书画同核"，似乎更能概括它们的关系。

　　有人说，这个"核"究竟应该怎样理解，它包括哪些内容？甚至应该探讨一下它是如何形成的。现在就这个问题作一些探索。

一、民族的习惯和工具：许多人长久共同生活在一块土地上，由于种种条件，使他们使用共同的工具。

二、共同的好恶：无论是先天生理的或后天习染的，在交通不便时，久而蕴成共同心理、情调以至共同的好恶，进而成为共同的道德标准、教育内容。

三、共同表现方法：用某种语词表达某些事物、情感，成为共同语言。用共同办法来表现某些形象，成为共同的艺术手法。

四、共同的传统：以上各种习惯，日久成为共同的各方面的传统。

五、合成了"信号"：以上这一切，合成了一种"信号"，它足以使人看到甲联想乙，所谓"对竹思鹤""爱屋及乌"，同时它又能支配生活和影响艺术创作。合乎这个信号的即被认为谐调，否则即被认为不谐调。

所以我以为如果问诗书画的共同"内核"是什么，是否可以说便是这种多方面的共同习惯所合成的"信号"？一切好恶的标准，表现的手法，敏感而易融的联想，相对稳定甚至寓有排他性的传统，在本民族（或集团）以外的人，可能原来无此感觉，但这些"信号"是经久提炼而成的，它的感染力也绝不永久限于本土，它也会感染别人，或与别的信号相结合，而成新的文化艺术品种。

当这个"信号"与另一民族的"信号"相遇而有所比较时，又会发现彼此的不足或多余。所谓不足、多余的范围，从广大到细微，从抽象到具体，并非片言可尽。姑从缩小范围的诗画题材和内容来看，如把某些诗歌中常用的词汇、所反映的生活，加以统计，它的雷同重复的程度，会使人吃惊甚至发笑。某些时代某些诗人、画家总有爱咏、爱画的某些事物，又常爱那样去咏、那样去画。也有绝不"入诗""入画"的东西和绝不使用的手法。彼此影响，互相补充，也常出现新的风格流派。

这种彼此影响、互成增减的结果，当然各自有所变化，但在变化中又必然都带有其固有的传统特征。那些特征，也可算作"信号"中的组成部分。它往往顽强地表现着，即使接受了乙方条件的甲方，还常能使人看出它是甲而不是乙。

再总括来说，前所谓的"核"，也就是一个民族文化艺术上由于共同工具、共同思想、共同方法、共同传统所合成的那种"信号"。

四

诗与画的关系。我认为诗与画是同胞兄弟，它们有一个共同的母亲，即生活。具体些说，即它们都来自生活中的环境、感情等，都有美的要求，有动人力量的要求等。如果没有环境的启发、感情的激动，写出的诗或画，必然是无病呻吟或枯燥乏味的。如果创作时没有美的要求，不想有动人的力量，也必然使观者、读者味同嚼蜡。

这些相同之处，不是人人都同时具备的，也就是说不是画家都是诗人，诗人也不都是画家。但一首好诗和一幅好画，给人们的享受则是各有一定的分量，有不同而同的内核。这话似乎未免太笼统、太抽象了。但这个原则，应该是不难理解的。从具体作品来说，略有以下几个角度：

一、评王维的"诗中有画，画中有诗"这两句名言，事实上已把诗画的关系缩得非常之小了。请看王维诗中的"画境"名句，如"山中一夜雨，树杪百重泉""竹喧归浣女，莲动下渔舟""草枯鹰眼疾，雪尽马蹄轻""坐看红树不知远，行尽青山忽见人"等著名佳句，也不过是达到了情景交融甚或只够写景生动的效果。其实这类情景丰富的诗句或诗篇，并不只王维独有，像李白、杜甫诸家，也有许多可以媲美甚至超过的。李白如"朝辞白帝彩云间""天门中断楚江开"，《蜀道难》诸作，杜甫如"吴楚东南坼""无边落木萧萧下"，《奉观严郑公厅事岷山沱江画图十韵》诸作，哪句不是"诗中有画"？只因王维能画，所以还有下句"画中有诗"，于是特别取得"优惠待遇"而已。

至于王维画是个什么样子，今天已无从得以目验。史书上说他"云峰石迹，迥出天机；笔思纵横，参乎造化"。这两句倒真达到了诗画交融的高度，但又夸张得令人难以想象了。试从商周刻铸的器物花纹看起，中经汉魏六朝、隋唐宋元，直到今天的中外名画，有哪一件可以证明"天机""造化"是个什么程度？王维的真迹已无一存，无从加以证实，那么王维的画便永远在"诗一般的"极高标准中"缺席判决"地存在着。以上是说诗与画二者同时具备于一人笔下的问题。

二、画面境界会因诗而丰富提高。画是有形的，而又有它的先天局限性。画某人的像，如不写明，不认识这个人的观者就无从知道是谁。一个风景，也无从知道画上的东西南北。种种情况，都需要画外的补充。而补充的方法，又不能在画面上多加小注。即使加注，也只能注些人名、地名、花果名、故事名，却无从注明其中要表现的感情。事实上画上的几个字的题词以至题诗，都起着注明的作用，如一人骑驴，可以写"出游""吟诗""访友"甚至"回家"，都可因图名而唤起观者的联想，丰富了图中的意境，题诗更足以发挥这种功能。但那些把图中事物摘出排列成为五、七言有韵的"提货单"，则不在此内（不举例了）。

杜甫那首《奉观严郑公厅事岷山沱江画图》诗，首云"沱水流中坐，岷山到北堂"，这幅画我们已无从看到，但可知画上未必在山上注写"岷山"，在水中注写"沱水"。即使曾有注字，而"流"和"到"也必无从注出，再退一步讲，水的"流"可用水纹表示，而山的"到"，又岂能画上两脚呢！无疑这是诗人赋予图画的内容，引发观画人的情感，诗与画因此相得益彰。今天此画虽已不存，而读此诗时，画面便如在眼前。甚至可以说，如真见原画，还未必比得上读诗所想的那么完美。

再如苏轼《题虔州八境图》云："涛头寂寞打城还，章贡台前暮霭寒。倦客登临无限思，孤云落日是长安。"我生平看到宋画，敢说相当不少了，也确有不少作品能表达出很难表达的情景，即此诗中的涛头、城郭、章贡台、暮霭、孤云、落日都不难画出，但苏诗中那种回肠荡气的感情，肯定画上是无从具体画出的。

又一首云："朱楼深处日微明，皂盖归来酒半醒。薄暮渔樵人去尽，碧溪青嶂绕螺亭。"和前首一样，景物在图中不难一一画出，而诗中的那种惆怅心情，虽荆、关、李、范也必无从措手的。这八境图我们已知是先有画后题诗的，这分明是诗人赋予图画以感情的。但画手竟然用他的图画启发了诗人这些感情，画手也应有一份功劳。更公平地说，画的作用并不只是题诗用的一幅花笺，能引得诗人题出这样好诗的那幅画，必然不同于寻常所见的污泥浊水。

三、诗画可以互相阐发。举一个例：曾见一幅南宋人画的纨扇，另一面是南宋后期某个皇帝的题字，笔迹略似理宗。画一个大船停泊在河边，岸上一带城墙，天上一轮明月。船比较高大，几占画面三分之一，相当充塞。题字是两句诗，"沉寥明月夜，淡泊早秋天"，不知是谁作的。也不知这两面纨扇，是先有字后补图，还是为图题的字。这画的特点在于诗意是冷落寂寞的，而画面上却是景物稠密的，妙处在即用这样稠密的景物，竟能把"沉寥""明月夜"和"淡泊""早秋天"的难状内容，和盘托给观者。足使任何观者都不能不承认画出了以上四项内容，而且了无差错。如果先有题字，则是画手善于传出诗意，这定是深通诗意的画家；如果先有画，则是题者善于捉住画中的气氛，而用语言加工成为诗句。如诗非写者所作，则是一位善于选句的书家。总之，或诗中的情感被画家领悟，或画家的情感被题者领悟，这是"相得益彰"的又一典范。

其实所见宋人画尤其许多纨扇小品，一入目来便使人发生某些情感的不一而足。有人形容美女常说"一双能说话的眼睛"，我想借喻好画说它们是一幅幅"能说话的景物，能吟诗的画图"。

可以设想在明清画家高手中如唐六如、仇十洲、王石谷、恽南田诸公，如画沉寥淡泊之景，也必然不外疏林黄叶、细雨轻烟的处理手法。更特殊的是那幅画大船纨扇的画家，是处在"马一角"的时代，却不落"一角"的套子，岂能不算是豪杰之士！

四、诗画结合的变体奇迹。元代已然是"文人画"（借用董其昌语）成为主流，在创作方法上已然从画帧上贴绢立着画而转到案头上铺纸坐着画了。无论所画是山林丘壑还是枯木竹石，他们的前提，不是物象是否得真，而是点画是否舒适。换句话说，即志在笔墨，而不是志在物象。物象几乎要成为舒适笔墨的载体，而这种舒适笔墨下的物象，又与他们的诗情相结合，成为一种新的东西。倪瓒那段有名的题语，说他画竹只是写胸中的逸气，任凭观者看成是麻是芦，他全不管。这并非信口胡说，而确实代表了当时不仅止倪氏自己的一种创作思想。能够理解这个思想，再看他们的作品，就会透过一层。在这种创作思想支配下，画上的题诗，与物象是合是离，就更不在他们考虑之中了。

倪瓒画两棵树一个草亭，硬说他是什么山房，还振振有词地题上有人有事有情感的诗。看画面只能说它是某某山房的"遗址"，因为既无山又无房，一片空旷，岂非遗址？但收藏著录或评论记载的书中，却无一写它是"遗址图"的，也没人怀疑诗是抄错了的。

到了八大山人又进了一步，画的物象，不但是"在似与不似之间"，几乎可以说它简直是要以不似为主了。鹿啊，猫啊，翻着白眼，以至鱼鸟也翻白眼。哪里是所画的动物翻白眼，可以说那些动物都是画家自己的化身，在那里向世界翻着白眼。在这种画上题的诗，也就不问可知了。具体说，八大山人题画的诗，几乎没有一首可以讲得清楚的，想他原来也没希望让观者懂得。奇怪的是那些"天晓得"的诗，居然曾见有人为它诠释。雅言之，可说是在猜谜；俗言之，好像巫师传达恶语，永远无法证实的。

但无论倪瓒或八大山人，他们的画或诗以及诗画合成的一幅幅作品，都是自标新意、自铸伟词，绝不同于欺世盗名、无理取闹。所以说它们是瑰宝，是杰作，并不因为作者名高，而是因为这些诗人、画家所画的画、所写的字、所题的诗，其中都具有作者的灵魂、人格、学养。纸上表现出的艺能，不过是他们的灵魂、人格、学养升华后的反映而已。如果探索前边说过的"核"，这恐怕应算"核"中一个部分吧！

五、诗画结合也有庸俗的情况。南宋邓椿《画继》记载过皇帝考画院的画手，以诗为题。什么"乱山藏古寺"，画山中庙宇的都不及格，有人画山中露出鸱尾、旗杆的才及了格。"万绿丛中一点红"，画绿叶红花的都不及格，有人画竹林中美人有一点绛唇的乃得中选。"踏花归去马蹄香"，画家无法措手，有人画马蹄后追随飞舞着蜜蜂蝴蝶，便夺了魁。如此等等的故事，如果不是记录者想象捏造的，那只可以说这些画是"画谜"，谜面是画，谜底是诗，庸俗无聊，难称大雅。如果是记录者想象出来的，那么那些位记录者可以说"定知非诗人"（苏轼诗句）了。

从探讨诗书画的关系，可以理解前人"诗禅""书禅""画禅"的说法，"禅"字当然太抽象，但用它来说诗、书、画本身许多不易说明的道理，反较旁征博引来得概括。那么我把三者关系说它具有"内核"，可能词不达意，但用意是不难理解的吧？我还觉得，探讨这三者之间的关系，必须对三者各自具有深刻的、全面的了解。在了解的扎实基础上再能居高临下去探索，才能知唐宋人的诗画是密合后的超脱，而倪瓒、八大山人的诗画则是游离中的整体。这并不矛盾，引申言之，诗书画三者间，也有其异中之同和同中之异的。

《红楼梦注释》序[1]
——为北京师范大学中文系古典文学组合编本作

每部文学作品，无论在生活背景、语言词汇各方面，都有它的时代和地区的特点，《红楼梦》自然不会例外。但《红楼梦》由于作者的水平高，成书的时代近，用的语言又基本是北京话，因此今天广大的读者并不觉得难懂。但也有些容易发生问题的地方，我常听到读者提出的问题大致有以下几个方面：

一、某些北京俗语；

二、服妆形状；

三、某些器物的形状和用途；

四、官制。

这些当然是一般读者容易不太熟悉的，但此外的是否就都易懂呢？不然。我每遇到有人向我提出关于书中问题时，我总预料必将包括一些诗歌、骈文的内容。但常常与我所料相反，一般并无这方面的问题。是一般读者都理解了吗？未必，大多数是把它们翻过去。我还有时进一步向问者提出，他认为明白的某些部分怎么讲。得到的答案往往并不确切，可见那些认为"不成问题"的部分，也未必没有问题。因此在前举四个方面之外，至少还有四个方面值得探讨的：

五、诗歌骈文的内容；

六、生活制度和习惯；

七、人物和人物的社会关系；

八、写实与虚构的辨别。

大家都知道，除了法律的爰书、医疗的病历之类以外，一切文学艺

---

[1] 本文选自同心出版社《启功人生漫笔》。

术作品，都不能无所加工、无所虚构，这原是事理之常，无须声明交代的。而《红楼梦》一书中，作者却屡次发出关于真假问题的宣言，读者容易看作是对故事、对人物虚构时的声明，免得当时被人怀疑他有所讽刺，因而产生什么文字之祸。其实我们在书中许多天花乱坠、逼真活现的场面中，不难推敲出若干关键的东西全是"子虚乌有"。或"以假作真"，或"以真作假"。因此《红楼梦》这部和白居易诗一样可使不识字的老妪都能听得懂的作品，而许多饱学的老妪却未必都能理解得透。于是"横看成岭侧成峰，远近高低各不同"，也就成了新旧"红学"千猜万考的广阔园地。

《红楼梦》既需要注释，注释起来，又不是那么省事的。一个典故的出处，一件器物的形状，要概括而准确地描述，颇为费力。即极平常的一个语词，在那个具体的环境中，究竟怎么理解，也常常不是容易的。推广到前举八个有待注释的方面，也都如此。现在试各举例来谈谈：

一、语言问题：全书基本用的是北京话，这是人所共见的，但也运用了古代汉语，并吸收了其他旧小说的成语。由于作者取精用宏，信手拈来，化他人所有的为自己固有的，读者便毫无生硬的感觉。因此有人一一加以追溯，某一语词，某地曾有，于是作者的籍贯被猜得忽南忽北。如果是以这点为衡量古书作者产地的唯一根据，那么李白、杜甫将不知同时有多少家乡了。本书中语言方面有待注释而又难于注释的约有两类。第一类是有些俗语词汇，现在已经消失的，例如"不当家花拉的"一词（二十八回），前于本书的，《金瓶梅》和《醒世姻缘》中有过；后于本书的，《儿女英雄传》中也有过。我在50年代初注释本书时曾经望文生义，以为是"不了解"的意思。后读明人刘侗《帝京景物略》才知道"不当家"即"不应当""不应该""不敢当"的意思。"家"是词尾，"花拉的"是这个词的附加物，是为增加这个词的分量的。类似本书中所说"没事人一大堆"（十六回），"没事人"即指没关系了，"一大堆"是附加物，增加"没事人"的分量而已。又如"积古"一词（三十九回），也已失传，至今我还没有找到精确的解释和用法。第二类是常见的词汇，例如"嬷嬷"和"妈妈"，一般读起来，很容易认为是同义词，但在北京的习惯上，奶姆称"嬷嬷"，保姆称"妈妈"。又如黛玉所说的"呆雁"（二十八回），是讽刺宝玉看宝钗出了神时说的，这个词本是形容发呆的，雁有何呆，呆何必雁，这都没有什么理由可讲，但北京人都懂得，这是讽刺痴心，形容发愣，但又分量不重的一个词。在本书中这个人物，这个场合，这个情节中，便具有既冷峭又温柔、既尖酸又甜蜜的作用。精密符合这时三个人的关系。试问这在注释中应该怎么去写呢？

二和三、服妆和器物的问题：不知本书作者底细的人，一定以为什么名称的东西，即有什么样的形状，只要照样描述，或用笔一画，即可解决。这好像清末的一个故事，有人应考作"廉吏为民之表论"，不知题目怎讲，便写道："夫表者，有摄氏表，有华氏表，而独未见有廉吏为民之表。"最后他说："因画图以明之。"我们现在的画家最困难的是画《红楼梦》人物图，某个人物的服妆，在书中写得花团锦簇，及至动笔画起来，又茫然无所措手了。例如"俱各按品大妆"（十八回），什么品，每品又是什么样？怎样叫"大妆"，另外还有没有"中妆""小妆"，它们之间又有什么区别？又如"金丝八宝攒珠髻、朝阳五凤挂珠钗"（三回），我从前也曾强不知以为知地注过一番，事实上是画了一次"廉吏为民之表图"，后来明白作者是在暗写清代命妇戴的"钿子"，写得却天衣无缝，使读者觉得眼前有一个珠围翠绕的青年贵妇的发髻，但谁也说不出它具体是什么样子。这样迷离惝恍的发髻，又叫注者怎么去写呢？

至于其他物品，如莲叶羹（三十五回）等稀奇古怪的食品，固然今天谁也不易看到它是什么样子，但只看作者的描述，读者也会理解它是一种"富极无聊"的人们折腾出来的一种吃法，也就够了。至于"瓟斝""点犀"（四十一回）又是什么东西？有一位老先生曾向我说："瓟斝即壶芦器，故宫陈列着许多，你看见过吗？"其实不止故宫，从前我在我祖父的案头也看见过，但作者同时并举的点犀盉又在哪里去找呢？后来我恍然，又上了当，这里仍是作者故弄狡狯，和什么武则天、杨贵妃用过的什么器皿（五回）正是一类的"调侃"手法，一下笔描述它的形状，便等于又画了一次"廉吏为民之表图"。

四、官制问题：作者所避忌露出的清代的特点中，官制方面尤为严格。凡是清代以前有过而清代也沿用的，便不属清代特有，才出本名称；凡清代特有的，一律避开。像"龙禁尉""京营节度使"等等，不但清代没有，即查遍《九通》《二十四史》，也仍然无迹可寻。又书中说明"五品龙禁尉"，下文则说"秦氏恭人"（十三回）。各种八十回抄本（即所谓"脂批本"）都如此。有人因为清代五品命妇称"宜人"，六品命妇称"恭人"，认为作者这里是笔误。于是高、程刻本一系的版本都直接改为"宜人"。要知作者用意正是要使品级和封号差开，才露不出清代官制的痕迹。改为"宜人"，于清代官制虽对了，而于作者本意却错了。

五、诗歌骈文的问题：书中有不少古、近体诗和骈体文，似乎只有词藻、典故的问题，至多需要加一些解题和串讲也就够了。其实本书中这方面的作品，和旧小说中那些"赞"或"有诗为证"的诗，都有所不同。同一个题目的几首诗，如海棠诗（三十七回）、菊花诗等（三十八回），宝玉作的，表现宝玉的身份、感情，黛玉、宝钗等人作的，则表现她们每个人的身份、感情。是书中人物自作的诗，而不是曹雪芹作的诗。换言之，每首诗都是人物形象的组成部分。作者曾为王熙凤安排了一次联句场面，使她被逼得脱口说出一句眼前的景物"一夜北风紧"（五十回）。这句中既没有华丽的词藻，也没有深奥的典故，又恰是唤起下文的联句首唱。宋代欧阳修、苏轼曾作过"禁体雪诗"，所谓"禁体"，是"不以盐玉鹤鹭絮蝶飞舞之类为比，仍不使皓白洁素等字"。王熙凤这一句，不正是绝好的禁体雪诗吗？王熙凤又怎能作出呢？读者都知道，王熙凤不识字，但她聪明、机智，具有泼辣、大胆的性格和遇事满不在乎的作风。所以她能作这一句，也只能作这一句。这样一句，又绝不能换到宝钗、黛玉等人的口中、笔下。诸如此类，又不是诗选、文选注释办法所能负担得了的。

六和七、生活习惯和人物的关系问题：这方面看来像是书中最容易了然的部分。我十几岁时看到母亲那里有一套《红楼梦》，但不许我看。偷着看了几次，怕被发现，都是匆忙地翻阅，没头没脑地打开快看，只觉得都是一些"家长里短"，人物是些姥姥舅妈之类，情节是些吃饭喝酒之类，真使我废书而叹。认为这有什么看头，还值得那么神秘？后来知道，即是吃一桌饭，其中也有不少文章。例如"寿怡红"的"夜宴"（六十三回），哪个人坐在哪里，本是毫无可注的，也是并不须注的。但如果有人问起某个人为什么坐在某处，恐怕许多读者未必都考虑过。又如赵姨娘已生儿育女，在贾府是妾而非婢，她的娘家弟兄，当然是探春、贾环的亲舅舅，为什么探春在她亲娘面前却不承认，而说王子腾是她舅舅呢（五十五回）？按清代皇帝选妃是从内外各旗人的家中挑选，而贵族官僚则向他们的庄头家挑选。姨娘的父母兄弟，在主人家具有两重身份：在主人面前，甚至包括他们的外甥、外甥女或外孙、外孙女面前，他们是奴才；他们的家眷，在他们的女儿或姊妹的房中，不当着家长面，仍可以暂时按家人关系见礼。探春不承认庄头身份的亲舅舅，不但说明了阶级制度，即从探春的性格言，这一席对话，也正是探春的完整形象的一个组成部分。又清代贵族官僚家庭中，以至亲戚之间，"嫡出"的子女比"庶出"的子女被重视，常常有庶出子女生下后在旗下衙门报档子（即档案，这里即户口簿）时冒称嫡出。探春公然自称是王子腾的外甥女，也就是庶出子女公然自居是嫡出的，有时也实有这种根据。还有旗人家庭中（恐不止旗人，我见到许多汉人官僚家庭也是如此），未出嫁的姑娘身份最高贵；大伯子对小婶必须十分有礼貌；嫂子对小叔子和侄辈，年龄尽管大不了几岁，她都可以老气横秋地对待他们，生活细节上，有时也不太按"礼防"来避忌。所以凤姐可以那样对待宝玉，也可以那样对待贾蓉。当贾蓉和凤姐纠缠时（六回），在程伟元、高鹗的再版刻本中（即所谓"程乙本"），不知道谁在"那凤姐只管慢慢吃茶，出了半日神"之下给加上了"忽然把脸一红"一句，大概修订者认为这样可以暗示他们之间有些暧昧，其实作者并不需要这类"廉价标签"来贴"意淫"情节。因为在习惯上，他们之间本是许可接近的。即使面貌苍白，了无血色，要暧昧仍可暧昧。又如薛宝钗终于做了宝玉的配偶，这固然有悲剧故事情节的必要安排，也实有封建家庭的生活背景。黛玉是贾母的外孙女，宝钗是王夫人姊姊的女儿。封建家庭中，祖父祖母尽管是最高权威人物，但对"隔辈人"的婚姻，究竟要尊重孙子的父母的意见，尤其他母亲的意见，因为婆媳的关系是最要紧的。贾母爱孙子宝玉，当然也爱外孙女黛玉，何况黛玉父母已死，贾母对她的怜爱，不言而喻会更多些。如果勉强把她嫁给宝玉，自己死了以后，黛玉的命运还要操之于王夫人之手，贾母又何敢鲁莽从事呢？宝玉的婚姻既由王夫人做主，那么宝钗中选，自然是必然的结果。这可以近代史中一事为例：慈禧太后找继承人，在她妹妹家中选择，还延续到下一代。这种关系之强而且固，不是非常明显的吗？另外从前习惯"中表不婚"，尤其是姑姑、舅舅的子女不婚。如果是姑姑的女儿嫁给舅舅的儿子，叫作"骨肉还家"，更犯大忌。血缘太近的人结婚，"其生不蕃"，这本是古代人从经验得来的结论，一直在民间流传着。本书的作者赋予书中的情节，又岂能例外！不管后四十回的作者是谁，我们也应该承认他处理得完全合乎当时的生活背景，而不是专为悲剧性质硬行安排的这种情节。了解这类的种种问题，对于读这部书是有帮助的。但又岂是注释体例所能担负得了的呢？

八、写实与虚构的问题：前边已经提过，作者虚构的手法，实是随处可见的。我曾把书中的年代、地方、官职、服妆、称呼、器物等等方面虚构的情况加以分析和统计，见《读红楼梦札记》，现在不必重复。我们据此可以了解作者由于有所避忌，所以他不但要把"真事隐去"，即在其他方面，小到器物之微，也不肯露出清朝特有的痕迹。从作者这个原则来看，又有一个问题值得研究了：大观园在哪里？作者是否敢于实写，或愿意实写呢？大观园如果确是某一家第宅园林的样子，难道作者就不怕那一家主人向他问罪吗？如果说是大观园偶合某家的园林，又怎能那么巧呢？无论南北，各处的园林都有它的特点，很少重复的。即如颐和园的谐趣园，大家都知道是模拟无锡寄畅园建筑的，但游人共同见到，两个园子毕竟不同。像汉初建造了新丰，把丰邑原来的鸡犬搬去，它们仍一一认得自己的家。这只是夸张了的故事，而不会是生活中的事实。那么今天北京某个残存的某府第园林，又怎能便指为即大观园呢？如果说大观园即作者自己家的园林，这固然无须作者有什么避忌。但北京几个残存的府第，递传的主人，都班班可考，没有哪一处是曾经曹氏居住过的。我有一位搞古建筑的朋友曾画大观园的平面图，按书中所写，排列各个房屋，始终对不起位置。比方说：乙处在甲处之右，丙在乙之后，丁在丙之左。找来找去，丁之前却又是乙。大观园为什么竟成了迷魂阵？不难理解，这正是作者有意的安排，如果今天有一处现有的园林完全符合大观园，或说大观园完全符合某一处现有的园林，那么大观园便不是曹雪芹所写的了！

自从脂砚斋批语发现之后，多少读者在其中寻找作者初稿的意图，例如秦可卿之死，"淫丧天香楼"如果算是实写，那么现在传本的写法便是虚写。但前边所举的那些问题，即使查遍各本的"脂批"，又怎能从中一一得到辨别呢？书中这些被作者所设的"障眼法"遮盖的东西，又是注释中最难处理的。

　　以上对八项问题的探讨，主要是想说明《红楼梦》一书需有注释，而注释为体例所限，又不易把曲折复杂的事物一一详细说透。在一些分析批判思想性、艺术性的文章中，这类"细节"又常是"无关轻重"的。再加本书作者有许多故意隐晦的笔墨、半真半假的言词，越发不易寻根究底了。虽然有这些困难，我们并不能就此放下手，尤其不能眼看着青年读者看不懂而置之不理。在我们能力所及和现有的条件下，要尽先写出可以初步供青年读者或在校的学员阅读这部伟大古典文学作品急需的参考用书。这部《红楼梦注释》即为了这个目的编写的。